广义叙述学译丛
王欣 方小莉 刘佳
——— 主编 ———

叙事与叙述者
故事哲学

Narratives and Narrators
A Philosophy of Stories

〔英〕格雷戈里·柯里／著

叶英／译

四川大学出版社
SICHUAN UNIVERSITY PRESS

NARRATIVE AND NARRATORS: A PHILOSOPHY OF STORIES
Copyright © Gregory Currie 2010
Published in the United States by Oxford University Press, Inc., New York
Simplified Chinese translation copyright © 2025
By Sichuan University Press Co., Ltd.
ALL RIGHTS RESERVED
Narratives and Narrators: a Philosophy of Stories was originally published in English in 2010. This translation is published by arrangement with Oxford University Press. Sichuan University Press is solely responsible for this translation from the original work and Oxford University Press shall have no liability for any errors, omissions or inaccuracies or ambiguities in such translation or for any losses caused by reliance thereon.

《叙事与叙述者：故事哲学》英语原版于2010年出版。本译本经牛津大学出版社安排出版。四川大学出版社对翻译负全部责任，牛津大学出版社对该翻译中的任何错误、遗漏、不准确或歧义内容，或因依赖该翻译而造成的任何损失不承担责任。

四川省版权局著作权合同登记图进字21-25-172号

图书在版编目（CIP）数据

叙事与叙述者：故事哲学 /（英）格雷戈里·柯里著；叶英译. -- 成都：四川大学出版社，2025.3. （广义叙述学译丛 / 王欣，方小莉，刘佳主编）. ISBN 978-7-5690-7765-0

Ⅰ. I045

中国国家版本馆CIP数据核字第20256CC923号

书　　名：	叙事与叙述者：故事哲学
	Xushi yu Xushuzhe: Gushi Zhexue
著　　者：	[英]格雷戈里·柯里
译　　者：	叶　英
丛　书　名：	广义叙述学译丛
丛书主编：	王　欣　方小莉　刘　佳

出版人：侯宏虹	总策划：张宏辉
丛书策划：陈　蓉	选题策划：陈　蓉
责任编辑：黄蕴婷	责任校对：张伊伊
装帧设计：李　野	责任印制：李金兰

出版发行：四川大学出版社有限责任公司
　　　　　地址：成都市一环路南一段24号（610065）
　　　　　电话：（028）85408311（发行部）、85400276（总编室）
　　　　　电子邮箱：scupress@vip.163.com
　　　　　网址：https://press.scu.edu.cn
印前制作：四川胜翔数码印务设计有限公司
印刷装订：成都金龙印务有限责任公司

成品尺寸：160mm×235mm　　印　张：17.25
字　　数：312千字

版　　次：2025年7月第1版
印　　次：2025年7月第1次印刷
定　　价：86.00元

本社图书如有印装质量问题，请联系发行部调换

版权所有 ◆ 侵权必究

扫码获取数字资源

四川大学出版社
微信公众号

序　言

　　说这种或那种能力是人类所独具的能力，这样的说法一直备受争议。简单的工具制作能力在我们的亲缘动物中十分常见。甚至连语言技能也可以在其他一些动物身上复制，尽管处于非常低级的水平。或许没有哪种基本的认知能力可以将我们与其他所有动物截然区分开来。让我们与众不同的恰恰是我们对待一切事物的方式。在我们改变我们所处世界的能力方面，没有其他动物能与之媲美。其结果，无论好坏，都与我们息息相关。这些结果都以某种方式证明了我们心理和行为的灵活性——我们的想象力，就其最广泛的意义而言。其中的一个结果就是讲故事，虽然与我们的技术相比它并不是那么地引人注目，但它绝对是无处不在，我很确定没有其他物种会参与其中。有了故事，我们从此时此刻中解放出来，即便这个故事只是一种干巴巴的对昨日旅程的叙述。故事将一个人的经验转化为所有人的知识；它们生动形象地描述可能会发生的事情，可能会发生但其实并未发生的事情，我们期望或恐惧的事情。不过故事并非全然有利，一个谎话连篇的故事可能会成为所有人的错误观点，我在第 2 章、第 5 章和第 11 章的附录中都谈到了这个问题。

　　讲故事的人已经找到了打开其他可能性之门的方法，即通过精心创作他们的故事，激励我们从未经探索，时而让人兴奋、时而又令人不安的角度去回应这些故事。故事为我们提供了现实的替代品，以及应对这些替代品的替代方式。这就有赖于另一种能力，而这种能力，即使不是人类所独具，对我们来说也更为强大：我将其称为共享的情感关注。我们共享情感，不仅因为我们有时恰好处于相同的情感状态，而且因为我们体验并且重视共享的情感状态。在写作和经验私人化出现以前，叙事是一种集体活动，它激发共同情感的力量是显而易见的；稍后，我将提请大家注意家庭看护者身上这种共同历史的残余——给儿童讲故事。写作让故事作者与受众之间的联系不那么显而易见，但却并没有破坏这种联系。书面叙事、电影叙事和戏剧叙事都有技巧上的改进，这些改进创造出了最微妙的透视效果，使受众产生一种与某个不在场却很复杂并且时而很矛盾的人在一起共同分享的感觉。我们当然与故事中的人物共享情感，而且这一直是最近有关移情及其在故事讲述中之作用的争论焦点。我不会忽视这一点，但我主要关注的是，当我们审视休谟简要指出的某种阻碍维持品位标准的东西时所出现的一些复杂性，即"我们像选择朋友一样地选择我们喜爱的作家，看看在幽默感和性情上是否一致"。我将表明，虽然在寻求一位富有魅力的作者时我们可以超越单纯的性情一致，但是对于理解叙事的乐趣和价值而言，对故事的共同参与感也十分重要。

这种对故事叙述之双重性（即讲述的故事和讲述方式这一双重性）的强调清楚地表明：不幸的是，"故事"是多么地模棱两可啊，因为它可能意味着这两者之中的任何一个。一种补救方法是区分讲述的故事（即人物和事件）与讲述的手段（即叙事）。这就是我将要遵循的传统，而且，从这些方面来说，尽管本书有副标题，但这首先是一本关于叙事的书，其次才是一本关于故事的书。不过，它与两者都息息相关；它既关乎叙事如何传达故事，也关乎叙事如何塑造受众对其讲述之故事的反应。

之前已有声名显赫的学术权威做过此类研究。埃里克·奥尔巴克只有在脱离所有文本的情况下，才能写下他关于模仿的书；那些文本一旦触手可及，其权威就会使这项事业陷入瘫痪。杰拉尔德·杰内特在他某些关于叙事的著作中也援引了类似的成因，不过，这可能更多是出于对前辈的深深敬意，而不是出自实实在在的个人经历。使用电子时代的所有资源来写作，我就没有这样的借口。所有未经阅读、未经认可、未经探索的东西皆是我的错。这是一本关于一个大主题的小书。如果关于叙事的大部分内容都真实可靠，那么这个主题就是宏大的。关于叙事的内容肯定是真实可靠的。用"叙事"一词进行搜索，就会产生一个列表，这个列表一直延伸到一个个洞穴般的空间，上面标记着历史、虚构、文学、语言、交流、记忆、个性、精神病学等。

我的目的是简要介绍我所喜爱的叙事方法，根据哲学思维方式来对其进行定位，避免叙事史和对叙事的反思史，但要涉及真正具有影响力且不同凡响的叙事，并且要囊括对非文学形式的讨论。在大多数情况下，我都坚持了这个计划。我不太可能在文学或历史学方面硕果累累。我根据闲暇时随性的阅读选择了例子，不是因为它们是叙事整体的代表，而是因为它们看起来生动形象——具有代表性是不可能的，因为现在至少有九成甚至更多的叙事史对我们来说是难以获取的。事实证明，我举的大多数实例都是一些老生常谈的经典范例，但这不应该让我们担心；唯一相关的问题是，它们是否确实证明了我所提出的观点；此外，它们的熟悉度会使它们不太分散人们对总论点的关注。我偶尔会涉及文学和电影传统中叙事理论的几个重要方面，不过仅限于适合论证方向的方面。在有一处，这么做似乎特别合适。我充分利用了"视点"这个概念。叙事理论家对这一术语表示，并且对这个概念也不甚满意，虽然不是那么明明白白地表示不满；他们试图用"聚焦"等令人不太熟悉的概念来取而代之。我几乎不在意我们使用什么样的术语，我更在意的是我们通过使用这些术语来说明什么。通过讲解视点与其他正确的概念联系在一起时它是如何在阐释活动中发挥作用的，我希望我已经为视点恢复了名誉。

一个最初的愿望没有得以实现。我曾打算将对叙事的阐释嵌入一个经过周密研究的交际理论之中，（我设想）该理论将是对格赖斯、关联理论以及其他以务实为导向的方法的明智权衡。可没过多久，我就发现这将是一个灾难性的策略：首先，它对语用学的事业是十分有害的；其次，至少对我想要探讨的叙事之诸多具体方面来说，它都不是很有启发性。在有关显性或隐性特点、反讽，（当然）还有作家意图等内容之中，依然时不时地对这些想法有所提及。但是，诸如叙事中隐含机制的确切性质，以及虚构情况和非虚构情况在这方面的差异（如果有的话）等问题，则必须在一个更为适当的场合来予以处理。

这是我不想探究的、虚构与非虚构之间（可能存在）的一个区别。不过，尽管这是一本关于叙事的书，并因此而强调虚构与非虚构之间的共性，但它并没有忽略这一区别，也没有在两者之间均衡地进行讨论。我谈得更多的是虚构的情况，这不只是因为（尽管可能部分是因为）之前的工作让我在这一领域里更为自在。有非虚构叙事，但也有非虚构的其他东西：如理论、食谱、法律制度说明、驾驶手册、礼仪书，以及像吉尔伯特·怀特那样的对自然世界的思考。叙事与非虚构之间没有任何特殊的联系。当我们转向虚构时，情况就有所不同了。虽说几乎人人都沉浸于虚构故事之中，但是据我所知，没有人对虚构理论感兴趣。有科幻小说，但是没有虚构的科学[①]。厨师不会因读到用不存在的食材做假想蛋糕的食谱而感到心旷神怡，律师也不会因读到假设的海王星法律体系而觉得神清气爽。有时，我们会在小说中得到假设的自然和社会定律，但这是为了填充这些定律所涉及的人物和事件的叙述细节。对于我们可能对虚构的法学或虚构的烹饪学感兴趣这一想法，人们普遍的反应是"何必讨此麻烦？"对虚构感兴趣，这种反应会被认为是相当奇怪的。

那么描述性艺术又如何呢？我们当然被虚构的肖像和雕塑所吸引。我不会认为这些东西是叙事，尽管我们有时确实会如此议论叙事性绘画。不过，它们确实有一些我稍后会作为叙事之重要标志来强调的特征，即对个体事物之特殊性的表征，以及它（有时）在因果关系中的位置。描述性作品还有其他引人注目的性质：形式特征、平衡与美感、技能或敏感性的展示，或者它们只是对美丽或有趣事物的表征。叙事并没有完全穷尽我们认为合法的小说领域，但它们在这一领域所占据的份额远大于它们在非小说领域所占据的份额。本书缺乏平

[①] 正如保罗·史密斯向我指出的那样，有一种科学写作体裁，其主题取自科幻小说。以此方式，克劳斯研究了《星际迷航》(Star Trek)在多大程度上违反了已知的定律和机制，并在这一研究过程中提供了一些物理指导（Krauss, 2007）。对于将物理常数设置为反事实值的后果，也有人进行了认真的科学研究，从中我们了解到支持生命的价值范围之窄令人惊讶。我声称，我们没有发现脱离任何叙事语境却作为激发想象力的素材的公然虚假的科学理论。

衡的背后还有另一个原因。总体说来，正是小说叙事展现了最发达、最富有想象力，用以描绘人物、个性、视点、动机以及行动等的资源。这些事情解释了为何人们偏爱小说，尽管不是完全地专宠小说。

本书预期（或期望）的读者包括哲学领域的研究生和专业人士，以及对哲学思想稍微熟悉且具有耐心的戏剧、历史、文学、电影、人类学、语言学、心理学和精神病学等领域的学者。也特别欢迎愿意尝试一下的普通读者。

格雷戈里·柯里
于埃博尔斯通

致　谢

很多人对这些章节都发表了评论，我不太确定我能一一回忆起他们所有的贡献。其中一些人的评论特别有帮助，他们是拉尼尔·安德森、迈克尔·布里斯托尔、诺埃尔·卡罗尔、帕斯卡尔·恩格尔、约翰·费拉伊、彼得·戈尔迪、保罗·哈里斯、大卫·希尔斯、乔恩·尤利迪尼、安德鲁·卡尼亚、彼得·拉马克、乔希·兰迪、杰里·莱文森、帕特里齐亚·隆巴尔多、凯文·马利根、耶内福尔·鲁滨逊、布莱基·弗缪尔、肯德尔·沃尔顿、迪尔德里·威尔逊等。两位匿名读者的建议也十分有益。和以往一样，我从彼得·蒙奇洛夫的建议和鼓励中受益匪浅。

其中一些章节的不同版本曾以座谈会发言以及会议论文的形式发表于巴塞罗那大学、达勒姆大学、东安格利亚大学、日内瓦大学、赫特福德郡大学、马里兰大学、内华达大学（拉斯维加斯）、南希大学、诺丁汉大学、奥塔哥大学、谢菲尔德大学、斯德哥尔摩大学、苏塞克斯大学、得克萨斯大学（奥斯汀）、华威大学、斯坦福大学、维多利亚大学、惠灵顿大学、社会科学"高等学院"以及索邦大学等。感谢所有这些场合的听众。

2003年6月，萨姆·格藤普兰和我在温莎公园坎伯兰旅馆举办了一次关于叙事的会议；从中遴选出的一些论文于2004年发表在《思维与语言》杂志上。我在此感谢萨姆，感谢杰拉尔德，感谢所有那些有助于形成我的叙事思想的发言人和与会者。十年前，乔恩·尤利迪尼与我一道做了一个关于叙事与神经病理学的研究项目。从他那里我学到了很多，其中的一些知识已与本书融为一体，我为此对乔恩表示深深的谢意。

本项研究在不同阶段都得到了英国艺术与人文研究委员会、澳大利亚研究委员会的慷慨资助，最近还得到了由不列颠学院和利弗休姆基金会共同出资的高级研究奖学金的支持。

我最要感谢的还是加布里埃尔、马莎和彭尼。

本书的某些章节源于之前发表的一些论文。第8章包含了《为什么反讽是假装》的某些内容，原载肖恩·尼科尔斯（编）《想象的架构——关于假装、可能性与小说的新论》（牛津大学出版社，2006）。第10章和第11章包含了《叙事与性格心理学》的某些内容，原载《美学与艺术批评杂志》，总67期（2009）：61－71。在本书的其他地方，我零零星星地使用并大量修改了如下资料：《观点》，原载G. 哈格贝里、W. 约斯特（编）《布莱克韦尔文学哲学指南》（布莱克韦尔出版社，2009）；《故事的两面性——对叙事中事件的阐释》，原载《哲学研究》，总135期（2007）：49－63；《原因的叙事性表征》，原载《美学与艺术批评杂志》，总62期（2006）：119－128；《叙事框架》，原载D. 赫托（编）《叙述者与理解者》，英国皇家哲学研究所增刊，总60期（剑桥大学出版社，2007）：17－42。感谢所有这些期刊及书籍的编辑和出版社的善意许可。

辛迪·舍曼的《无题电影剧照6号》ⓒ1997由艺术家本人和米特罗影业公司提供。

内容分析

第1章

叙事是**兼具意图性和交际性**[①]的人工制品，是有意设计的表征手段，通过表现其制造者的交际意图来发挥作用。叙事的表征**内容**就是它必须要讲的故事，我们可以提供表征内容的概念，让它既适合虚构叙事又适合非虚构叙事。偶尔我们也玩一玩非人工叙事的概念，但是这个概念，如同魔法思维领域里的许多概念一样，并不需要我们摒弃叙事的人为条件。我们只需要承认它是将合乎情理的观点引申至无逻辑领域的一种方式。我们也不必将记忆、梦想或生命视为非人工叙事。

第2章

为了将叙事与其他表征手段区分开来，我们有必要说明叙事内容与其他事物（如理论、列表、编年史、漫无边际且非正式的评论、说明手册等）的内容之间有什么区别。我并不寻求定义叙事，而是选择关注叙事性的分级概念。如此一来，我们就可以把**叙事性**强的事物看成是结合了某些特征，而这些特征在因果关系和时间关系中，有助于对细节尤其对动因的详细描述。虽然这需要小心处理，但我发现这个设想可以抵御最近的批评。我推测了进化过程中的一些情况，正是这些情况使这种类型的表征形式对我们来说至关重要。

[①] 原文为斜体，表示强调，后同。——译者注

第 3 章

我们可以将叙事看作进入故事世界的一道门。但我们从来不会意识不到叙事的人为状态；在这种状态下，有关叙事制作者动机的事实，以及对制作者处境的限制，都让我们充满了对故事中事件的期待。我们对作品的诸多判断都源于这两种视角（即内视角和外视角）的结合或叠加。有时，关于叙事的某个问题需要从一个或另一个角度来回答。通常，哪一个角度乃正确的角度是不言而喻的；有时，在两者之间的选择则较为困难；偶尔，叙事会营造出视角套缩的现象，但这只是一种表象。

第 4 章

叙事有**作者**；然而，叙事理论家的注意力大多都集中在叙述者身上；在他们看来，叙述者的角色有别于作者的角色。我认为这是一个错误。在几乎所有的案例中，那些将某一个形象或其他形象鉴定为（无论真实的还是想象的）叙述者的论据，也会将那同一个人鉴定为作者。不过，我们确实需要区分（至少）两种类型的叙述者/作者：一种是对故事负责的真正的叙述者/作者，另一种是有时出现的存在于故事中的**内部**叙述者/作者。有人认为，我们要么总需要假设一个内部叙述者，要么假设默认的立场就是有一个内部叙述者。对于这两种主张，我都持反对意见。

第 5 章

作者为我们创作故事。在创作过程中，他们往往会提供一个对故事做出回应的框架。作者是如何建立这些框架的呢？我认为他们是通过**表达某种观点**来做到这一点的。我认为这种框架活动是各种人际交往一个常见却重要的特征；通过进化和发展，我们已经高度适应了它们的存在。我认为叙事框架是通过**引导注意力**的过程产生的——这一看法形成了"共同关注"这一至关重要的心理学概念，它与强大的模仿机制有关。这有助于我定义叙事的标准参与模式。

第 6 章

有时我们会**抗拒**叙事给我们提供的框架。我注意到抗拒发生在各种各样的情况下：在某些情况下，我们试图克服阻力；在另一些情况下，我们又庆幸有它的保护。我将这一现象与人们广泛讨论的**想象**阻力之谜联系起来，认为对框架的抗拒存在着一个有趣的交叉点。我寻找抗拒框架的进化论解释，考察框架与故事内容之间区别不甚明显的几个案例，在这些案例中，厘清这种区别，将有助于识别人们对这些叙事的各个方面可能产生的担忧。

第 7 章

故事总是从某个视角来讲述的。不过有时候，叙述者（无论是哪一种类型的叙述者）都会调整叙述的风格，以便将其他某个人物的视角纳入考虑。我将此称为**以人物为焦点的叙述**。我认为这种现象被误解了，尤其是被热奈特误解了，他的解释导致**聚焦**走入了死胡同。要解释以人物为焦点的叙述，最好借助用于解释框架的机制，即表达和模仿。我展示了各种文体手段和语法手段（包括**自由间接话语**）如何促进以人物为焦点的叙述。

第 8 章

叙述者有时会采用假装的观点来帮助自己。这类观点对于理解一种反讽至关重要，那种反讽有时被称为"言语反讽"，但更应该被称为**表征性**反讽。我认为，讽刺性表演就是假装采用某个（有缺陷的）观点，如此一来，叙述者就能以自然的方式讽刺其人物的观点，有时甚至讽刺他们自己的观点。对讽刺乃伪装这一观点的批评受到了反驳。我介绍了一个稍后会十分重要的概念，即**以反讽的角度进行的叙事**。我还讨论了**表征性**反讽和**情景**反讽之间的关系。

第 9 章

我考察了一个从反讽的角度进行叙事的例子，即希区柯克的影片《鸟》。我思考了各种手段在表达这一角度中的作用：运用**视点镜头**、隐约含蓄的叙境声音、精心安排的对话和行动等。由此，我对这部电影的一些解读方式发起了进攻。我还注意到**基于语言**的媒体和**基于图像**的媒体表达讽刺性观点的能力有所不同。

第 10 章

我考察了叙事与心理学中的**性格**概念之间的关系。叙事往往不只是关注决定某特定行动的意图；它们为行动实施者假设了或多或少稳定不变的性格。我认为叙事与性格之间存在着天然的联系，这种联系使性格成为叙事的天然表征模式，并使性格在叙事中起到稳定和澄清的作用。在 20 世纪，文学理论家开始反对人物，而我认为反对性格的文学辩词确实难以令人信服。

第 11 章

还有另一种辩词需要予以回应，这种辩词源于社会心理学；根据社会心理学，性格这一概念本身不过是一种**认知幻觉**。我将此论点概括为：一个足以让人深思熟虑的论点。我认为，即使怀疑的理由可以成立，我们也可以看到性格在叙事中的积极作用，不过，我最终还是指出了人们对这一说法的担忧。

目　录

1　表　征 ·· 1
   1.1　人工制品的功能 ··· 1
   1.2　叙事和故事内容 ··· 8
   1.3　隐式和显式 ·· 13
   1.4　自然的叙事？ ··· 21
   1.5　隐含作者 ··· 26
   1.6　展望未来 ··· 27

2　叙事内容 ·· 28
   2.1　因果关系 ··· 28
   2.2　叙事性 ·· 34
   2.3　权重因子 ··· 37
   2.4　因果关系史 ·· 41
   2.5　巧合与休谟式原因 ··· 43
   2.6　显著可能性 ·· 45
   附录：廉价的谈话和昂贵的信号 ······································· 46

3　看待叙事的两种方式 ··· 52
   3.1　内容途径研究叙事的局限 ··· 53
   3.2　辨别《去年在马里昂巴德》的时间 ···························· 55
   3.3　可能性、概率和证据 ·· 57
   3.4　表征性对应 ·· 61

4 作者与叙述者 ·········· 68
4.1 没有差异的区别？ ·········· 68
4.2 隐含作者和第二作者 ·········· 73
4.3 让步 ·········· 77
4.4 对非虚构作品的说明 ·········· 79
4.5 是否应该有一个有利于内部叙述者的假设？ ·········· 81

5 表达与模仿 ·········· 90
5.1 视角的框架效应 ·········· 91
5.2 对话、框架和共同关注 ·········· 98
5.3 共同关注与引导性关注 ·········· 101
5.4 模仿 ·········· 104
5.5 模仿虚幻 ·········· 105
5.6 标准模式 ·········· 110
附录：表达及信号的可靠性 ·········· 111

6 阻 力 ·········· 113
6.1 阻力的种类 ·········· 114
6.2 能力 ·········· 119
6.3 阻力之进化 ·········· 120
6.4 混淆框架与内容 ·········· 121
6.5 结论 ·········· 126

7 以人物为焦点的叙述 ·········· 127
7.1 热奈特的区分 ·········· 128
7.2 认知标准 ·········· 131
7.3 表达 ·········· 133
7.4 聚焦 ·········· 141
7.5 语境转换 ·········· 143

7.6　移情 ………………………………………………… 150
  7.7　结论 ………………………………………………… 152

8　反讽：一个假装的视点 …………………………………… 153
  8.1　反讽情景 …………………………………………… 153
  8.2　表征性反讽 ………………………………………… 155
  8.3　观点 ………………………………………………… 161
  8.4　回应批评 …………………………………………… 164
  8.5　方式上的假装 ……………………………………… 168
  8.6　反讽叙述 …………………………………………… 170

9　去除阐释 …………………………………………………… 174
  9.1　图像中的反讽 ……………………………………… 175
  9.2　视点镜头 …………………………………………… 176
  9.3　反讽叙述 …………………………………………… 178
  9.4　鸟类和心理：内视角与外视角 …………………… 182
  9.5　反讽与恐惧：传统 ………………………………… 188
  9.6　科学和超自然 ……………………………………… 191

10　叙事与性格 ……………………………………………… 193
  10.1　开场白 ……………………………………………… 194
  10.2　关于性格的一些说法 ……………………………… 195
  10.3　叙事对性格的作用 ………………………………… 197
  10.4　性格对叙事的作用 ………………………………… 199
  10.5　性格与评论家 ……………………………………… 203

11　性格怀疑论 ……………………………………………… 207
  11.1　对性格不利的情况 ………………………………… 207
  11.2　回应 ………………………………………………… 212

11.3 简化问题 ………………………………………… 216
　　11.4 性格在叙事中的作用 ……………………………… 219
　　11.5 反思 ………………………………………………… 221
　　　附录：性格与欺骗的代价 …………………………… 224

12 结　语 ………………………………………………… 228

参考文献 ………………………………………………… 229

1 表 征

叙事是动因的产物，是一个人向他人传播故事的方式。叙事以一种特殊的方式来表征故事内容，这种方式具有在人员之间进行交际的特点。本章概述叙事、动因、表征和交际之间的关系，主要从方法上予以关注，为之后更为实质性的主张提供背景。缺乏耐心的读者可以暂且搁置本章，待从后面的内容中了解到什么至关重要时，再读本章不迟。

1.1 人工制品的功能

乔治是一个敏感而又专注的读者。他兴致勃勃并且颇有感悟地阅读了《战争与和平》，理解并且能够概括其故事情节，可以告诉我们这本书有关人物、历史和道德的观点。爱丽丝是一位古人类学家，她在研究一个石器。关于该石器的制作方法（通过撞击他物）、石龄（大约 100 万年）、制作者（可能是我们的祖先）、用途以及使用目的等，爱丽丝形成了自己的看法。凭借其在该领域的学识，她从这一人工制品中发现了大量有关其制作者思想的信息，尤其是他们制作该石器的意图。

上述两种活动及其结果无疑大相径庭。语言在乔治的研究中起着很重要的作用，但在爱丽丝的研究中则不然。石器制作者或许没有明确表达的语言，即便有，爱丽丝对其也一无所知。爱丽丝凭借的是专业知识，即那些有关进化过程的理论，不过她对那些理论信心有限。除了有关俄罗斯历史的一些事实，乔治凭借的只是对人类及其社会秩序的一种领悟；他觉得这种领悟难以名状，他也不会主动对其予以质疑。

这两种活动也有相似之处。书和石器都是从创作过程中产生的物品，它们被故意塑造成了其目前的样子：一个是叙事，一个是切割工具。使其成为叙事或切割工具的那些属性或大部分属性，都是被有意施加于其上的。乔治和爱丽丝的阐释活动有着许多共同之处。两者都期望了解**人工**制品的功能；这是一个物品旨在发挥的功能，也是其成形的依据①。在林林总总的意图中，创作《战争与和平》的意图就是讲述某个故事。怀着这个目的，作者选择了适合讲述该故事的某些词语和句子。乔治读到了这些词语和句子，很好地领会了这一故事；不过，他或许无法恰如其分地领会其中的每一个细节。理解该叙事究竟要讲一个什么故事的最佳途径，就是仔细琢磨其内部组织（即构成其文本的那些单词和句子的结构）是如何使该叙事得以实现其人工制品之功能的。

石器有人工制品的功能：一种全然不同的功能。我们假设，制作该石器是为了有助于从动物尸体上剥离肉块。怀着这个目的，其制作者选择了一种特定的方式来塑造它，巧妙地将石头一层一层地敲掉，使其形成一道锋刃。爱丽丝目睹了这一最终的形状，能够很好地领会制作该器具的目的是什么，了解许多影响其形状的细微意图②。同

---

① 请参阅 Thomasson，2007。关于另一种了解人工制品功能的方法，请参阅 Parsons and Carlson，2008。实证研究支持这样的观点，即人们对人工制品的共识将预期用途置于实际用途之上；有关"设计立场"之发展的回顾与讨论，请参阅 Keleman and Carey，2007，他们初步将其发展过程定位在4—6岁。发展心理学家弗兰克·凯尔以研究儿童对自然种类的理解而闻名，他认为"靠右通行等社会习俗［乃人工制品］"（Keil, Greif, and Kerner，2007：233）。这就混淆了事物作为社会客体的身份和作为人工制品的身份。要成为人工制品，事物不仅要由我们制造，而且要由我们设计。它必须具有一些（或许不多的）特性，而它之所以具有这些特性则是因为旨在赋予其特性的有意活动。

② 托马斯·温认为"敲凿石头的定向动作保留着对敲凿者的一些认知。即使在最简单的例子中，敲凿者也必须做出在哪儿敲凿以及采用多大力度来敲凿的决定。制品本身保留了这些决定"（Wynn，2002：392）。事实上，这些石器的人工功能存在着一些不确定性。甚至有人认为（尽管没有多少人赞同这一观点），它们是一种飞盘，适合在游戏中投掷（Calvin，2002）。请记住，对于叙事要讲述什么样的故事，人们偶尔也会产生激烈的分歧——想想那些关于叙述者是否可靠的争论吧。

样，认识该石器究竟如何实现其人工制品之功能的最佳途径，就是好好阐明其组织——形状、尺寸和材料——是如何使其发挥这一功能的。

乔治和爱丽丝对人工制品功能的理解方式有什么相似之处吗？我们很容易认为，乔治对《战争与和平》的理解主要来源于直觉，而爱丽丝的理解则产生于理论。理论过程需要推断，而直觉过程则更像是感知，它直接给予我们知识，就像我们仅凭肉眼观察而无需推断就知道某件物品是红色的那样。难道这就是理解《战争与和平》与理解石器之间的区别吗？理解《战争与和平》既需要直观，也需要推断。按照我在此采用的语言理解模式，我们通过做两件事情来认识一下语言的交际用途。首先，我们以非推理的方式来理解词语——可以说这是一种让我们通过耳闻或目睹来获取词语意义的方式[①]。即便你的表达含糊其词、错综复杂、高深莫测得让我无法理解你的意思，我也耳闻或目睹了你所言或所书之词语的意义；我并非从感知到的声音或形状来推断出这些意义。但对交际信息的理解往往远不止于此，它还涉及**语用**推理。我们必须将语言意义与语境结合起来推断说话者或作者的交际意图，不过，这种推理往往都是在瞬息之间和无意识状态之下完成的[②]。说到话语生涩难懂，问题不在于我对语言的理解，而在于我对语言表达背后交际意图的把握。

爱丽丝对该石头的研究都是理论性的吗？并非全然如此，因为她是以直观的方式来把握其形状和其他外部特征的。她似乎还从石头上看到了有关其预期功能的有力线索。[③] 她所见到的不仅仅是一块具有某种形状的石头，而且还是一个具有某种使用潜力（即吉布森所谓的

[①] 我这么说是因为我并不坚持要从字面上看到或听到意义；我只是认为，语言处理过程与其他过程非常相似，只有哲学上的顾忌才会在这一点上令我们感到困扰。

[②] 一种说法是，福多尔认为（Fodor, 1984），理解语言是模块化的——这是一个快速、专用、概括机制的范畴，而理解一段语言的用途则是普通推理的范畴。这不适合那些认为语用推理有它自己的模块的语言学家（尽管这或许不是具备所有福多尔特征的模块：请参阅 Sperber and Wilson, 2002）。

[③] 此处适用与上文本页注释①相同的保留意见。

"功能可供性")的物体①。爱丽丝观察到而不是推断出该石头可被把握的一面。她需要依靠证据来验证她提出的那些关于该石头之预期用途的假设,而这些证据几乎可以来自任何地方,不过,其中一些证据却来自她对该物体可能用途的直接感知。

对于那些不耐烦做此类比较的人,我承认我们更倾向于将石斧而非《战争与和平》视为一件人工制品。人工制品的典型例子都是一些无生命的有形物体,譬如工具和计算机。不过,正如丹·施佩贝尔所言,我们有充足的理由将斗牛犬等生物实体也纳入人工制品之列;它们的特征在很大程度上可以从对其施加影响之人的意图那里得到解释,这些人为了获取某些效果而采取了某些手段来干预它们的繁殖过程。我们能够辨别出不同子类的人工制品,但斧头、小说和斗牛犬都是一般种类的典型例子②。

如果我们把叙事看成是人工制品,那么,我们是否应该将叙事中的人物也看成是人工制品呢?就那些不含欺骗性、真实可靠的故事而言,或许就不应该,因为这些故事给我们讲述的不过是真实人物的一些活动;提到真实人物,我们通常都要用专有名称和专门的描述语。虚构人物乃人工制品这一观点有其拥趸。③ 不过,我们需要牢记像夏洛克·福尔摩斯这样的虚构人物在现实中压根儿就不存在。有人回应说,尽管现实中并不存在兼具某人、某侦探、某贝克街居民等属性的这样一个人物——因为没有什么能够**体现**这些属性——但的确有某种

---

① 请参阅 Gibson,1979。关于对功能可供性概念的辩护和对吉布森"环境光阵"这一晦涩难懂之概念的再阐释,请参阅 Noë,2004:第 3.9 节 "吉布森的理论……就是我们看不到平面,于是就认为它适合攀爬。将其视为平面,就是认为它为运动提供了可能性"(同上,104)。人们可以接受这一观点,同时拒绝诺伊自己提出的感知乃"探索环境的活动"这一重要观点(相关评论,请参阅 Block,2005)。最近,神经科学领域的研究表明,在典型神经元形态中存在功能可供性检测机制。当主体对感知到的物体做出抓取动作时,这些神经元就会放电;当主体只是看到一个可以抓取的物体时,它们也会放电。据说,这些神经过程构成了隐性或模拟的抓取行为。

② 请参阅 Sperber,2007。施佩贝尔问,当有人要求我们提供人工制品的实例时,为什么我们不太容易想到生物和抽象实体;他猜测这是由于在漫长的进化史中,中等大小的物品——石头就是我们所知的物品——是当时仅有的人工制品。

③ 请尤其参阅 Thomasson,2003。

东西（当然，不是一个人而是一件人工制品）**编码**了这些属性。按照这种观点，诸如"福尔摩斯住在贝克街"之类的说辞就很不确定。然而，在"福尔摩斯住在贝克街这件事是虚构的"这一更大的语境之中，我们清清楚楚地听到了一个能够证明其存在的例子，因为根据这个故事，福尔摩斯成了生活在贝克街的例证，他就像一个真正的人类居民一样居住在那条街。正如在我对该故事所做的"福尔摩斯住在贝克街"这一断言中说的那样，我们清清楚楚地听到了一个编码的实例。有些反对意见认为，这种假设的、因而被证明为相当复杂的不确定性缺乏直观的依据①。但即便我们承认虚构人物是由虚构人物所处之故事的作者所创造，他们是否应该具有人工制品的身份依然没有定论。在我看来，更为恰当的说法是，编造故事的人编造故事，而故事中人物的产生则是编造故事的结果。人物是随着对人工制品的制作而产生的实体，他们本身并非人工制品。

  书与石斧之间有一个显著的差别。正如其他叙述工具一样，书是一种表征性的人工制品；书的产生出于讲述故事这一目的，书通过表征故事中的事件和人物来达到此目的。石斧虽然可能携带关于制作者及其所在群体的信息，但并不表征任何东西②。叙事通过提供对事物的表征来告诉我们事情：比如，人与行为、物体与事件。通常来说，叙事告诉我们的很多东西都不是真实的，就像在虚构故事里那样虽然被表征为真实，但不可能是真实。尽管如此，对于任何一个清晰明了的叙事，我们都能够通过其中的行为和事件来说出它大致表征了什么：如果不能，那我们对该叙事所讲的故事肯定一无所知。

  一般来说，某物是人工制品这一事实与它是表征形式这一事实互不相干。作为一种表征形式，它需要的是来自人的有意行为，而不是制作行为。一段倒下的树枝可能被用来作为其树龄的表征形式；因为它**被用于**表征，于是它就成了一种表征形式，但它不是人工制品。即

---

① 请参阅 Sainsbury，2009：第 5 章。
② 我认为这是个合理的假设。没有证据表明在制作这些物品时存在着"象征性"文化。我遵循德雷斯克（Dretske，1988）的观点来区分作为标志的事物和作为表征形式的事物。斧头和书都是标志，但唯有书是表征形式。

便这段树枝是被人故意砍掉的，也不能算是一件具有表征性质的人工制品。它可能被砍下来做椅子，然后被丢弃，再然后被当作树龄的标志。那么这时，它可能既是一件人工制品也是一个表征形式，但绝非一件具有表征性质的人工制品。以某种方式使用某物通常会使该物成为一种表征形式，不管它以前有过什么样的经历，但使用本身并不能使某物成为一件人工制品；使其成为人工制品需要的是一种制作行为①。一个叙事可能会起到原本无意使它起到的表征性作用；它可能被用来作为其作者所遭受的某种精神疾病的迹象，这种疾病通过奇怪的语法结构显现出来。这样的叙事就起到不止一个表征性作用。通过讲述故事，它实现了其人工制品的功能；通过告知我们其作者的精神疾病，它实现了另一个功能。

　　石斧和书之间还有一个值得我们注意的不同之处。叙事的功能是讲故事；故事只能通过一个旨在交际的创作过程来讲述，而不是偶然传达。我们可能会看到一则通俗易懂的故事的手稿，并且有充分的理由认为其作者并不打算让任何人读到它；或许他们十分希望它不被人阅读。但这与作者是否有交际意图这一问题毫不相关。倘若该手稿是被有意制作成那种让人一读就明白的故事之载体——即是说，其制作符合交际所需的各项条件——那么，就可以理所当然地认为其作者具有交际意图。叙事交际的成功就在于使受众能认识到该叙事的人工制品功能。我说过，我们一旦明白构建该叙事为的是讲一个什么样的故事，就会明白该人工制品的功能是什么。现在我们可以说，叙事是兼具意图性和交际性的人工制品：是具有传播故事这一功能的人工制品，人工制品的功能取决于制作者的意图②。本章余下的部分将关注对意图的理解如何引导我们从叙事中恢复故事。

　　《战争与和平》是一个兼具意图性和交际性的人工制品，其创作目的就是让人理解其故事。几乎可以肯定的是，爱丽丝的石斧并不是

---

　　① 关于作为一个功能概念的表征形式，请再次参阅 Dretske，1988：第3章。
　　② 雷·吉布斯以一种略微不同的方式使用"交际性人工制品"来指一个旨在"引起对另一物体的信念"的物体（Gibbs，1999：53）。

为了让人理解其人工制品之功能而制作的。制作它的确有目的，而且这一目的决定了它的形状，但制作它并非为了交际，因此石斧并不是一个兼具意图性和交际性的人工制品。当某人做某事是为了让其被人理解时，那么他或者她就会专注于如何做才能促进人们对它的理解。如果方法得当，哪怕只是大致得当，对结果的理解也会比在其他情况下更轻而易举。这就是为什么乔治的工作比爱丽丝的工作更加容易的一个原因，因为爱丽丝试图理解的是一件并非为了便于理解而设计的人工制品的功能，而且她也没有该传统的行家里手可以求助①。如果你想做一些让人理解的事情，那么最好是做一些摆明了要让人理解其意图的事情。使用语言是一个极好的（但不是唯一的）摆明意图的方法②。语言有很大的优势，当我们看到有人在使用语言时，我们通常会断定：他们所做的正是他们期望被人理解的事情③。即便我们压根儿就听不懂他们说的语言，我们也可以得出如此的判断。有时，我们能够理解人们对我们讲的话，却并没有听懂他们说的词语和句子，凭借的只是他们在使用语言这一事实——他们使用的或许恰好是一门我们压根儿就不懂的语言。但他们在使用语言这一事实激励我们去仔细地观察他们的举止、表情以及语境，从中找寻他们究竟想要交流什么的线索；有时，我们也确确实实找到了线索。

---

① 请参阅 Carston，2002：第 1 章。有可能某种可理解性在塑造爱丽丝的石器方面发挥了作用。成功的工具（即那些被其他制造者复制的工具）多半是那些最易于模仿的工具。模仿并不意味着照搬别人的行为模式；成功的模仿可能需要学习者从老师表现的细节中抽象出来，许多细节都是出于偶然，学习者应当看到行动的要点。某些类型的行动会产生某些类型的成型材料，可能比其他行动更易于模仿，因为它们更易于理解。在其他条件相同的情况下，最易于理解的制造技术会是那些传播得最为成功的技术，因此成功的工具将是那些由可理解力塑造出来的工具。这并不意味着个别石器制作者希望他们的产品易于理解。

② 施佩贝尔和威尔逊把交际比作生火。有了火柴，生火就容易多了，但两者之间并没有概念上的联系。语言使交际更加容易，但两者之间也没有概念上的联系（Sperber and Wilson，1995：27—28）。

③ 有一个奇怪的例外——有人在练习英语。但在大多数情况下，该推论是有效的。

1.2 叙事和故事内容

叙事将事物表征为真实存在，将情形表征为客观现状。除叙事而外，很多东西都可以做到这一点：它们都属于大卫·刘易斯称为**语料库**的、更加广泛的一类事物。刘易斯列举的例子包括"某人的信仰体系、数据库、年鉴、百科全书或教科书、理论或神话体系，或者一部小说"（Lewis，1982：435）。语料库是一系列表征形式的集合，这些表征形式有着或多或少统一的来源，如某个人、某个专家组、某种传统等，而且我们对这些表征形式似乎也有着或多或少成体系的关注。某些语料库是人工制品，比如叙事；某些则不然，比如信仰体系。

语料库是判断某件事物真实与否的依据。事实上，天可能并没有下雨，但根据某个人的信念，根据气象局的预报，根据某个故事（无论该故事是虚构的或是非虚构的），天可能就在下雨。当根据语料库某件事是真的时，由语料库生发出来的能动作用并不总是致力于真实性；对于信仰体系和历史文献来说，可能致力于真实性；对于天气预报来说，亦可能如此；但对于虚构故事而言，则不然。表征为真实和致力于真实是截然不同的两码事。但是语料库中的表征形式在这方面却没有多大的区别：根据语料库，它们都是真实的表征。通常情况下，语料库中的表征形式之间有着比这还要多的联系，一个与另一个相连。虽然只有极端的偏执狂才会将其所有的信仰都聚焦于同一个主题，但我们确实希望一个运行良好的信仰体系能够将其内在的一致性保持在一个合理的水平上。一个疯子的胡言乱语可能会因为全然不顾连贯性而成为一个结构松散的语料库，一本关于男孩们逸闻趣事的书几乎没有主题上的统一性。叙事通常是高度组织化的语料库，当其组织程度低于一定的限度时，我们就不再将该语料库视为叙事。

叙事的内在结构有一些什么样的特点呢？我们在叙事中寻找的某些东西也是我们在信仰体系和其他语料库中寻找的对象，比如形形色色的**因果关系**。如果 P 是一个组织良好的信仰系统的一部分，并且 P 具有某些既明白无误又显而易见的结果，那么无论是从逻辑上，还是从因果关系上，或者是从传统意义上，我们都期望这些结果也同属于这一信仰系统；我们期望人们以追踪其确信无疑的事物之衍生结果的方式向外拓展其信仰。但是拓展也要有个限度，我们不可能，也不需要那种无休无止地衍生出结果的信仰体系。然而，在某些特殊情况下，我们可能会希望我们的信仰能够向外再延伸那么一点点，让我们得以窥见那至关紧要且不可预测的结果。对于叙事，我们同样期望语料库中每个项目之间存在着丰富多样但又有所限制的因果关系，部分是由于要维持信息量的可控性，部分也是因为我们力求主题上的统一，拉得太长的因果链会让我们有偏离主题的危险。在内容并不总是明确的这一点上，叙事和信仰系统也很相似。我们的许多信仰都是我们从来就没有想到过的，而叙事的大部分——绝大部分——内容并没有写下来或以其他方式明明白白地表示出来。明确性是一个难以捉摸的概念，我将在下一节中谈到它。

　　因果关系对于前后不一致的叙事尤其是个问题。一般而言，任何不一致都允许对所有内容进行推断，但我们并不是说，根据一个前后不一致的故事，一切就自然而然地成了那个样子。在某些叙事中，我们视前后矛盾为一种错误，正如柯南·道尔提供的有关华生在阿富汗战役中受伤部位的那个前后矛盾的信息。我们该如何解决这个问题呢？我们对创作者的意图做出判断。我们假设，如果道尔意识到了这个错误，那么他肯定会在这个或那个部位之间做出选择。我们可能认为，选择上述部位中的任何一个都不会对故事造成影响，因为从故事的角度来看，选择这个部位的结果与选择那个部位的结果并没有明显的不同。在此情况下，我们对叙事之预期内容的假设就不受该选择的影响，因此作者选哪一个部位都无关紧要，我们也不再为之伤脑筋①。但如果受伤部位确有所谓，譬如华生是一名矫健的跑步运动

---

① 这一措施与刘易斯为本案例和其他"难以想象的小说"所力主的措施大致相符，尽管刘易斯并没有以尊重作者意图为理由来提出他的建议（请参阅 Lewis, 1978）。

员，那我们就会尽可能地使这一选择与故事的其余部分保持一致，理解该故事，从而认为伤在胳膊上而不是腿上。在此情况下，我们会再度以我们对作者意图的最佳估计为指导，当作者让其笔下某个人物充分发挥奔跑能力时，那他可能会让该人物的手臂受伤，但不太可能有意地让其腿部受伤①。

非虚构叙事也是如此吗？假设一位稀里糊涂的历史学家先说纳尔逊在特内里费岛受的（一处）伤在手臂上，然后又说在腿上。如果叙事其余部分的某个重要内容取决于（比方说）伤在腿上，那我们就有理由认为将伤处改到腿上是正确的；通过对人们计划之一致性的假设，所有的文字证据都表明腿就是作者相信该伤所在的部位，而且我们有权认为他有意将其所信如故事中的那样反映出来。到目前为止，虚构和非虚构的情况都差不多。但假如无论是伤在腿上还是伤在手臂上都与历史学家所讲的其他话语不一致，那么，有人可能会说，仁慈要求我们理解故事为什么把伤放在手臂上，因为事实上那就是伤所在的地方。我不赞同这样的解决方法，因为我坚持认为，我们应该以意图而不是真相为指导来理解叙事的内容。我的观点在实践中也得到了几乎一样的结果，原因如下。就像在小说中一样，我认为我们应该扪心自问："假若不一致这个问题被指出来，作者会怎么办？"我们通常会回答说，为了与其说真话的意图保持一致，作者会核对记录并依据事实进行修改，将伤放到手臂上。如此一来，在大多数情况下，意图之道和真相之道都给出了同样的答案。

可以这么说：我们对不一致性的处理是以对作者意图的判断为指导的；如果我们认为不一致是个错误，那我们就依照证据所表明的作者意图来修改故事；如果没有证据支持某一特定的解决办法，那我们只需要指出，各种解决办法皆可，但是它们中的任何一个都不比其他的更为可取，所以就维持现状吧；我们假定问题已经得到了解决，无需选择任何具体的解决办法。如果我们认为不一致是刻意为之，或者认为作者即便知道前后矛盾，也打算听之任之，那我们就该保留它，

---

① 我的这一整节都受惠于 Byrne, 1933, 特此表示感谢。

并且从中只推断出我们认为作者期望我们推断出的那些东西①。

我们期望信仰体系不仅有一致性,而且有特殊性。人们不仅有关于存在的信仰,而且有关于一般事物的信仰;他们相信鲸鱼是哺乳动物,也相信有人(上帝知道是谁)在主宰着世界。但如果不谈及任何具体的事物,那它就是一个无用的信仰体系,因为我们不断地需要处理具体的事物。在叙事方面,非常注重对特殊性的强调;我们期望叙事能够追踪个体事物的经历。通常,这些个体事物都是人类或类似于人类;在特殊情况下,我们或许会遇到一个关于某物种之进化过程或某星球之形成过程的叙事。在第二章中,特殊性这一话题将再次出现,还会出现之前略为谈及的另一个话题,即主题的统一性。

在本章中,我强调了叙事的人工制品身份、它们对制作行为的依赖,以及对制作者意图的认知如何指导我们对叙事的理解等。这些都是要点,接下来的绝大部分内容都受其影响。不过,我们不应该将其上升为一整套理解叙事的硬性规则。有时候,叙事的受众会朝着自己的方向前行,仅仅由于某条线索看起来引人入胜且富有意义便沿着那条线索去探究某个人物或某个情境,而不从可能是作者意图的东西那里去为该线索发现或寻求直接的支持,甚至对已知或已猜测到的作者

---

① 有些人会抱怨,仅仅含糊地诉诸意图是不够的;我们需要一个关于所涉及的推理机制的故事。这不是提供细节的地方,不过,简而言之,这是一个暗示:假设隐含命题也可以是会话含义(格赖斯否认了这一点,认为含义是"可撤销的",请参阅 Carston, 2002:第 2.3.3 节;关于所说的意义和所蕴含的意义之间的区别,请参阅下文第 14 页注释②及其所涉正文。)然后,我们就可以建立一种理论,根据该理论,隐含命题可以作为故事内容,以防它被视为一种含义,从而允许故事有相互矛盾的内容,而无需一个次协调逻辑来隔离矛盾的影响(这是普里斯特给我们提出的建议;他 1997 年的著述与此尤为相关[请参阅 Priest, 1997])。逻辑学——经典逻辑学——为我们提供了真理的闭合条件;含义(我尚未说具体是如何规定的)为我们提供了故事内容的闭合条件。但是我们应该停止将故事视为"世界",停止将叙事视为对世界的描述(见同上:寓意 5)。世界是(或者相当于)最大的、一致的命题集。还有许多其他类型的命题集,其中一些非常无序。一些命题集则更为有序,但从来都不是最大的,而且有时候还不一致,它们是(或者相当于)故事。逻辑支配着世界;摆在桌面上的假设是,含义支配着故事。当然,如果 P 是故事内容的一部分,那么"P 是真实的"也将是故事内容的一部分。这是否意味着,就故事内容而言,蕴涵是非经典的?答案是否定的。假设 P 包含着 Q。故事内容的一部分就可能是:(1)真理在经典蕴涵下是闭合的,以及(2) P,而非 Q,是故事内容的一部分;为此,我们需要从迄今为止遇到的故事内容中给 Q 一个含义。另请参阅下文第 14 页注释①。

意图嗤之以鼻。在第三章中，我简要讨论了我们对理查森的《帕梅拉》所持有的这种偏好①。对于任何具体案例而言，这种偏好究竟在多大程度上才合适，取决于良好的判断力，但不应该有任何绝对禁止这种偏好的普遍规则。我的观点是，任何适度的叙事参与行为都理应得到强有力的引导，但不能总是并且全部被故事背后有动因这一意识牵制②。

用两个次要问题来结束本节。首先，我所谓的叙事内容，当它被用于小说时，通常被描述为"故事中的真实"③。不过，我把虚构和非虚构的叙事都视为语料库，在非虚构的情况下谈论故事中事物的真实性会严重误导我们；"在普拉姆的历史书《乔治前四世》④ 中什么是真实的？"这个问题听起来好像是在质询书中到底有多少真相，但这不是我们感兴趣的东西。与其说《爱玛》或《乔治前四世》中的某些东西是真实的，我宁肯说这或者那是《爱玛》或者《乔治前四世》的故事内容的一部分⑤。有时候，表达同样的意思，我会说，根据《爱玛》或者《乔治前四世》的说法，这件事或那件事就是如此这般。虚构与非虚构的区别就在于，我们对根据《乔治前四世》某件事情是否真实非常感兴趣，但我们对根据《爱玛》某件事情是否真实这个问题就不那么有兴趣。

其次，对故事内容的思考自然会将我们引向关于虚无的那些问题。叙事表征的某些东西在现实中并不存在。虚构叙事告诉我们的往往都是一些并不存在的人和并不真实的事情。非虚构叙事有时也会如此，这要么是出于失误，要么就是出于刻意欺骗。这不是一本关于虚构名称语义的书，我也不打算在此探讨与存在相关的形式问题或哲学

---

① 请参阅第 3 章第 4 节。
② 其他作者对佩斯利·利文斯顿的这种所谓"部分意图主义"进行了辩护：如伊塞明格的辩护（Iseminger, 1992），以及利文斯顿本人相当详细的辩护（Livingston, 2005，特别是第 6 章）。
③ 请参阅 Lewis, 1984 和 Currie, 1990。
④ 约翰·哈罗德·普拉姆（John Harold Plumb, 1911—2001），英国历史学家，《乔治前四世》（*The First Four Georges*）是其于 1956 年出版的历史著作。——译者注
⑤ 我在上文第 11 页注释①中冒昧采用了这一术语。

问题①。不管怎么说，所有种类的表征形式——如叙事、理论、祷文等——都可能表征虚无缥缈的事物，所以这个问题并不是叙事所特有的。我将假定叙事表征人物和事件，不管这些人物和事件是否真实存在，而且我拒绝进一步探究虚无的形而上学问题。

1.3 隐式和显式

早些时候，我将叙事的显性内容与其隐性或推断的内容进行了对比。这种区别需要谨慎处理。事实上，它可能会严重误导我们。它意味着明确的（即写入文本的、在舞台上或银屏上看得见的）内容与需要阐释的内容之间存在着差异。其实，这完全是一个阐释问题。正如大卫·刘易斯所言，福尔摩斯系列故事仅仅暗示了福尔摩斯是个人，作者并没有对此做出任何明确的表态（Lewis，1978）。但如果叙述者华生所说的"这会儿我已吃过了早餐"这句话被写入了故事，那什么才是明确的呢？华生在其一生中的某个时辰吃过了早餐？这种理解所采取的是一种极为狭隘的对"何谓明确表达"的认识。华生已经清清楚楚地声明**那天早晨**他已吃过了早餐，我们可以将这一点与其声明中隐含的意义进行对比，譬如，他现在很乐意同福尔摩斯一道外出并积极追查这个案件。假设故事中确有这样的说法："福尔摩斯并不是总能成功破案；毕竟，他不过是个人。"这是否就会比其他说法更令我们确信福尔摩斯是个人？它可能会产生截然不同的效果：这或许是一个讽刺性的线索，揭示了福尔摩斯系列故事的神秘超自然性。一个令我们怀疑福尔摩斯是否是人的说法，很难表明他是人。

由于这些原因，当我们提到某个故事之明确内容时，我们通常指的并不是"该文本中按字面意义编码出来的内容"。我们指的是这样的东西：当我们能够在文本 S 中找到某个或某套说法时，P 就是明确的故事内容。不过 S 需要满足两个条件：(1) S 可以自然而然地得到

---

① 对此，我已在 Currie，1990：第 4 章中发表过意见。

理解，即它直接而不是仅靠暗示来传达信息；(2) 总体上，对该文本的最佳理解是将 S 视为可信①。在这种"显式"阅读中，如果我们在文中读到"这会儿我已吃过了早餐"，那么我们就可以将华生当天（而不只是他生命中的某个时辰）吃过了早餐视为故事的明确内容，也不必因为文中包含着"这时我已经吃过了蛇"这样的话就认为故事明确地表示华生那天早晨吃了一条蛇。而且，即便我们在文本中读到"史密斯是道德英雄"之类的话，如果我们认为这句话是一个不可靠叙述的例子，那我们也可以认为史密斯是道德英雄这一说法在故事中**并不**明确。② 因此，语用推理（即对字里行间意义的推断）甚至会干扰对故事之明确内容的断定，正如华生关于吃过早餐的那句话，语用推理足以使我们明白其所指是**那天**的早餐。

我们多久需要做一次语用推理呢？在十分偶然的情况下，语言只起到**代码**的作用，而无需我们进行语用推理③。温度计可以被连接到一个机械装置上，该装置令人信赖地不时产生诸如"15 摄氏度"之类的书面或语音信息。温度计上的信息被编码成语言，获悉该信息只需理解语音或书面文字组合的能力——以解码语言符号——以及编码后的数字与目前周边环境摄氏温度的对应规则。或许有人（譬如机器制造者）欲以此为规则，不过那并不重要。对用户而言，重要的是由机器产生的文字所编码出来的数字与环境温度之间存在着可靠的关联。像这样的情况很少见，尤其是当我们考虑语言如何传达叙事的时候。语言差不多总是人们意欲交流之内容的线索。那位写"城里空空如也"的历史学家想表达的意思是城里没有（或几乎没有）活着的人，而并不是说在城的边界之内什么都不存在；那位仅用"他的伤口需要时间来愈合"这寥寥几字来描述一桩事件的冒险小说家编码了一

---

① 格赖斯在其 1967 年的"威廉·詹姆斯讲座"中概述了不同含义的概念，含义可能属于与所说内容不同的话语意义；他还概述了特别重要的一类会话含义，即由听话者在遵守会话原则的假设下推断出来的会话含义（请参阅 Grice, 1989）。

② 这与我们的观点是一致的，我们认为故事的一部分就是叙述者明确说史密斯是个道德英雄；叙述者明确说了什么与故事的明确内容有时是不一样的。

③ 关于语言使用的代码模型，请参阅 Sperber and Wilson, 1995：第 1.1 节。

件近乎微不足道的事情——因为所有的过程都需要时间——但却意味着更为重要的东西,即该人物的康复需要一段时间,而按照叙事本身所设定的时间间隔标准,这段时间是相当漫长的①。历史学家和小说家之所以这样写,是因为他们和我们其他人一样,知道没必要把言语编码得更为具体或更与想要表达的意思一致。他们知道在此情况下他们想要表达的意思或某种与之相近的意思很可能被读者推断出来;从所用的词语到产生这些词语的行为,这些推论是语用意义上的。我们从中得到的教训并不是我们都应该尽量表达得更加明确;更大的明确性往往会使意欲表达的意思**不太**容易被人理解;言语中非同寻常的精确性往往是一种反讽的表现,人们通常不会认为一个说反话的人会真的主张其言语所自然表达的观点。更大的明确性往往会让我们上当受骗②。

这些都不是问题,也不应该令人感到讶异。人类根据细微线索进行语用推理的能力已经得到了极大的发展;语言和读心术的共同进化完全有可能让我们在交际中不再像我们不善于读取人类思想时那样倾向于更为明确的表达③。将交际的重任从语言转移到语用推理,这有助于克服人类设计出的交际方式之缺陷。我们言语产出的速度很慢,远远慢于使我们得以从我们的所思、所见、所闻中思考和推论的认知过程,因此,从有效交流的角度来看,在言语上走捷径是非常有利的④。

---

① 所说的内容这一概念本身就是一个复杂而有争议的概念,有些人对所说的内容持非常狭隘的观点,根据其观点,上文两个例子中所说的内容仅为城市是空的,伤口需要时间才能愈合;而所理解的内容——剩下的人不多了,治愈需要很长的时间——则被视为一个**隐义**(与含义不同)(Bach, 1994)。因此,巴赫并不是简单地将所说的内容与所隐含的内容区分开来,而是要求我们一方面区分所说的内容,另一方面区分含义和所说的内容之含义。另见雷卡纳蒂对 m-literal 和 p-literal 的区分(Recanati, 2001)。还有其他分类法。这些关于如何切蛋糕的争议就不必在此困扰我们了。
② 语言学的革命使我们从"必要时添加一些推理的编码意义"转向"受编码限制的主动语用推理",关于这场革命,请参阅 Carston, 2002:第 2 章第 8 节。
③ 参阅同上,第 1 章。该章对这类不匹配现象做了简洁明了且综合全面的解释。
④ 请参阅 Levinson, 2000:第 1.3 节;我在此受惠于 Bach, 2000,它令我关注到莱文森的假说。

某个不愿意在文学阐释中给予语用推理很大空间的人或许会进一步强调两点：(1) 纯粹由语言编码的意义与周到细致的读者所推断出来的意义如果不匹配，那就都是例外现象或非正常情况，或者（退一步说）至少在有些情况下并不存在这种不匹配；(2) 既然不存在不匹配，那就无需语用推理，因为读者只需要理解语言编码的意义即可。针对(1)，我的回应是，对那些不匹配情况的调查表明，不匹配至少是很常见的①。不匹配的情况千差万别，其中包括意义上含糊不清、提及的索引词需要我们去理解说话者究竟在指涉谁、句中存在某些信息缺失（如：我[今天]没吃晚饭）、某一组成部分比预期的更弱或更强（如：我累了[**累得无法回答您的问题**]）（再如：这饭不能吃[**吃起来很不舒服**]）等情况。事实上，有人认为，基于对人类心理和语言的基本假设，我们从来没有，也永远无法用语言来准确表达我们的意思②。但是我不需要诉诸这种极端的表述来捍卫这样一种观点，即：在叙事理解中，语用推理无处不在。作为对(2)的回应，我只需要坚持一个原则：即便说话者就是在按字面的意思说话，**那也只是出于说话者的意图**。按字面的意思说话，如果真有此事，指的就是你意欲表达的意思与你言语的意思完全一致。因此，要知道某人是否在按字面上的意思说话，那就需要对其意图进行语用推理③。

总而言之，理解叙事的词语与句子是一回事，理解这些词语与句子所传达的故事却是另一回事。后者和大多数语言交际形式一样，有赖于语用推理，即对创作者或说话者之意图的推理。

---

① 卡斯顿认为，言语产出与所说内容之间存在不匹配，主要是因为句子的语义内容不足以确定所传达的命题。

② 卡斯顿"倾向于这样一种观点"，即"没有哪个句子能完全编码它所表达的思想或命题"(Carston, 2002: 29)。

③ 正如肯特·巴赫所言："没有哪个句子必须按照其语义内容来用。**任何**句子都可以用非字面或间接的方式。……[说话者]想表达什么，以及那是什么，这都是其交际意图的事，如果他确实有交际意图的话。如果他说的是字面意思，而且想表达的恰好是其话语所表达的意思，甚至连这一事实也取决于其交际意图。"(Bach, 2005: 27; 强调之处乃原文如此)。

语用推理与会话交际密切相关，部分是因为格赖斯的《逻辑与会话》[①]在我们对语用推理的思考中起到了开创性作用。会话交际与叙事性话语大不相同。在会话交际中，一个（通常）单一的声音占据了我们很大一部分注意力来传达一个故事。叙事可能引起会话，但它本身不是会话。那么我们在理解叙事时如此强调语用推理，尤其是在它们具有审美或艺术趣味的时候，是不是做错了呢？彼得·拉马克认为是的。他发现"一种较为隐蔽的语言还原论"，该理论将文学作品视为：

> 与任何交际形式中的话语相类似的语境化话语……据此观点，写小说、写书信或者发表政治演说等都不存在**原则上**的区别。它们全都表现出同样的传达意义的愿望。全都提出理解这一相同的目标，而且用传达意义与否来评判是否成功。难怪在那些以此为前提来探讨文学的哲学家中，关于意图的争论是如此重要。争论的主要问题就是传达什么样的意义以及是什么限制了对意义的把握：是作者明确表达的意图，是所用词语的语境化意义，是一个结合了意图和惯例的话语意义，还是其他一些什么？我认为这个观点是完全错误的。
> (Lamarque, 2007: 34)

无论拉马克否定的观点有何错误之处，都不应该将其说成是**语言**还原论的一个案例；把叙事比作交际话语，就是为了表明单靠语言是无法让我们理解的——我们还需要大量的读心术。这样的观点到底有什么错呢？

拉马克引用斯宾塞的《祝婚曲》，想让我们看到，面对这样的一部作品，我们或许会需要了解伊丽莎白时代词语的各种含义，但是我

[①] 赫伯特·保尔·格赖斯（Herbert Paul Grice, 1913—1988），美国著名语言哲学家，其代表作《逻辑与会话》(*Logic and Conversation*, 1975)主要关注逻辑推理在会话研究中的应用。——译者注

们却从那儿直接跳到了诸如这首诗高度个人化的基调之类的问题——因为庆祝的毕竟是斯宾塞自己的婚礼——这是一个"与谋求话语或会话意义有一定距离"的问题。假设我们都认为文学批评需要超越语用学,那也并没有使语用学变得可有可无,甚或无足轻重。想一想斯宾塞的这行诗句(引自该诗的其他地方):"那就设宴摆酒吧,终日欢庆"①。难道这是在吩咐大伙儿在接下来的二十四小时内每时每刻都要吃东西?显然不是。我们知道,诗里的这位说话者传达给我们的信息远非其字面上的意义,而我们之所以明白这一点,就是因为当某个对话伙伴告诉我们他花了一整天来吃饭时我们采用了普通语用推理程序。同样,我们推断斯宾塞使用"世界之灯"这一表述,其意欲所指是太阳,而不是任何灯;"最真实的野鸽"指的也不是鸽子,而是斯宾塞的新娘。如果我们不明白这些,那我们就无法理解这首诗,更不可能去探讨其基调。语用推理可能不是至关重要的,但即便在《祝婚曲》这样一个高度文学化的案例中,也是不可或缺的。

拉马克或许会认为语用学是一项不可或缺的、繁重的、挖掘基础的事业,而文学分析则是一项精英活动,更像室内设计。就我的目的而言,他已经够退让的了。但为什么拉马克如此自信地认为,当我们从"诗意是什么"转向"诗是如何运作的,其效果是如何实现的"之时,我们就进入了一个与语用推理脱节的领域?关联理论有一个令人感兴趣的说法是:像风格这样的"诗意效果"是"在……对关联性的追求中接触到大量十分微弱的言外之意"的结果②。我承认,我们不

———————

① 这句引文是斯宾塞《祝婚曲》(*Epithalamion*)第 14 节第 7 行,该节上下文是"婚礼行罢,现在把新娘带回,/把我们成功的欢悦也带回家;/把她的容颜和荣光一并带回,/乐融融喜洋洋地带着她回家。/上天从不曾对世人这般赐福,/没有人像我今日般怒放心花。/那就设宴摆酒吧,终日欢庆,/今天这日子对我永远都神圣;/斟满美酒,莫停杯,/畅怀饮,/不仅要杯满,更要肚满腹腹盈……"(按:这 10 行诗的中译文经四川大学曹明伦教授校阅并润色,特此致谢。)——译者注

② 请参阅 Sperber and Wilson, 1995: 224。关于弱含义,请参阅同上,第 4.4 节,至于其在文学中的应用,请参阅 Pilkington, 2000;Fabb, 2002,尤其是第 3 章;另可参阅 Gibbs, 1999。从认知科学的角度对文学与会话之区别的存疑,请参阅 Gibbs, 1994。对关联理论的最佳解释可阅 Carston, 2002——施佩贝尔和威尔逊对交际语用学的心理取向研究在很大程度上得益于格赖斯的研究成果,但是却反对其对会话原则知识的依赖。

知道这一说法是否正确或者在多大程度上是正确的，但确实不应该在没有对案例进行具体分析的情况下就想当然地假设语用学没法告诉我们文学和其他高端叙事诗是如何运作的①。我不打算在此处解决这个问题——它会让我们远离本书所关注的核心问题——但在这个问题解决之前，拉马克甚至不能得出其论据所暗示的更为适中的结论。

如果叙事是通过电影来表达的呢？稍后我会较为详细地讨论叙事与电影媒介，第九章就是对这两者关系的一个案例研究。不过，语言和电影媒介之间存在着本质上的差异，这些差异会让我们怀疑语用推理在电影案例中是否发挥了巨大的作用。电影媒介有一个特别之处：电影图像**意味着**什么并不取决于任何人的意图，而是取决于当时发生在摄像机前的因果事实。这是否令电影叙事更像温度计而不像小说呢？其实不然。我们已经看到，在语言学的案例中，文本中词语和句子的意义与这些词语和句子的交际用法是有差别的。词语和句子被用于**讲述故事**，而要识别这个故事，则需要合乎情理地推断这些词语和句子对于叙事交际内容的意义。电影的情况与此类似，可以说，无论是电影还是文字叙事，都是通过语用推理来获取故事的。就电影和静态摄影而言，首先要做的就是区分两类不同性质的表征内容，即：**依据来源的表征**和**依据用途的表征**。稍后我们将了解到更多与依据用途的表征相关的信息。

摄影有赖于依据来源的表征，因为拍摄照片的过程涉及将感光层面暴露于原型（即被拍摄物）所发出或反射出的光，从而在感光层面上留下清晰可见的痕迹；于是，原型就成了照片依据来源所表征的对象。这是否意味着照片只能表征其原型呢？如果是这样的话，照片永远不可能表征像亚瑟王这样的虚构人物，因为亚瑟王是没有原型的。但如果照片不能表征亚瑟王，那就很难想象电影图像如何能够表征他，因为电影摄制基本上采用摄影的方法。甚至视频和其他更加新颖

---

① 在不解决当前争端的情况下，拉马克和我都可以赞同另一种观点，即：当我们必须寻求文本所带来的虚构世界的"**意义**时，我们超越了语用学。对文学意义的探索在很大程度上是为了明确文学作品所呈现的世界的重要性和后果"（Gibson，2007：11）。

的图像制作技术采用的也是摄影那种基于原型的方法,利用这些技术制作图像的过程会产生原型的一个形象。难道这些技术就从未给我们表征过亚瑟王吗?我认为显而易见它们表征过[1]。

当我们看到一张照片、一部电影或者一个视频图像可以采取不止一种方式来表征,即它既可以依据来源来表征某一事物,也可以依据用途来表征另一事物,这时我们就取得了进展。我们往往只需将事物用于表征,它们就会服务于表征,这就好比我在向你们解说一场战役的经过时用一个胡椒瓶来代表一个团,那它就可以代表一个团[2]。而且,某件依据来源所表征的事物也可以是依据用途所表征的另一件事物。我在沙盘上解说这场战役时,一个被用来代表拿破仑的小塑料雕像就可能被用来代表他的军团。

因此,一帧照片或电影图像可以依据来源来表征某件事物——比如加里·格兰特[3]——同时又可因为该图像被用于一个叙事性的交际项目而表征另一事物。如此一来,在希区柯克的影片《声名狼藉》[4]中,依据来源所呈现的加里·格兰特的形象,依据用途则刻画了美国特工德尔文,因为这是叙事工程的一部分,而该叙事工程向我们传达有关德尔文及其活动的事实——虚构的事实。在实践中,较之静态图像,电影图像能更加有效地做到这一点,因为动态图像本身就可以作为表达叙事的手段,而静态图像则往往只作为以其他方式表征的故事之插图,就像朱莉娅·玛格丽特·卡梅隆[5]的摄影作品被用来给丁尼

---

[1] 在此,正如我说过的那样,我忽略了存在的问题。谨慎的人可能更喜欢谈论亚瑟王的表征,而不是对亚瑟王的表征。

[2] 严格地说,依据来源的表征和依据用途的表征,这两种类型不是不相交的;通过惯例表征的事物可能有一个制作过程,实际上,这是一个将其作为惯例使用的过程。我在此关注的是依据来源所表征的事物与**仅仅**依据用途所表征的事物之间的区别,即在其制造过程中没有得到使用的东西。

[3] 加里·格兰特(Cary Grant,1904—1986),美国著名电影演员。——译者注

[4] 艾尔弗雷德·希区柯克(Alfred Hitchcock,1899—1980),20世纪最杰出的电影大师之一,被誉为"悬疑惊悚电影之父"。其执导的影片《声名狼藉》(*Notorious*)又被译为《美人计》。——译者注

[5] 朱莉娅·玛格丽特·卡梅隆(Julia Margaret Cameron,1815—1879),英国著名摄影家。——译者注

生的《国王的田园诗》的一个版本配插图①。当图像是表达叙事的手段时，它大大地凸显了仅仅依据用途所表征的内容，其凸显的方式十分富有想象力并且扣人心弦。然而，在摄影作品中，依据用途所表征的事物往往会被依据来源所表征的事物淹没。在卡梅隆拍摄的那些照片中，除了能看到人们装扮成亚瑟王故事中的人物，很难看到其他；但在希区柯克的那些电影图像中，却不难看到德尔文以及其他虚构人物②。

这样的分析也适用于纪录片吗？纪录片故事中的人物与我们在屏幕上看到的人物毫无二致③。即便是在纪录片中，关于电影图像是什么的基本事实也并不能决定叙事的内容；这必须从诸如编辑、评论以及其他表现意图的干预行为之中推断出来。只有当摄影形成的影像内容与故事之间存在着**和谐**关系时，影片才算得上是纪录片；摄影机记录的人物和事件必须是叙事内容中的人物和事件④。但和谐并不是同一性，电影中听觉形象和视觉形象所代表的故事与这些形象所代表的形象之总和从来就不相同。在摄影以及各种屏性媒体中，无论是虚构或是非虚构，我们都需要区分基本的、给定的、依据原型的意义，以及推断出的、叙事的、依据用途的意义。

1.4 自然的叙事？

我说过，叙事**必须**是人工制品。其他类型的东西，比如锤子和车辆，就没有这么严格的要求。锤子可以是制作出来的，但一块未经改造的原石也可以充当锤子。虽然我们不太可能，但从概念上讲也并非完全不可能，在周边找到某个可以充当车辆的东西，虽然它原本并不

---

① 请参阅 Cameron，1875。
② 或者，就此而言，把埃罗尔·弗林视为罗宾汉。对静态摄影中此类表征之局限性的阐释，请参阅 Currie，2008。
③ 我在这里想到的是一部近似于"纯粹"纪录片的东西，而不是戏剧般的重现。
④ 参阅 Currie，2004；第 4 章。

是被造来当车驶的。但如果认为叙事在这方面类似于锤子或车辆，那就把叙事（即本质上是人为的事物）和叙事的来源（即不一定是人为的事物）混为一谈了。地球岩层可以是构成地质叙事的材料，但它们本身并不算叙事。我说过，叙事制作不必涉及书写或言说，因为其他媒体也有叙事。事实上，制作者不必制作出任何实物；侦探只需要那么意味深长且依照某种顺序地——指向犯罪现场的物品，就足以达到向其助手叙述犯罪经过这一目的。但是在这些物品被以这种有意的方式联系起来之前，我们并不拥有叙事。

我们好像时不时地会遇见一类我称之为魔法叙事的东西。我这么说并不意味着我们相信它们，而是当它们出现在想象领域中时，我们会从容应对。在蒙·罗·詹姆斯①的一个鬼故事中，玩偶之家为其主人讲述了一系列可怕的诡异事件，这些事件就如同在戏剧里或电影里那般活灵活现②。我们或许会认为玩偶之家提供了进入这些事件的途径，因而它更像是一种时间机器，而非一种表征形式。一个更合情合理的解读是，玩偶之家所**表征**的是曾经发生在房子里的事件，而它就是那幢房子的复制品。詹姆斯的另一个故事也是如此，在那个故事中，叙事通过一幅美柔汀铜版画来表达，每当该画的拥有者注视它的时候，铜版画都会有所变化。有一次，它只显示了一幢房子和一片空地；后来，则出现了一个身影；再后来，那个身影正在干一些令人不甚愉快的事情。詹姆斯并没有具体说明这些情况的机制，但也没有明显地鼓励人们去将玩偶之家和铜版画的叙事看成是由某种动因，甚至某种具有魔力的动因所操纵的叙事。就这些叙事以及其他许许多多涉

---

① 蒙塔古·罗德斯·詹姆斯（Montague Rhodes James，1862—1936），英国学者，主要研究中世纪宗教及历史，在此两方面均有精深造诣，但他最为世人熟知的却是他创作的鬼故事。——译者注

② 《闹鬼的玩偶之家》（"The Haunted Dolls' House"），载《蒙·罗·詹姆斯鬼故事集》（*The Collected Ghost Stories of M. R. James*），伦敦：爱德华·阿诺德（Edward Arnold）出版社，1931。

及魔法的叙事而言，似乎某些因果路径自然而然地对意义体贴入微①。这些因果路径选择了一系列事件来将其以叙事化的形式重演，因为叙事形式总能保留住这些事件在道德上和心理上的意义。

我们常把魔法现象视为超自然生物之有意行为的结果，能够直接实现其意图，只不过希望这个世界能以某些方式行事。照此说法，魔法不过是放大了的动因：我们可称之为魔法的还原论。根据我在上一段中描述的那一幅画，魔法不可以还原为动因。可还原为动因的魔法所产生的叙事，即便是超自然的，也不会威胁到叙事乃人工制品这一观点：超自然的力量只是比我们有更好的、更直接的制造人工制品的方法。威胁，如果确实存在的话，来自不可还原的魔法。

这里的威胁究竟有多大呢？认可那些在动因理论中找到自然家园的观点，将其断章取义，并且想象它们不知何故就成了世界的特征，如此一来，我们就得到了不可还原的魔法这一概念。在情感上，我们极易受到诱惑去想象有这么一个世界，在那里，事情的发生就好似某个动因的结果，但又不会是这样的结果；这是一个本身就具有意义的世界。我怀疑这样的想象是否比对一个美丽世界的想象更合乎逻辑——然而，在某种意义上它绝对是美丽的，与任何群体或个人的反应都无关。描述不可还原的魔法范畴以外的案例，绝非轻而易举的事情；假如我们能做到这一点，那你就不该抱怨我们没能涵盖一种前后矛盾的案例。

那些具有或似乎具有叙事结构的梦和不连贯的记忆又如何呢？我们应该把它们看成是自然的叙事吗？现有的证据很难解释；梦和记忆是否本身就具有叙事结构，而并非我们人类用以叙述过去或讲述荒诞故事的材料，在这一点上还远不能下定论。我们姑且认为它们确有一种与生俱来的类似于叙事的结构。那么，我想我们应该说，它体现了

---

① 即使在有超自然力量的鬼故事中，也暗示了这种路径的存在。詹姆斯的另一个故事《噢，小伙子，你一吹哨，我就会来到你身边》（"Oh, Whistle, and I'll Come to You, My Lad"）讲述了一个在东安格利亚度假的倒霉学者通过吹他发现的一个古老哨子来召唤一种超自然（尽管不是很强大的）力量的故事。从吹哨到召唤超自然力量的因果路径是众多具有神奇意义的路径之一，但因果过程这部分却不受任何其他超自然生物活动的影响。

一个比较普遍的现象，那就是，有些属于非人工制品的事物具有人工制品的某些特征。在此情况下，那些非人工制品的事物（比如，梦和记忆）与叙事之间的差距就如同自然意义与非自然意义之间的差距。云层可能意味着要下雨，斑点可能意味着出麻疹，但这些事物与交际行为迥然不同，交际行为属于格赖斯所说的非自然意义的范畴（Grice，1957）。我们可以根据梦和记忆的任何叙述结构，给它们贴上"叙事"的标签。然后呢，我们就需要另外找一个术语来称呼我打算在此重点关注的兼具意图性和交际性的人工制品。事实上，"叙事"才是那个看起来最适合这一目的的术语。而且，虽然某些非人工制品，譬如石头，可能通过某种使用方式而成为锤子，但没有任何梦或记忆能成为我称之为"叙事"的那种具有交际能力的人工制品；梦和记忆充其量是构建这种交际性人工制品的材料。

这一切都不妨碍我们看到叙事与刚才提及的那些非动因性语料库之间的相似性，那些至关紧要的相似性。我们还可以在此加上记录一天中某个地方环境温度的机械性温度计；作为对特定地点具有因果联系的特定事件的记录，温度计当然像叙事，但在我看来，它却并不是叙事[1]。在此大类中，有一分类的事物，它包括小说、历史、传记等结构相似、兼具意图性和交际性的人工制品。这些事物都是叙事学所讨论的传统对象，在其表征的内容（即其讲述的故事）和其有意行为这一起源之间，有诸多重要的关系需要梳理。这些就是这本书的主题，不管人们怎么称呼它们，我选择将其称为叙事。

最后要谈的是，生命是什么样的叙事？在我看来，生命不是叙事，因为生命不是具有表征性质的人工制品。在某些不可预见的未来，我们或许会见到为了讲故事这一意图而制造的非自然的或至少是人工制品类的生命。雷·布拉德伯里[2]笔下的插图男，其身上有动画文身，他就有一个可以讲故事的身体；反过来，以某种方式预先编

---

[1] 关于因果关系在叙事表征中的作用，请参阅第 2 章。
[2] 雷·布拉德伯里（Ray Bradbury，1920—2012），美国科幻、奇幻、恐怖小说家。——译者注

程，也可让他的行为来讲故事。目前，我们尚未达到可以获得这样一种生命的地步，所以宣称生命是叙事，其实就是在宣称普通意义上的人类生命是叙事，无论过去还是现在。我不确定是否有人真的以为任何生命都是一种叙事，不过他们可能会想到一些很容易与之混淆的东西。他们可能会认为，某种叙事性的生产行为是生命得以繁衍昌盛甚至赖以存在的一个条件①。我认为，盖伦·斯特劳森已经证明：情况并非如此；一个人可以度过完整、连贯且有价值的一生，而在此一生中，先与后的关系并不受叙事的影响（Strawson，2004）。回想一下我们对叙事与故事、表征形式与表征对象的区分。如果生命不能（除非在特殊情况下）成为叙事，那么生命能够成为叙事所讲述的故事吗？这样想，当然不像认为生命是一种叙事那样显而易见是错误的②。但是，这种想法仍然弊大于利。没有哪个人的知识或力量能够使其整个一生甚或一生中的某个重要片段与其所建构的某个叙事一模一样，完全吻合；充其量，一个人的一生与关于这一生的叙事有所重合，而其生活的大部分内容都在叙事中荡然无存，因此，毫无疑问，这个关于生命的叙事存在着大量的错误。但是福尔摩斯叙事却不是对福尔摩斯故事的不完整或者不完全相符的叙事；叙事决定了故事是什么，因为故事只包含那些根据叙事来说是真实的东西。非虚构的故事也不例外。一部关于丘吉尔的传记可能会弄错众多的事实，遗漏若干重要的东西，但该叙事与丘吉尔的故事（即叙事所讲的那个关于丘吉尔的故事）之间的关系却不见得同样错误百出和支离破碎；再说一遍，故事不过是根据叙事而产生的那个故事③。我们讲述自己和自己

---

① 我认为，鉴于对历史现实主义的假定含义，这场有关生命和其他历史过程是否具有"叙事结构"或类似结构的辩论并不是一场关于生命是否是叙事的辩论——无论如何，在我看来都不是。请参阅 Roberts，2011，见其中加尔、明克、怀特等人的文章。

② 在斯特劳森引用的一段话中，杰罗姆·布鲁纳从谈论"我们讲述的关于我们生活的故事"，到声称"自我是一个永远被改写的故事……最终，我们**变成**了自传体叙事，通过它我们'讲述'我们的生活"。（请参阅 Strawson，2004：435）

③ 请参阅路易斯·明克："叙事史借用了虚构叙事的惯例，按此惯例，一个故事会产生自己的想象空间，在这个空间内，它既不依赖也不能取代其他故事。"（Roberts，2001：217）历史叙事的这一特点既不是惯例，也不是从小说中借鉴得来的。

生活的那些叙事或许相对而言较为忠实于事实；这些叙事在某些情况下就某些人而言，可能会引领我们的行动，影响我们成为什么样的人，左右我们做什么样的事——就连斯特劳森都可能会赞同这一点。生命不是叙事，生命也不是故事。

1.5 隐含作者

我坚决主张通过推断其制作者的意图来理解叙事。叙事理论就此话题的争议由来已久，人们往往从"隐含作者"的角度来看待这个问题，根据一个想象的或建构的代理人来理解作品。托尔斯泰就是一个典型的例子。我们听说，通过仔细观察就会发现他在道德上极其平凡，无法让《安娜·卡列尼娜》熠熠生辉，于是我们就安排了一个想象出来的、具有广泛而深切的道德同情心的形象来替代他。我多少有点乐于遵循这样一种模式，不过，这种模式将如何与我向来坚持的叙事乃兼具意图性和交际性的人工制品这一观点相契合呢？① 如果叙事的确是兼具意图性和交际性的人工制品，那我们当然应该弄清楚该人工制品的制作者**真正**的意图是什么。可情况却并非如此。语用推理不是对个人动机所做的会牵涉对日记、信件、朋友们的回忆等证据进行排查筛选的法医调查；语用推理是一种普普通通的活动，在这种活动中我们一般很少去进行有意识的控制，对这种活动我们一般也知之甚少，这种活动的目的就在于使说话者的意图和听话者的理解之间产生一个均好但并不完美的匹配②。语用推理被频繁使用，而且它在促进交际方面的成功度还算高——这都足以让我们根据它来定义一种意义，即那种时常被称为**已实现的意义**之意义③。所谓已实现的意义，就是细心的听者，通过语用推理，就其所听到的内容做出的合理预期

---

① 这是一位匿名读者提出的问题。另请参阅下文第 4 章第 2 节。
② 在更高层次的批评中，语用推理可以变得更加精练，但这是对公认的普通做法的改进。
③ 关于这一点，请着重参阅 Levinson，2002。

的理解。正是说话者成功地表达了该意义（即合理预期的交际性理解）；因此才有了"已实现的"意义。如今隐含作者这个概念可以在语用学的说辞中得到粗略的解释。叙事的隐含作者就是这么一个（或许根本就不存在的）人物，其意欲表达的意义与叙事实现的意义相一致。

当然，这仅仅是一种大致的说法。正如我们即将看到的那样，叙事既有视点，也有内容，若要充分解释隐含作者是如何建构出来的，那就需要把视点纳入考虑之中。目前，已经有足够的证据表明，隐含作者这个概念属于把叙事视为兼具意图性和交际性的人工制品这一思想范畴。

1.6　展望未来

本书的其余部分将以各种方式依赖于叙事乃兼具意图性和交际性的人工制品这一主张。近来的叙事研究有一个特点，总体说来，作家们选择忽略叙事的形成，认为研究叙事的最好方法就是将叙事实例视为内部结构化对象，而叙事理论的目的就是标记出它们所在的位置，但对其来历，我们却一无所知。于是，大量的时间被投入到区分不同层次叙述者的分类课题之中，所有叙述者都被看成是"叙事内部的人物"。作家本人几乎没有受到关注的机会。识别一个内部的叙述者是有道理的，稍后我会对此发表更多意见。我们需要以此为出发点，即：我们拥有的任何叙事都是人类不断进化的沟通能力所促成的。有关这一能力的事实，有时候毫不起眼，需要借助科学手段才能看得见，但对于理解叙事是如何运作的却至关重要。

2 叙事内容

叙事表征那些构成其故事的人物、事物、事件、状态和过程，无论它们是真实的或想象的。不过，我很少谈及故事与其他表征形式内容的区别：理论、年表、目录，以及我们在布道中发现的解读性反思等。这些其他表征形式无需给我们讲述故事，就可以告诉我们关于人物、事物、事件、状态以及过程的信息。那么，是什么使得故事以及描述故事的叙事与众不同呢？

2.1 因果关系

有显而易见的迹象表明，叙事特别关注细节，特别关注随着时间的推移细节之间相互作用的特殊性。相互作用意味着因果关系，而因果关系被认为是叙事内容的关键所在[①]。如果我们要讲述一个故事，那么叙事的一致性在某种程度上就是必不可少的，而且在某种程度上，叙事一致就是一个因果一致的问题。有了高度一致的叙事，我们会发现事件之间的因果关系都围绕着一个主题，或至少会发现事件之间因果相互作用的丰富模式，而这些事件的主题就是那么几个中心人物。总而言之，叙事与其他表征形式的区别就在于它们所描述的内

---

① 请参阅 Kermode，1981。

容，即细节之间，尤其是动因之间，在时间上和因果上持续稳定的关系①。其他类型的叙述也关注原因：比如科学理论。不过，理论强调的是普遍性、拟定律性和抽象性，而叙事侧重的是特殊性、偶然性和具体性②。

强调细节固然是对的。不过，在叙事的故事中，细节之间的关系有必要是因果关系吗？故事中所有实体有必要在时间上（或许空间上）都相互关联吗？在谈论与叙事相关的因果关系时，我们首先要警惕的是复杂性。因果关系是一个难以捉摸的概念，关于什么是因果关系以及什么与什么之间有因果关系，存在着大相径庭的各种观点。一种极端的观点认为，所有因果关系都是微物理因果关系，其他一切都是在微物理基础上产生的；宏观上、心理上或社会上的事件之间那些一望而知的因果关系原来不过是对因果联系的错觉。接受这样的观点，把描述因果关系当作叙事的基本任务之一，就会使我们手中实实在在拥有的大多数叙事变得毫无意义，因为这些叙事很少谈及微物理因果关系。

这里有两种解决方案。一种是量身定做一个因果关系的概念，使我们得以说出如下的话语：爱玛试图给人保媒拉纤，结果导致了极大的不幸；伊阿古满口谎言，结果导致了苔丝狄蒙娜的死亡。另一种则

---

① 请参阅 Carroll，2001a。卡罗尔关注的是**叙事联系**概念而不是叙事概念，他用因果关系的术语来解释叙事联系概念。因为，他说，我们也可以称之为叙事，即使它包含的东西并不是"严格意义上的叙事元素"（同上，21）。然而，在卡罗尔看来，叙事联系和叙事是紧密相连的："我怀疑，当我们将历史或小说等更大规模的话语称为叙事时，我们这么做是因为它们拥有大量的叙事联系，或者是因为它们所包含的叙事联系特别显著，又或者是因为它们两者兼而有之。"（同上）卡罗尔有充足的理由重视问题在维持叙事兴趣方面的作用；他说，叙事之所以成功，就是因为它们在读者心中提出了问题，而为了解答问题，读者就会继续阅读故事。这似乎是对叙事成功的一种不错的观察，却不是叙事本身的条件；一个没有提出正确问题的叙事将无法吸引读者，但也不失为一个叙事（请参阅 Carroll，1990）。

② 有时候，我们会区分叙事和戏剧（Scholes and Kellogg，1966：4），不过在这里，我认为戏剧只是叙事可以采取的一种形式：一种在局限性和可能性方面不同于长篇小说、短篇小说、电影以及其他叙事形式的形式。戏剧是以一种特定的方式讲故事的媒介，没有我们时不时（但不总是）在小说中发现的那种内部（即故事中的）叙述者（请参阅下文第5章第5节）。戏剧通常涉及特定的人在与彼此和世界的因果关系中的思想和行为。与其他这些形式一样，它有充分的理由被称为叙事。

是允许各种物体、人员和事件之间存在一系列因果和非因果的关系——我们可以称之为依赖关系——并且指出叙事关注的正是这个较大的关系种类，这个关系种类既包括许多人的幸福都受爱玛的活动所左右，也包括苔丝狄蒙娜的命运取决于伊阿古的谎言。我对这两种解决方案的任何一种都没有强烈的偏好，不过值得注意的是，较之"一切因果关系皆是微因果关系"这个说法，有些因果关系的概念更具包容性。譬如，从干预的角度去看待因果关系的观点认为，当改变 X 值的干预行为也改变 Y 值时，X 和 Y 之间就有一种因果关系[①]。这种观点似乎既适用于爱玛的情况也适用于伊阿古的情况；以相关方式的干预去改变他们的行为就可以避免他们造成的不幸，无论是大的不幸还是小的不幸。但是我们不应该为了能拿出一个概括性的、从哲学上来讲是站得住脚的对原因的分析，就大费周章地在此提炼这些观点。叙事的运作并不取决于任何这样的概念，要求叙事遵循一个精确的哲学原因论的那些条件，无疑会对许多叙事都造成破坏。在说到对因果关系的表征是叙事的核心时，我们强调的是被表征的关系的中心性，在我们没有进行哲学性反思的时候，我们会认为这些关系要么是因果关系，要么就只是依赖关系，以为我们不假思索地区分了这两种类型。确实，可能有这样一种叙事，这种叙事规定，如果没有干预机制，就不会有因果关系，或者所有因果关系都包含守恒量[②]。在这样的叙事中，我们必须对因果关系采取一种具体的、也许是特殊的态度，而我刚才所说的话就不适用于这样的案例[③]。这样的案例十分罕见，不能作为把叙事一概而论的理由。

---

① 请参阅 Pearl, 2000。
② 有关因果关系涉及守恒量的观点，请参阅 Dowe, 2000。约翰·坎贝尔的一系列论文，包括其 2007 年的著述，都论证了因果关系尤其是心理因果关系在没有机制的情况下的可能性。请参阅 Campbell, 2007。
③ 在这种情况下会出现问题，即作者在多大程度上有权规定关于因果关系的形而上学或科学事实，一些这样的尝试可能会因为违反条件而被视为失败，提出那些条件是为了解释读者对不连贯规定的抵抗（对"想象的抵抗"这一主题的一个方面的探讨，请参阅下文第 6 章第 1 节）。我在此假设，并非所有这些规定都会违反被"作者这么说"证明是稳健的任何条件。

不管人们以什么样的方式来理解因果联系这个概念,对于因果联系是叙事必不可少的条件这一观点,大卫·维尔曼发起了挑战。他说,就叙事而言,至关重要的是一条令受众在某些方面得到情感满足的事态发展的弧线,不管其中的事件是如何被表征为相互关联的。在亚里士多德讲的一个故事中,米蒂斯被谋杀了,然后杀害米蒂斯的凶手被一尊倒下来的米蒂斯本人的雕像砸死①。维尔曼说,这两起事件,即谋杀和意外死亡,构成了叙事的素材,然而它们之间并没有因果关系;把这两起事件并置到一起就足以提供情感上的跌宕起伏了。或者以爱·摩·福斯特的观点为例,福斯特认为,"国王死了,然后王后死了"并不是叙事(即他所谓的"情节"),而"国王死了,然后王后死于悲伤"才是叙事,因为这样的表征暗示了因果关系。但是"让女王嘲笑国王的死,然后因踩到香蕉皮上一滑而丢了命:读者才会体验到情节所特有的分辨率"(Velleman,2003:7)。

让我们来厘清两种说法。一种说法是,就叙事而言,事件之间的因果关系并非必不可少。另一种说法是,要让某件事物成为叙事,那么产生情感满足的效果是必要和充分的条件。维尔曼似乎既支持第一种说法,又支持第二种说法。他说:"某种对事件的描述得以成为叙事,就在于它能在读者身上引发并且解决一系列的情感需求。"假设有人根据物理定律,在某种对粒子相互作用的推论中得到了情感上的满足,毫无疑问,这非同寻常。不过,如果我们所有人或者大多数人都开始在粒子物理学中找到这种情感上的满足,那么这种推论,或者对这种推论的描述,就不会成为一种叙事。我们可以说,我们所谈到的这种情感反应是叙事引起的那种情感反应,但这种反应必须以某种独立于叙事的方式加以说明,才能有助于我们理解何为叙事。我看不出有什么理由使我们认为我们对叙事就有情感反应,而对其他的一切则没有。因此,值得考虑一下我们是否可以继续传统项目,即尽可能地说一些至少与叙事本质相关的话;具体的措施就是要详细说明叙事的表征性特征,认真思考人们对表征因果关系在叙事中特别重要这一

---

① 请参阅亚里士多德《诗学》(Poetics),1452a4-6。

观点的质疑①。

在我开始这个话题之前，我先着重谈谈维尔曼的另外一个论点，该论点旨在对叙事的阐释能力提出质疑。

> 读叙事史的人往往容易受到投影误差的影响。对历史事件有了主观认识之后，由于对它们形成了一个稳定的态度，读者很容易觉得，通过了解这些历史事件的来龙去脉，就对这些事件有了客观的认识。在理清自己对事件的感受之后，读者就会误以为自己已理清了这些事件本身：读者错把情感上的满足当成了知识上的满足。（Velleman, 2003: 20）

倘若维尔曼是对的，那么这一点就超出了历史的范畴：我们也应该这么说，当我们觉得小说中的事件被叙事阐释得清清楚楚时，那是因为我们对这些事件的理解只是"主观上的"。知识上的满足既是严肃小说也是非小说所追求的一个目标，而且，倘若维尔曼是对的，那么认为它曾经实现就是一种幻觉；接下来，也很难看出叙事如何成为通往道德知识的途径②。我们不必扯得那么远；我们可以说叙事（无论虚构或非虚构）具有阐释潜力，不过我们有时也会被情感上的满足感引入歧途，以为我们得到了叙事性的阐释，但其实并没有得到，或者以为我们得到了一个比较强有力的阐释，可实际得到的不过是一个比较苍白无力的阐释③。

让我们回到因果关系的作用上来。我将以米蒂斯的故事、他的被害以及凶手之死作为一类案例的代表，这类案例具有很强的叙事性，然而事件与事件之间却明显缺乏真正的联系。我称这一代表性案例为"米蒂斯谋杀案"。我将把这个案例与我可能想到的其他一些案例区分

---

① 正如下一章将要展示的那样，我最终并不认为叙事的所有独特之处都可以从其表征性特征方面予以解释。
② 关于叙事在道德思考中所起的积极作用，请参阅 Misak, 2008。
③ 在引用的段落中，威勒曼确实说过，读者"容易"以为事件已被叙事解释。

开来。安德烈·巴赞①曾经赞扬德西卡在《偷自行车的贼》(1948)②中对纯粹偶然事件的运用,比如那群避雨的神学院学生——那是一个最终被证明与故事毫无关联的事件。缺乏关联并不有损于叙事,但是《偷自行车的贼》这一案例与"米蒂斯谋杀案"有着极大的不同。当我们看到那群神学院的学生时,影片已经通过对因果相关的人物和事件的表征而获得了相当大的叙事推动力;神学院的学生来来往往,对故事毫无影响,不过其存在却是电影现实主义风格的一个重要元素。"米蒂斯谋杀案"的问题就在于,故事中两个最突出的事件之间似乎并没有因果关系;阻止米蒂斯死亡这一干预行为对随后发生的"雕像倒在人身上"这一致命事件并没有丝毫的影响。还有赫胥黎的《加沙的盲人》,在这本书中,安东尼和海伦之间那薄情寡义的风流韵事被从飞机上掉落下来的一只狗给打搅了——这简直就是天方夜谭。但是这一插曲非同寻常,太过刻意地违背叙事的期待,因而不能作为此类分析所需要的那种典型例子。另外,虽然狗的因果关系史与故事中任何一桩重要事件都没有关系,或者貌似没有关系,但是狗从天而降所造成的后果却在延续。我稍后会谈到一些事情,这些事情可能会(或可能不会)有助于我们了解《偷自行车的贼》和《加沙的盲人》中这些插曲的方方面面,不过它们不是我们一开始就要着手讨论的案例。

或许,我们判定米蒂斯的故事为叙事,依据并不是我们对它的情感反应,而是因为在某种程度上我们无法摆脱谋杀和意外死亡之间存在着联系这样一种假设。很难不把这个故事看成是一个让凶手得到报应的故事。然而,正义得到伸张不是出于偶然,它需要在犯罪行为与犯罪人随后所遭受的不利——如本案例中的死亡——之间有一种依赖关系。或许,回想前文之所言,我们应该说这种依赖关系无需被视为因果关系。或许,正如我曾说过的那样,有一种思考世界的方式,根据这种方式,事件之间存在着非因果的依赖关系,而米蒂斯的情况正

---

① 安德烈·巴赞(Andre Bazin,1918—1958),法国著名电影理论家、影评人。——译者注

② 维托里奥·德西卡(Vittorio de Sica,1902—1974),意大利著名导演,《偷自行车的贼》(*Bicycle Thieves*)是其执导的一部影片。——译者注

是如此。倘若是这样的话，那么我们一定要说，就叙事而言，重要的是它对事件之间一般依赖关系的描述，而这些依赖关系中有很多是因果关系，但也有一些不是因果关系。我认为我们还有一个问题：以一个男人的故事为例，这个男人成功地战胜了一种致命的疾病，却在出院之后的第二天死于一场毫不相干的车祸，这难道不能提供一个扣人心弦的叙事？我们可能会把这看成是一种隐性依赖关系的例子；故事暗示，不知怎的，这个男人从疾病中得到康复这件事打破了他命运的平衡，而那场车祸就是为了重新建立起这种平衡。我相信还可以有其他的解读。譬如，事件之间的无关性难道就不可以是这个故事的重点吗？

我认为，在这种情况下，我们拥有的是一个叙事。鉴于此，我们需要考虑这样一个事实，那就是，此处明显缺少一种人们原本期待找到的依赖关系，而且这一缺失并不妨碍我们声言我们手中拥有的是一个叙事。但是我们需要以一种不只是区分叙事与非叙事的观点来看待它。接下来要讲的就是这样一种观点。

2.2 叙事性

刘易斯·纳米耶的著作《乔治三世即位时的政治结构》以其对议员个人忠诚度的细致分析，抨击了那种把 18 世纪政治解释为托利党与辉格党之争的观点[①]。该书与麦考利和特里威廉[②]丰富的叙事性历史著述形成了鲜明对照。不过，纳米耶的史书并不缺乏叙事，因为他列举了特定的行为和动机来阐明他的主要观点，而且这些例证就是以叙事的形式呈现的。在对比这些著作时，我们需要做一些细微的区分。如果我们认真对待叙事的一般定义，比如热奈特的定义——"一

---

① Namier, 1929。
② 托马斯·巴宾顿·麦考利（Thomas Babington Macaulay, 1800—1859）和乔治·麦考利·特里威廉（George Macaulay Trevelyan, 1876—1962），二位都是英国史学家。——译者注

种用来讲述一个或几个事件的语言作品"——那么我们只能说，一切皆是叙事，"我步行去了商店"也是叙事①。我们还应该补充一点，这些事件必须表征为因果相关（所以应该有不止一个事件）。步行需要因果关系，步行到商店包括起步和止步，它们可以算作两个独立的事件，两者之间的关系是无可非议的因果关系。纳米耶的叙述并不缺少因果关系；当他告诉我们，罗奇姆勋爵给纽卡斯尔伯爵写信，说起关闭特勤局账户的事，这时，他所谈到的那些生理和心理过程完全是因果关系。

或许我们受到了这样一种叙事概念的束缚，这种叙事概念既囊括了麦考利和纳米耶截然不同的历史叙事，也包含了诸如"我步行去了商店"之类的小叙事，但是又不对它们进行区分。彼特·拉马克认为确实如此，他认为我们只是错误地以为叙事是一个有趣的类别（Lamarque, 2004）。而我们之所以会这么想，是因为的确存在着一些妙趣横生的叙事：譬如简·奥斯汀和查尔斯·狄更斯的小说、伟大的史诗以及伟大的叙事诗等。在一定程度上，拉马克是对的；叙事作为一个类别，我不认为很有趣。如果有趣就是一切，那情况就会令人费解。就好像我们相信**中型事物**之所以有趣，仅仅是因为其中存在着有趣的中型事物。可以把这种错误称为过度概括。这不像是我们天生易犯的错误。肯定有某种特殊的原因让我们在谈到叙事时倾向于过度概括，而谈到别的东西时——比如中型事物——则不然。事实上，我不认为这个有关叙事的错误是过度概括。这个错误不是那么地显而易见，它隐藏在问题的模糊性后面。我们是否应该对这个或者那个是不是叙事感兴趣？又或者，我们是否应该对这个是不是比那个更有叙述性感兴趣？我认为我们应该感兴趣的恰恰是后者。而叙述性有时也被

---

① Genette, 1980: 30; 另请参阅 Abbott, 2002: xi。热奈特的定义还有一个缺点，即它只适用于语言叙事。芭芭拉·赫恩斯坦-史密斯的定义（即"某人告诉另一人发生了某件事，由此组成的言语行为就是叙事"）也同样有问题（Herrnstein-Smith, 1981: 228）。

称为**叙事性**①。

任何像我一样认为叙事分类概念并不是那么有趣的人都应该解释一下为何那么多的人不这样认为。在拉马克看来，我们认为叙事有趣是因为的确存在着一些有趣的叙事。我来给大家一个不同的解释，那就是，面对一个特定的概念时，我们往往不确定哪一个才是正确的处理方法，是该将其视为一个分类概念还是一个分级概念呢？按照苏珊·哈克的说法，理由是分级的，而知识是分类的（Hacck，1993）。不过，这种观点也引发了争议：斯蒂芬·海瑟林顿就认为，知识本身也是分级的（Hetherington，2001）。我不想去判断孰对孰错，不过，这一争议说明分类陈述和分级陈述常常难以区分。我认为，叙事为此困难提供了又一佐证。我得说，那些认为叙事有趣的人完全没有搞清楚状况：他们真正觉得有趣的不过是**叙事性很强**这一概念。

那种认为我们把叙事与叙事性混为一谈的观点基于这样一个事实，即我们倾向于依据语境中与其他事物的一种对比关系来使用"叙事"一词。把纳米耶与麦考利对比一下，自然就只有后者的作品才算得上是叙事；把纳米耶与我的购物清单对比一下，前者就当之无愧地配得上叙事这个称号。在更高的抽象层次上，把叙事与数学物理相比较，那么将寓言和人物研究视为叙事种类似乎也就顺理成章②。在其他情况下，我们可能会把叙事与寓言和人物研究**区分**开来，因为后两者皆有归纳概括的倾向，这与叙事特殊化和序列性的诉求不太相符。叙事讲述事件标志的因果关系序列，使叙事与众不同的就在于它涉及特定的对象和动因，而寓言则从特殊事件之中得出一般性结论，人物

---

① 关于最近的一项调查，请参阅 Prince，1998。"叙事性"这个术语有着不同的用法；"叙事性"的其他意义还包括格雷马斯提出的那一种（请参阅 Greimas，1977），即一种在语言之间甚至媒体之间的翻译中幸存下来的自主意义（另请参阅 Bremond，1964）。我对这一术语的使用并不意味着存在任何这种自主的意义。盖伦·斯特劳森用"叙事性"一词指代从叙事方面领会到的某种人生观，请参阅他颇具争议的杰作（Strawson，2004），我在此没有任何异议；请参阅上文第 1 章第 4 节。诺埃尔·卡罗尔说，通过区分叙事、年鉴和编年史，我们避免了对叙事性程度这一概念的需求（这有点儿类似于我所采用的意义）（Carroll，2002：34）。即使我们如卡罗尔所建议的那样保留"叙事"，对于那些具有显著叙事联系的内容来说，也有很大的空间来判断程度，从而判断叙事性。

② 关于叙事与性格研究的对比，请参阅下文第 3 章。

研究则用特例来说明生活中的一般特征[①]。这里的情况似乎是这样的，语境决定了叙事性的不同阈限，我们通过将任何高于阈限的东西称为叙事来认可叙事性。当与数学物理等太**不像**叙事的事物相比较时，相关的阈值就会非常低，因此寓言和人物研究就超过了阈限。以寓言和人物研究为相关对照的案例标志着阈值的大幅提高。

称某物为叙事时，我们可能正在做以下三件事中的任何一件：可能正在把它与压根儿就不是叙事的东西相比较，譬如与普通理论相比较；可能正在把它放在叙事性的尺度上，高于某个特定的、语境决定的阈限；可能正在把它归入我称为**典型叙事**的那一类，即一个延续的、注意力集中在几个高度相关的人物之故事和命运的叙述，其中充满了关于依赖关系的信息（为简单起见，我假设这些关系就是因果依赖关系），而所有这一切都是通过一个我尚未关注过的东西来各就各位，即主题的统一。我们在大量的（无论是经典的还是通俗的）文学作品中都能找到这样的组合：长篇小说中有，短篇小说中有，甚至戏剧和电影中也有。这类事物在任何语境中都可以算作叙事，不管由语境决定的标准是什么。在接下来的内容中，我将提供一些第三类叙事的例子。一般来说，我有时候会用"叙事性"来提醒大家，我们讨论的是以程度来表示的某种东西，不过在大多数情况下，"叙事"也同样行之有效，届时我就会采用它：比如，谈及关于叙事与因果关系之间的联系，就很容易被理解为要求我们思考对原因的不同表征如何影响叙事的程度。现在我就来谈一谈这个话题。

2.3　权重因子

现在我们可以重新思考一下叙事与对依赖关系的表征之间的联系，这一联系因"米蒂斯谋杀案"中明显缺乏依赖关系而成为问题。再考虑一下我们这类典型叙事都有其丰富、具体且一致的关于周而复

[①] 请参阅 Goodman, 1981。

始的思想、行动和突发事件的故事。是什么使得结合了这些不同特征的事物被纳入一个令人感兴趣的种类——那种我们一想到叙事脑海里就会浮现出来的东西,那种人类似乎会对其表现出浓厚兴趣的东西?有一个毫无创意的假设是:对描述个人的行为和动机而言,对描述少数人或合作、或竞争、或既合作又竞争的行为和动机而言,典型叙事是再好不过的手段;这种形式的东西也许比任何其他类型的表征方式都更适合表征特定的人在做什么、做过什么或者为什么这样做;我们对这样的信息有着无穷无尽的兴趣①。为什么有无穷无尽的兴趣呢?我怀疑,答案与石器时代早期和中期我们思想进化的环境有关。

我把这些推测留待本章的附录来讨论;我在附录中的所言将与稍后我会涉及的性格概念及其在叙事中的作用等问题联系起来。目前,我主要关注离我们更近的祖先们的叙事实践。我说过各种特征的结合对于叙事性来说很重要——关注高度相关的人,他们的行为、动机和命运,丰富的因果关联性和主题统一的关联性——下面这段引自约·哈·普拉姆的话就是一个简单适用的例子,从中我们将发现某种东西,它能让一连串错综复杂甚至杂乱无章的事件在叙事中变得有条不紊,环环相扣:

> 伦敦的大街小巷刚一充斥着各种各样的猜测,就传来女王即将去世的消息。即使博林布罗克获取了党内的指挥棒,他还有时间来确保其政党掌权吗?后来人们得知博林布罗克与萨瑟兰、斯坦诺普以及辉格党的主要人物共进晚餐。枢密院召开了会议,而且很可能是在什鲁斯伯里的纵容之下召开的,

---

① 纳米尔的作品的叙事性很低,使他笔下的历史没有太多"成年人,掌控自己的命运,把故事推向他们想要的方向,并做出他们自己的决定"的感觉,这绝非偶然。为此,正如巴特菲尔德所言,"我们必须有一部以叙事形式呈现的政治史"(Butterfield, 1957: 206)。我们有理由认为,即使我们倾向于采用截然不同的模式,叙事形式也会将我们推向本质上人类的思维和行动模式。巴雷特和凯尔的实验表明,那些公开认同上帝的力量和知识无限这一观点的人,在面对那些描述上帝在特定情况下的干预的叙事时,很容易回到一个视上帝的思想和行为更有限、更像人类的概念上。(Barret and Keil, 1996; Barrett, 1998)

阿盖尔公爵和萨摩塞特公爵都出席了会议，这两人都是辉格党人和忠诚的汉诺威人。博林布罗克被逼到了死角；奄奄一息的女王任命什鲁斯伯里为财政大臣，然后危机就结束了。时间，倘若不是别的什么东西，击败了雅各布派，使得乔治一世的登基成为必然。（Plumb, 1956: 37）

普拉姆用寥寥数句就总结出了继位的复杂之处，凸显了在个人利益和政党利益的背景之下，领导者之间结盟和对立的变化过程。在上述引文的最后一句话中，普拉姆试图概而论之，结果却在这一过程中找到一种虚假的必然性——不过很诱人，考虑到其叙事给予事件的有序程度①。

我曾说过，作为社会信息的一种自然载体，典型叙事在我们进化发展的环境中至关重要——现在也同样重要。与此相关的更多信息，请参见附录。不过，典型叙事总是以不同的等级或程度出现，而且这种程度并没有一个特定的还原点来让低于这个点的叙事形式完全丧失其叙事功能。在实践中，人们的叙事总是以这样或那样的方式不尽完美，譬如：与主题不相关、主题不统一、缺少关键联系等——这些缺陷都可以在进一步的对话交流中得到弥补。因此我们很自然而然地认为，我们关于叙事形式的新概念容许广泛的范例，并且没有明确的疆界。我认为，这就是我们实际拥有的叙事概念。在挑选这一类别的样本时，我们倾向于关注那些要么在所有品质上都出类拔萃的样本，要么虽然在诸多方面都卓尔不群，但在某一方面或其他方面都明显地、也许是刻意那么一反常态地平淡无奇的样本，在那些样本中，推动叙事成了反常现象的一个很好的理由。考虑到叙事之目的，这一理由很难将所有这些特征都结合在一起。若要致力于系统地探究偶然事件这一主题，系统地探究偶然事件在颠覆正义或其他可感知的善行中所起

---

① 也许这说明了叙事的伪解释潜力的一方面：某种散文会产生一种情感节奏（Velleman, 2003），这种节奏使结果看起来比实际情况更加合理地，而不是那么出自偶然地，与其前因相关。

到的作用，那么在叙事中就有必要违背因果联系这一条件，或至少对其做出重大的妥协，就像"米蒂斯谋杀案"中所发生的那样，也像我们那位虽然得以康复却运气不佳的病人所经历的那样。我们很可能会认为这样一个故事版本"非常像叙事"，或者用我的话来讲，具有很强的叙事性，不过在因果关系方面并没有达到应有的高度。假设有很多关于谋杀本身和雕像倒塌的因果信息，那么我们就可以说，考虑到其目的，叙事在因果关系方面也尽其所能地做得很好。

只要我们不把因果关系视为叙事的核心和灵魂，米蒂斯以及那位在车祸中死去的康复病人的案例就不会让我们过于烦恼。但是因果关系在叙事中至关重要；总的来说，我们期望叙事能告知我们很多前因后果，期望叙事能将其最显著的事件深深地植根于因果关系的语境之中。请注意，即便在米蒂斯故事的一个精简版中，也存在着至少隐含了因果关系方面的信息：存在着一个统一的、即便相当模糊的主题，即凶手——他始终处于中心地位，其个人一致性肯定是个因果问题；一座雕像之所以成为米蒂斯的雕像，是因为它与米蒂斯之间有着某种因果关联。倘若故事如以下这样来发展，那么我们就不会有我们确实拥有叙事那样的说法："米蒂斯被杀了；后来一尊米蒂斯雕像倒在了一个与米蒂斯毫无关系的人身上。"叙事性在某种程度上随因果信息的变化而变化，这肯定是正确无误的。

人们不时会问，是否存在有关一系列在时空上互不相干的事件的叙事。在某些这类故事中，时空上互不相干的一连串事件如溪流般地汇聚或分流，由此也就产生了某种联系；所以，让我们只考虑那些完全不相关联的系列事件。在某些这类故事中，人们在不同的时间序列之间移动，从而在不同的时间序列之间引入了因果联系（假定人物的延续需要因果的延续）；所以让我们只考虑那些没有时间序列变换的故事[①]。我们是否应当说，在如此缺乏关联的情况下，我们就没有叙事，尽管我们在一个单独的语篇中可能有两个或者更多的叙事黏合在一起，就像我们在一本短篇小说集里所见到的那样？如果是这样的

[①] 关于这类故事及其与叙事之间关系的讨论，请参阅 Le Poidevin, 2007：第 9 章。

话，我们就有一个分成若干独立叙事部分的语篇，在这些独立叙事部分之间不存在共同的个人故事，不存在事件的前因或后果。在这种情况下，是否依然会有某种与判断叙事性相关的东西：譬如主题的统一？这个语篇的不同部分可能在某种意义上有着主题上的统一性，都关注行为的某个方面及其结果：如贪婪、嫉妒等，就像在《七宗罪》(1962) 之类的多段式电影①里那样②。我们需要区分不同类型的主题统一：一般性的和特殊性的。刚才设想的语篇中的主题统一就属于一般性的，语篇的重点在于以不同的特殊事例来说明一个一般性的主题。这种统一不足以使原本各自不同的多个叙事变成一个单一的叙事。与叙事性相关的主题统一是特殊性的：其统一性是通过关注特定人物在特定相关环境中的活动之共同线索来获取的，不过叙事也的确常有那种需要我们从所讨论的案例中归纳出来的一般性的主题统一③。一个关于在时间、空间、因果、人物等方面都毫不相干的系列事件的语篇，如果它只有一般性的主题统一，即使它可以分成若干部分并且每个部分都可以尽可能完整地叙事，那么该语篇也不是一个（单一的）叙事。

2.4　因果关系史

对于叙事中的因果关系，我已避免使用那种需要我们明确何谓因果关系的研究方法。不过，仍然有一个问题需要回答。无论因果关系是什么，我们究竟期望从具有高度叙事性的事物中获取什么样的有关

---

① 多段式电影（pormanteau films）又称集锦片，是一种由数段短片组成的电影，其组成部分往往由不同的导演分别执导，以单一主题、目的或简短的一连串事件而互有牵连。1962 年出品的法国电影《七宗罪》（*Les sept Péchés capitaux*）就是一部由多位导演执导，以愤怒、嫉妒、暴食、淫欲、懒惰、傲慢、贪婪七宗罪为题的多段式电影。——译者注

② 严格说来，这不是一个发生在不同时空的叙事流的例子，但这些故事并没有利用它们其实是在一个共同时空中发生的可能联系，或者为了论证起见，我认为是这样的。

③ 在某些多段式电影（而非《七宗罪》）中，故事之间有一定的因果关系，但还不足以形成一个明显统一的叙事，比如 1945 年出品的《死亡之夜》（*Dead of Night*）。

事物起因的信息呢？那种认为即便是典型叙事也为事件之发生提供了充分条件的想法是荒诞不经的。在数学物理之外，从来就没有人会这么想。有一个提议是，我们可以期望叙事提供约·莱·麦吉所谓的INUS条件①：那些本身不必要但充分的条件中不充分但必要的部分②。这依然太强势，原因之一就是，INUS条件需要假设确定性，而某种比这要弱得多的东西就可以了。大卫·刘易斯认为，解释就是提供有关因果关系史的信息（其部分信息，绝非全部信息），在这些信息中，一桩事件的因果关系史就是一个关系结构，即一组由因果依赖关系而联系在一起的事件（Lewis，1986）。你可以通过不同的方式来提供这类信息：通过特别指出该结构中的某一事件，通过明确指出形成因果关系史的全部或其部分横截面的一些事件，通过明确指出因果关系史中的一个因果链或分支结构。当然，你也可以用不那么明确的方式提供关于因果关系史的信息，并且做出一些解释。你可能只会说，因果关系史牵涉某种类型的事件，有着某种类型的横截面，或者牵涉某种类型的因果链。你可能只会说，事件的模式及其关系在某种程度上类似于另一种事件模式（或许是一种我们更为熟悉的模式）。你可能会说，这种模式是一种倾向于产生某种效果的模式，就像目的论的解释一样。刘易斯甚至允许将负面信息也算在内，你可以通过说出因果关系史中没有涉及的内容来予以解释（最好的办法是：做出一些解释）。

由于刘易斯允许将如此多的、不足以说明特定原因的信息算作因果关系史的信息，当我们考虑叙事时，这个观念可能会被认为是无济于事的。关注具体的和特殊的，这无疑是叙事的特征。的确如此，但

---

① 约翰·莱斯利·麦吉（John Lesie Mackie，1917—1981），澳大利亚著名哲学家。他提出的 INUS 理论是因果关系研究的重要理论之一。INUS 是 Insufficient but Necessary part of an Unnecessary but Sufficient condition 的缩写，意为"某个不必要但充分的条件中必要但不充分的部分"。——译者注

② 请参阅 Carroll，2001a。麦凯的论文《原因与条件》（"Causes and Conditions"），原载《美国哲学季刊》（*American Philosophical Quarterly*，2 [1965]：245—265），与几篇批判性的评论一道转载于索萨和图利 1993 年编辑的论文集。请参阅 Sosa and Tooley，1993，请尤其参阅第 8—9 页。

对特殊性的需求不一定就是对事件具体原因之信息的需求。非常微弱的因果信息可能会对叙事做出重大的贡献，而且不会显得异乎寻常，也不会动摇我们所拥有的确实是叙事这一判断。想一想下面这个负面因果信息的案例：

（1）有人强烈怀疑艾伯特犯有谋杀罪，确实有很多对他不利的证据。最终，事实证明他是无辜的，而他在所有这些场合令人生疑的出现都纯属巧合。

此处提供的信息非常具体，涉及艾伯特以及一桩特殊凶杀案的因果关系史，不过并没有具体说明原因。我们期望从叙事那里得到的是关于因果关系史的非常具体的信息——而案例（1）就提供了这个信息①。

2.5　巧合与休谟式原因

这儿还有一个令我们对因果关系在叙事中的作用产生怀疑的原因。设想一下：

（2）风吹过，树摇了摇，苹果落了下来。

这听起来像一个叙事，尽管是一个简短的叙事。部分原因就在于其言

---

① 请参阅奥尔巴克对都尔主教格雷戈里的《法兰克人史》（*History of the Franks*）的讨论（Auerbach, 1953；第4章），以便对因果关系和明确性之间的相互作用以及二者与生动具体的叙事之间的关系进行微妙细致的探索。海登·怀特讨论了一种他称之为年鉴的文字作品，他说这种文字作品在各方面都算不上叙事（White, 1981）。他的例子取自8世纪的《圣加尔年鉴》（*Annals of Saint Gall*），那是一份令人不安且互不相关的年份列表，每个年份最多只有一条简短的说明（有些年份没有任何相应的说明）。712年的那一条写道："四处都是洪水。"这种最低限度的说明肯定充满了因果关系；我们已经知道这里谈到的是什么样的事件，大致是什么原因，甚至可以猜测到它的一些影响。但这是因果关系，没有太多的明确性。（请注意732年那一条中高度虚假的明确性："周六，查理在普瓦捷与萨拉森人交战。"）

外之意，即这些事件是因果关联的；否则就等于是在指责说话者违背了相关性的条件①。假设我们现在添上：

(3) 顺便说一句，这些事件中其实没有任何一桩事件导致了另一桩事件的发生。

将（3）和（2）加在一起，就意味着我们不再拥有叙事，因为（2）中所列事件之间有依赖关系这一言外之意已被撤销；或许我们反而有了一个历史记录。但是假设我们用下列句子来取代（3）：

(4) 顺便说一句，尽管所有这些事件的发生方式都让人觉得它们之间存在着因果关系，但是这个故事里所描绘的世界是一个休谟的世界：一个存在着恒常联系的世界，就像在现实世界中那样，不过事件之间并没有实质性的因果关系。在这个世界里，事件之间看似因果相关，就像它们在现实世界中那样，但实际上，人们无法通过观察来判断究竟处于这两个世界中的哪一个。但这些事件并没有真正因果相关。②

我并不是想说，把（4）添加在前面那个看起来像叙事的东西上，我们就不再拥有叙事。的确，如果我们认为之前的故事叙事性很强，那么加上（4）貌似也没有多大的改变。这是否就意味着原因与叙事和叙事性都没有关系呢？问题是这样的，我们很难把（4）看成是在消除原因，这或许是因为我们倾向于以休谟的观点来看待原因；如果原因是休谟式的，那么（4）就是矛盾的，它告诉我们这个故事里无缘

---

① 至少，在大多数会话语境中都是这样。人们可以想象，在一些奇怪的语境中，这句话会被视为相关，而无需假设其含义；假设我们知道，如果一系列互不相关的事件（如风的吹动、树的摇晃、苹果的掉落等）碰巧发生，那么众神就会对我们仁慈。

② 卡罗尔讨论了一个案例，在这个案例中，话语在最后宣布，所有这些事件都发生在一个"没有原因，只有巧合"的世界里。他说，这其实不是叙事。我认为卡罗尔心里有个补充，这个补充更像我的例子（3）而不是（4）。请参阅 Carroll, 2001a: 35。

无故地有很多缘故。因此，我认为我们不应该把（4）看成是在严重质疑原因乃判断叙事性的重要因素这一观点。而且，如果（4）真的消除了故事世界中的原因，它也并没有消除那是一个有原因的世界这一印象；那些在屏幕上移动的光点，如果以模拟台球碰撞的方式移动，即使我们知道它们之间并没有因果关系，也可能看起来有因果关系。至少，关于叙事的判断看起来与*像*因果关系等关系的表征有关。

2.6 显著可能性

提供关于事件的因果信息可能涉及提供关于该事件的因果前因使事情成为可能的信息。如果我们说 P 的因果关系史中某个因素可能（或者在某种程度上可能）产生与 P 相反的事物，那我们就是在提供有关结果 P 的因果信息。P 可能对我们有利，因为其出现排除了在此之前我们曾经以为的某种可能。吉姆相信船即将沉没，乘客即将死去，于是便从**帕特纳号**船上一跃而下。在他跳下船的那一刹那之前，我们所听说的船上发生的事情并不能让我们确定他是否会留在船上。[①] 他抛弃船和船上的乘客，这似乎取决于相当主观的因素。吉姆留下来的可能性在一定程度上是故事中一个非常显著的可能性。在那一瞬间，他会否留下来这个问题可能会占据读者的注意力；在那一瞬间之后，它曾经是一种可能依然是一个显著的事实。[②]

杰拉尔德·普林斯认为，对我们信心至关重要的是，如果某语篇不仅具体说明发生了什么，而且具体说明可能发生了什么，那么该语篇就具有很强的叙事性（Prince, 1998）。这并非在诱导你逐一列出所有合乎逻辑的可能性；我们希望通过提供与主题相关的那些可能性的信息来实施这一条款，这些信息与我们所掌握的事件发生时的信息因果一致。我们的叙事感或许会因为该语篇突出地表明了那一刻可能会

[①] 请参阅英国作家约瑟夫·康拉德（Joseph Conard, 1857—1924）的小说《吉姆爷》（*Lord Jim*）。——译者注

[②] 在思考显著可能性与问题之间的联系时，我非常感谢卡罗尔对"问题叙事"的阐述（Carroll, 1990）。

产生的各种结果而得到增强——这些结果与事物的现状相一致，或者与我们所知道或相信的相一致①。有人或许会明确地指出显著可能性。更多的时候，作者会利用常见的、可引入的、因果关系的知识。如果我们获知主人翁正攀附在一块高耸陡峭的悬崖峭壁之上，那么上下文通常都会告诉我们与之相关的因果可能性：他将会摔下去，他将会得救。

就特定叙事而言，是什么决定了某件事情具有显著可能性呢？我将在下一章中回答这个问题。

附录：廉价的谈话和昂贵的信号

我认为，我们的叙事概念之所以采取目前的形式，是因为具有这些特征的东西在过去充当了一种工具，就像它们现在依然在充当这种工具一样，被用以传播关于动因的某些信息。在我们相对较近的进化史中，我们变成了脑容量更大、理解力更强的生物。这是我们生活的群体变得越来越庞大、越来越复杂的一个时期，可能群体内部为了繁殖和其他资源还出现了激烈的竞争。在这样的环境中，随着口头语言的出现，能够谈论他人的活动及动机，从而获取并交流与之相关的信息，是非常重要的②。叙事形式正是让我们能做到这一切的原因，而且现在仍然如此③。

---

① 可能性在叙事中的作用是叙事理论的一贯主题。请参阅 Iser, 1989; Bruner, 1990: 第 2 章。

② 罗宾·邓巴认为，语言是作为一种巩固社会纽带的机制进化而来的，当时原始人群体的规模变得如此之大，以至于梳理（即之前管理社会关系的机制）变得非常耗时 (Dunbar, 1996)。有关八卦在社会稳定中作用的广泛思考，请参阅 Gluckman, 1963。

③ 关于叙事研究的进化论途径，请参阅 Sugiyama, 2001。杉山（Sugiyama）强调叙事在传达觅食信息中的作用，并指出觅食信息以及其他类型的技术和自然史信息通常与社会主题交织在一起。朱/霍安西人（卡拉哈里沙漠的一个桑人社群）觅食故事的典型主题包括许多高度社会化的主题："婚姻与性爱、寻找食物、共享、家庭关系、劳动分工、出生与死亡、血腥复仇、创建当前的世界秩序等"以及"肉食的来源、动物……还有男女之间的权力平衡等问题"（转引自 Biesele, 1993: 17, 23）。杉山还特别提到，狩猎采集社会倾向于以个人经历的叙述形式而非"列表或讲授的形式"间接传达信息，不过列表常常出现在故事之中。

关于那些在此起作用的选择性力量，我们能否说得更确切一些呢？我承认，下面只是一个似是而非的猜测，但正如我们即将看到的那样，这个猜测揭示了我们以后会面临的一个问题，即对性格的信仰。

　　人类可能是唯一拥有语言的动物。不过，信号在动物界中却十分常见。信号可以是一种行为，由某个特定情况引发，譬如，一只长尾黑颚猴发出叫声，那是它在向其族群表明附近有掠食者出现；信号也可能是一种或多或少永久可见的特征，譬如，雄孔雀的尾屏（很多人相信）表示雄鸟非常健壮，因而是理想的配偶。

　　值得注意的是长尾黑颚猴叫声的差异化程度：不同的叫声对应着不同的掠食者。随着这些叫声的出现，产生了一个相对复杂的信号系统，这个信号系统有利于所有的长尾黑颚猴，因为它们都极易受到掠食者的攻击[①]。与雄孔雀的尾屏相比，这些信号代价低廉；对一只看见掠食者的长尾黑颚猴来说，发出叫声的代价小，对其他同类的益处大。就生长和维持雄孔雀之尾屏所需要的能量而言，就尾屏给雄孔雀四处活动所造成的困难而言，雄孔雀的尾屏代价高昂。

　　为什么大自然要让雄孔雀为传递信号付出如此高昂的代价呢？有一个答案是，用于表示健壮的信号，如果代价低廉，将会很不可靠，因而也就很容易被忽略，而被忽略的信号，对谁都没有益处，因而也不会进化。发出自己是理想配偶的信号往往是在双方利益相冲突之时。无论健壮与否，发出自己很适合作配偶的信号符合所有雄孔雀的利益，因此所有雄孔雀都会采用大家都采用的表示健壮的信号。而区分健壮者和不健壮者则符合雌孔雀的利益，因为信号就是发给她们的，所以被所有雄孔雀以相同方式发出的表示健壮的信号对雌孔雀来说就毫无意义。另一方面，如果发出表示健壮的信号需要付出只有健壮者才能付出的代价，那么该信号就会很可靠，而且可能会进化[②]。

　　我们推测，当有诱因使信号具有欺骗性时，信号的代价就会高

[①] 请参阅 Cheney and Seyfarth, 1990：第 4 章。
[②] 关于昂贵信号的基础性研究，请参阅 Zahavi, 1975。关于昂贵信号、可靠性以及作为持久文学主题的声誉，请参阅 Flesch, 2007。弗莱什认为，小说之乐趣不是与人物发生共鸣而产生的乐趣，而是小说提供的监控人物行为的机会。

昂。这就是利益相冲突时的情形，这就好比在雄性和雌性之间，雄性想要雌性相信自己很健壮，而雌性想要辨别出真正的健壮者和伪装的健壮者。如果对信号的发出者来说几乎不涉及利益上的冲突——就如长尾黑颚猴躲避掠食者时那样——那么信号就没必要代价高昂①。

能充分表达意义的语言的出现为我们提供了一个极其灵活且廉价的信号系统。有了语言，我们就能表明掠食者的确切位置、类型、数量、前行方向、速度，信号员早餐吃了什么、晚餐想吃什么，以及她想说的任何事情，而这一切的代价就是发出声音所耗费的能量。就语言来说，说话者发表欺骗性言论的成本与发表可靠言论的成本一样；没办法对其话语施加选择性成本，以反映其在利益冲突情况下的使用。这是因为语言是通过组合信号来工作的。假设我们想让说"我想要一只山羊"比说"我想要一只兔子"的代价更高，因为我们想要人们只在他们真正需要并因此而愿意付出更高昂的信号代价时才索取更有价值的物品，那就意味着赋予"山羊"比"兔子"更高的价值，从而让"我不想要山羊"或"你的一只山羊逃跑了"这个信号比相同的关于兔子的信号代价高昂得多②。令人并不感到意外的是，我们最终得到的是一个复杂的语言信号系统，在此系统中所有信号都或多或少代价低廉。

鉴于语言是低廉的信号系统，我们可否认为使用语言的能力是在人员之间甚少发生利益冲突的环境里进化而来的呢？这种可能性不大：大多数研究心智进化的理论家都认为，人类认知能力的大幅增长是由人类群体内部和群体之间的利益冲突推动的；在军备竞赛中，智能的增量，尤其是在隐藏自己真实意图的同时还要弄清别人会怎么做这一方面，都经过了严格的遴选③。一个人能够以如此低的代价来表

---

① 掠食者警报可能代价高昂，因为那个发出警报的家伙可能会引起掠食者的注意。但就其在此处的意义而言，这样的信号并不昂贵，因为在这种情况下，只有在信号可靠时才会产生成本。此外，为了论证，我在这里假设，长尾黑颚猴信号的正常功能就是提醒群体成员注意危险；这一点受到了质疑。

② 请参阅 Lachmann, Számadó, and Bergstrom, 2001。

③ 请参阅 Trivers, 1985。

达那么多的内容，几乎不会因为撒谎而感到情绪低落，并且还有那么多可以撒谎的东西，那么语言是如何进化的呢？

在解释语言信号系统的出现时，我们还必须考虑另外一个因素。信号员并不是唯一需要付出代价的；为了对信号做出高质量的评估，信号接收者可能也需要付出代价。我们在许多动物的信号系统中都注意到这一点。在某些物种中，雄性会到某些地点或求偶场所去展示自己。雌性鼠尾草松鸡就更喜欢在一段时间内定期出现在某个求偶场所的雄性鼠尾草松鸡，雌性监督雄性出勤率的代价高昂，它们有可能因为靠近雄性而置自身于危险之中，因为雄性的展示常常会引来掠食者[1]。语言信号本质上也很难评估——事实上，对许多语言信号来说，由于无法获取事实来予以验证或者验证所耗费的时间和精力过多，因而无法进行切实可靠的评估。就语言来说，我们似乎不得不信任那些我们有充分理由认为不可靠的信号。

在寻求这个问题的解决方案时，首先要说的是，倘若社会强制大家诚实，那么廉价的信号就**可以**在利益冲突的情况下得到进化[2]。对欺骗行为予以惩罚，就意味着本质上廉价的信号一旦被人知晓其欺骗性就会变得代价高昂；此外，如果被揭穿的概率很高，那么假信号的预期负效用也就显而易见。当然，单独一人去惩罚他人行骗的能力有限，而且在很多情况下，受害方并没有严厉的惩罚措施可以采用。在这一点上，语言拯救了自己：语言使受害方得以与他人分享他们认为说话者不可信的看法，其影响可能会破坏说话者的声誉以及他们寻求援助的能力，因为人们将不再相信援助会得到回报[3]。

---

[1] 请参阅 Dawkins and Guilford, 2003: 866。

[2] 请再次参阅 Lachmann, Számadó, and Bergstrom, 2001。

[3] 罗伯特·弗兰克报告称，"当实验对象听说其同伴已然在囚徒困境中叛变时，叛变几乎是普遍的反应"（Frank, 2001: 73）。对合作和道德演变感兴趣的人强调了声誉在决定个人健康方面的作用：对无关人员实施帮助的行为（或者，对相关人员，其成本没有通过基因补偿而得到充分回报的行为）可能会给你带来好名声，使你以后能从一些有利的交易中受益，让交易对手更喜欢与你而不是与一个信誉较低的伙伴在一起（Alexander, 1987: 37 及以后几页；Trivers, 1971）。新的进化论强调了声誉在允许发展互惠帮助（而不仅仅是基于亲属关系的帮助）方面的作用。请参阅 Nowak and Sigmund, 1998。

语言作为声誉传播者的魅力在此真的管用吗？毕竟，就如在其他事情上一样，某些动因也可令人发出关于人们可靠性的误导性信息。不过，有一种方法可以使这些信息保持合理的真实。关于某人不可靠的证词不必是简单、粗略的断言；它可以发展成叙事，这个叙事描述来龙去脉以及互动的细节和对动机的合理解释。叙事越是不厌其详，其说法也就越可以得到核实，要么通过对内在连贯性的测试，要么通过对细节的验证，听者说不定对其中的某些细节还曾有过直接或间接的经验，或许还可以将其与其他独立的消息来源进行反复核对。叙事的细节越多，内容越充分，就越难于以叙事的方式说出令人信服的谎言①。

因此，我认为：人类的语言交际能力与人类对人的行为进行明显叙事化的描述这一喜好共同进化。语言的完善使越来越复杂的叙事成为可能，而日益增长的对叙事的喜好则促进与欺骗行为相关的可靠信息流通，从而抑制欺骗性地使用语言的倾向。除了上述思考，我在第5章的附录中还提出了一个认为叙事可靠的论点，因为它与难以伪造的情感表达相关。在本书结尾处（即第11章的附录），我把这些思考与另一个令人费解的事情联系起来，即：我们高度依赖性格这个概念来对行为进行解释。

我说得好像人类对信息叙事形式的喜好在进化上有某种生物学的解释似的。或许，确实如此；无论如何，这个想法并不荒谬。不过，我的话倒是可以作为（非常早期的）文化史的一部分。对叙事模式的

---

① 布莱基·福穆尔（Blakey Vermeule, 2006）探索了大量文学作品中存在的一种紧张关系，即文学本身利用我们的八卦品位，而我们却总是想着与八卦划清界限。我们为什么会如此（公然地）反对八卦呢？福穆尔援引了帕斯卡尔·博耶（Boyer, 2001: 141）的解释，根据这些解释，（1）我们不喜欢被人八卦，（2）我们希望别人认为我们在对待他人信息方面非常谨慎。还有其他可能性，其中一些可能在人们对待八卦的态度演变中发挥了作用：虽然八卦作为一种传递人们可靠性和诚实性信息的手段是有用的，但对八卦的高度依赖却表明了一个人在个性和性格方面判断能力的局限，并鼓励人们试图以误导他人的方式来管理八卦。最好的策略组合是高度关注八卦，但非常善于掩饰自己的注意力（关于性格观念在可靠信息进化之中的作用，请参阅第11章：附录）。我们也可以理解为何八卦是如此粗枝大叶，很少对某人的善恶做出细致入微的判断（请再次参阅 Vermeule, 2006: 110）；八卦的正确功能是对可信度做出令人难忘的判断，尽可能地摆脱矛盾的干扰信息。

喜好可能不会通过生物作用（也许是基因）代代相传；它可能通过文化学习的循环来延续，婴儿和幼童就是这样通过对其看护者的模仿来习得叙事模式的。如果这种文化传承模式在我们人类中开始得足够早，那么它很可能已经被带到了人类迁徙的各个地方，在每一种文化中以讲故事的习惯保留至今。它甚至可能成为鲍德温效应的主题。鲍德温效应是一种（有争议的）进化机制，通过这种机制，某种始于习得的高度适应性行为受到生物控制，然后仅仅通过在发展过程中一再出现来避免学习的成本①。重要的是，我们能够看到，无论受到何种影响，它得以保留至今的原因就在于它有助于维持（相对）诚实的信号传递。

---

① 有关鲍德温效应的精彩描述，请参阅 Papineau, 2005。

3 看待叙事的两种方式

第 1 章远观了叙事，让叙事制作的步骤逐渐清晰；第 2 章近看了叙事，阐释了叙事之故事内容。远观和近看相当于**外视角**和**内视角**①。采用外视角，我们看到的是一个工具，这个工具表征由于我们称为作者的那个人的活动而产生的一连串事件。采用内视角，我们审视这个故事中的世界，就好像它真真切切地存在一般；我们直接谈论和思考故事中的人物和事件，不过这些谈论和思考可能大部分都是虚幻的想象。对于理解叙事是如何运作的，这两种观察和思考方式的相互作用至关重要。我们对叙事的期望、我们对所发生之事想要做出解释的愿望以及我们对何谓得到了令人满意的解释的判断，都是这两个因素之间相互作用的结果。通过让我们调整分配给这两种不同视角的资源，叙事操纵了我们的期望，影响了我们对可能发生之事的判断，左右了我们给故事中的事件赋予合理性的意愿。

首先，我将论证外视角对理解叙事本身来说至关重要。这将对第 2 章的某些结果予以补充。其次，我将展示这一补充如何为我们解释疑难案例提供额外的资源。我以一个特别成问题的叙事为例，即《去

---

① 我在此要感谢彼得·拉马克。请参阅 Lamarque, 1996，特别是该书的第 2 章和第 8 章。这种区别与一个（或几个）不同的说法密切相关，如 discource 与 story、recit 与 histoire、syuzet 与 fabula（请参见 Chatman, 1990）。彼得·戈尔迪（请参见 Peter Goldie, 2003）区分了内视角和外视角，但对他来说，内视角代表或"以其他方式表明"一个或多个故事参与者的观点；对我来说，这不是必需的（尽管不排除）。

年在马里昂巴德》(Resnais，1961)①，来寻求下面这个问题的答案：这是一种什么样的叙事，如果其中有叙事的话？第 3 节将探讨第 2 章结尾时提出的一个问题，关注我所谓的"显著可能性"；这将为我们调动外视角提供另一个理由。我也分析了让叙事（如我们所说的那样）变得"不可能"意味着什么。在第 4 节中，我会考察叙事与叙事内容之间那种我称之为"表征性对应"的关系；事实证明，调整表征性对应的程度是处理内视角和外视角之间某些紧张关系的一种方式。

3.1 内容途径研究叙事的局限

如果我们试图理解叙事与其他表征形式之间的区别，那么明确叙事表征了什么样的事物——即我们所谓叙事的故事内容——就很有用。这样就能满足我们的所有需求吗？非也。如果叙事程度完全取决于故事内容，那么没有故事内容的差别，也就没有叙事性的差别。纳尔逊·古德曼设想了一个并非如此的情况。他要求我们重新对叙事中的材料进行排序，以便在组合事件时，所依据的不是时间上和因果上的关系，而是这些事件对个性和人物特征的刻画②。我们始于《纳尔逊的一生》——其出生、早年在海上的经历、运筹帷幄的能力、伟大的胜利，以及死亡，然后终止于《纳尔逊的性格》——一些讲述纳尔逊的勇气、领导力以及对灾难的肆意追求的篇章。从故事中发生的事情来看，这两者之间有什么差别吗？就明确表征的内容而言，这两者之间或许就会有差别。但是我们曾在第 1 章中看到，我们决不能将故事内容与显性内容等同起来：叙事总是有隐性内容的。我们可以承

---

① 《去年在马里昂巴德》(Last Year in Marienbad) 是法国著名导演阿朗·雷奈(Alan Resnais，1922—2014)执导的一部影片。该片以一种现实与记忆穿插的方式勾勒出男女主人公之间剪不断理还乱的情感纠葛，其最大特点就是对传统单向线性时间坐标的摈弃，将时空中杂乱无序、断裂无章的事件瞬间和片断进行拼贴和粘合，将不同场合毫无逻辑关系的影像符号跳跃性地连缀，从而在过去时、现在时、将来时甚至是"心理时""想象时"等多种时态的凝聚中重新构建出一个多维度的、崭新的叙事时空。——译者注

② 请参阅 Goodman，1981。关于性格的详细信息，请参阅下文第 10 章和 11 章。

认，事件之间存在着时间关系和因果关系，从《一生》中比从《性格》中更容易读取到信息。但是便于读取并不能区分表征了的内容和没有表征的内容。难以读取可能被人与不确定性混为一谈，在不确定性中，根本就不存在叙事就某个问题表征了什么这码事。我认为，就人生和性格研究而言，在读取便利性方面的差异不会导致表征之确定性的差异：在一个中得到了明确表征的任何东西，在另一个中也得到了明确的表征；在一个中表征得稍微不那么明确的东西，在另一个中也同样不那么明确。

古德曼说，从人生到性格研究的转变是从叙事到非叙事的转变。很难理解为什么人生在**任何**程度上都算不上一个叙事；与我的购物清单相比，人生应该算得上一个相当不错的叙事了。最好从我们的叙事程度来考虑。我们有理由认为，较之《纳尔逊的性格》，《纳尔逊的一生》具有更高的叙事性。这就足以给任何纯粹的内在主义叙事理论带来问题，因为纯粹的内在主义叙事理论认为，没有故事内容的差异，就没有叙事性的差异。

如果故事内容的差异无法解释叙事性的差异，那么什么才能予以解释呢？我认为是作者**对故事内容显而易见的不同态度**。就《纳尔逊的一生》来说，有些东西表明作者有意让读者认为时间关系和因果关系特别重要：我们打算把它**当作**人生而非性格研究来读。这可能与作者明确地说了什么并不相关；作者不必宣告她写的是人生而不是性格研究。相反，《一生》中的材料组织方式将表达某些类型的兴趣和关注，而在《性格》中的组织方式则会表明另外一些类型的关注。尤其是，《一生》中材料呈现的方式很可能是为了表明作者主要关注其笔下人物整个生命周期中事件之间的因果关系与时间关系，尤其是早期事件如何导致了后期事件的发生；而《性格》中材料组织的方式则表明对某些相对持久的特征的关注，时间维度从属于对这些特征的说明。因而，贯穿全文的进程不太可能是从早到晚的进程，而是从一个特征到另一个特征，与时间的方向没有系统的对应关系。

现在我们可以看出我们先前关于叙事的说法存在着什么样的问题，看出它就该沦为古德曼之谜的牺牲品。那种说法源于只采取了内视角。关注与统一性、时间性、独特性和因果关系等相关的叙事的表征性特征，这原本是正确的。但是这样做却忽略了作品的表达特征，那些特征表明作者的兴趣是如何指向统一性、时间性、独特性和因果关系的。因此，叙事性是从故事特征和表达特征这两个角度来进行阐释的概念①。只有将内部的和外部的视角结合起来，才能够理解叙事。叙事的表达特征将在第 5 章中得到更充分的讨论。

3.2　辨别《去年在马里昂巴德》的时间

我说过，叙事的一个标志是对时间关系的丰富表现。但在某些情况下，一个语篇在时间的关键因素上含糊其词，令人恼怒，却毋庸置疑是一个叙事。怎么会这样呢？因为很显然，当该语篇被视为一个整体时，时间是作者非常关注的东西，她希望我们将事件之间的时间关系看得尤为重要，即使我们得到的关于时间关系的信息并没有我们所期望的那么多②。在此，正是时间细节的欠缺将时间置于重要的位置，并且赋予该语篇高度的叙事性，这就好比《哈姆雷特》中具体动机的欠缺使观众高度重视动机这一主题。在这种情况下，就故事内容而言，时间的地位很低（对时间的表征比我们所期望或想要的少），但表现力却很高；叙事表达了对时间关系的关注。另一方面，某个语篇可能显示，在处理那些呈现给我们的信息时，时间并不是一个重要的定序原则；而且该语篇的叙事性（至少在这个方面）得分很低。就

---

①　请注意，我没有提供计算事物叙事程度的方法，也没有提供判断两件事相对叙事性的方法。我只是说叙事性深刻影响了故事特征和表达特征。而且，就我在这里所声称的一切而言，这可能只意味着，在那种情况下，一个赋予叙事 N 一定程度叙事性的人应该赋予任何在故事特征和表达特征方面与之无法区别的事物相同程度的叙事性。因为这样的判断对语境高度敏感，所以它不会在世界范围内推广：我们不能说，如果史密斯判断 N 具有一定程度的叙事性，他就应该在所有其他情况下也这样做，只要这些情况不改变 N 的故事特征和表达特征。如果这样的判断不客观——在我看来，解释问题通常都是如此——我们不能说，如果史密斯在特定情况下判断 N 具有一定程度的叙事性是合理的，那么琼斯赋予 N 不同程度的叙事性就是错误的。

②　出于稍后将清楚明了的原因，我在此就不区分作者和叙述者；请参见下文第 4 章。

上文对性格研究的讨论而言，我们可能会遇到这样一种情形，即丰富的时间关系得到了（明显或不明显的）表征，但是很少或根本就不在乎时间是否是定序原则。

在这方面有一个耐人寻味的例子值得考虑。《去年在马里昂巴德》对空间、时间、因果性以及感知和记忆等的表征普遍存在着歧义和矛盾，因而经常被人认为是叙事的失败。我更倾向于说，这部作品展示了两个方面的脱节，而且在我看来，这两个方面恰恰是叙事性的决定性因素，即对故事特征的表征和对作者关注点的表达。比如，虽然这部作品（部分通过有声的评议）表达了对时间近乎痴迷的兴趣，但是在故事中我们却几乎看不到任何能代表事件之间时间关系的东西。因此，这不是一部叙事性极低的作品。从某种意义上来说，这部作品动摇了我们惯常的假定，即：当我们根据时间信息来判断叙事程度时，我们应该关注的是故事内容。我认为，这种普遍假设是不正确的，因为故事中时间明确性的欠缺可以通过富于表现对时间的关注来得以弥补。《去年在马里昂巴德》的问题在于它需要权衡的程度；如果我们愿意把时间性这个负担几乎完全从故事表征的东西转移到故事背后表达的意图上来，那我们就可以认为它具有很强的叙事性。在我们的叙事概念中，或许没有任何东西可以判定这是否是一种合情合理的权衡。那样的话，《去年在马里昂巴德》的叙事性就并不弱，它只是不太明确该如何权衡。

《去年在马里昂巴德》印证了我之前坚持的观点，即我们应专注于人工制品的表征形式，而不要去考虑那些非意图性的语料库，即使这些语料库与真正的叙事之间存在着某些共同的表征性特征。对于这些非意图性的语料库，我们无法从表达的角度来予以分析，因为表达（就此处所涉及的意义而言）所反映的是人工制品的制作人员的状态。我们前面讨论的温度计提供了几天内的一个温度曲线图，我们可以从中读取到大量非常具体的因果信息。但是该装置的机械性质与有意的调解无关，这就意味着**什么都没有**或无法表达。一个真正的叙事可能明显缺乏表达力，但其存在却是一个偶然的、突出的事实，因为叙事的本质就是允许表达。而温度的机械记录，就其性质而言，没有表达力①。

3.3 可能性、概率和证据

我在第二章结尾处问道：在叙事中，是什么决定了某件事具有显著可能性？让我们回想一下：显著可能性就是，在叙事的某个特定阶段我们意识到，或者应该意识到，对于事情在后面的叙述中将如何发展来说，这是一个不容忽视的选项。

仅从内视角来看，我们能知道关于什么是显著可能性的所有事实吗？我们不能将此问题与另一个问题相混淆，即：如果只考虑故事世界中在一定程度上客观可能发生的事情，我们能知道关于什么是显著可能性的所有事实吗？第二个问题的答案是否定的；从内视角来看，我们可以看到很多东西，而不仅是客观概率。在现实世界中，人们通常会将某个结果视为显著可能性，而事实上，其可能性远远低于他们认为并不显著的某一事件——比如人们担心飞行的危险，而不担心在前往机场的途中更有可能发生的车祸。叙事有时会利用我们的这些倾向：我们被（不露痕迹地）诱导着，将自己的一系列反应带入故事世界，比如倾向于关注一些客观上不太可能的结果，而忽略其他客观上更有可能的结果。但即使是允许我们在不必遵循客观概率的情况下判断显著可能性的内视角，也不等于确定所有显著可能性的任务。在叙事方面，我们往往也受到其他事物的引导，譬如我们对叙述者自身目的的认识——或许不是那么自觉有意识的认识。这时，外视角就会介入。假设我们故事中的主人公中了枪，受了重伤。我会认为，这是一个写实主义的故事，它鼓励我们在其内容中引入我们对现实世界做的

---

① 难道曲线图不是动因的远端产物吗？毕竟，制作温度计的初衷就是为了产生这种曲线图。没错，但这至多证明存在着这么一个高度不明确的意图：表示环境温度，无论它是多少。充其量，我们在此拥有的只是一个叙事性很弱的产物，因为这些具体的表征性细节——叙事中非常重要的东西——都不是故意的。我感谢戴维·米勒对这一点的讨论。

一些因果假设。我们会认为，严重的枪伤可能会危及生命，因此故事发展到这一步，不管我们选择用什么样的内部标准，主人公的死都应该是一个非常显著的可能。但如果我们刚刚读到故事的三分之一，主人公就死了，那么作者就会面临叙事上的困难以及读者的逆反心理，我们可以相信主人公没有生命垂危——不过作者可能希望我们不要那么笃定。

由作者的困境推断出主人公康复的可能，这种推断不是基于故事内部的信息。主人公是一个虚构人物，不太可能被其创造者抛弃——这不是故事的一部分。这是否意味着，在幻想的世界里，关于枪支及其对人体影响的信息被阻止引入了？不，我们讨论的不是科幻小说类的幻想，科幻小说类幻想中的物种具有刀枪不入的特殊能力。虽然可引入的因果信息暗示的是一种结果，但与作者、其目的及其问题相关的信息暗示的却是另一种结果，我们认为这是应该重点考虑的因素。也可能会发生这样的情况：基于可引入的因果关系，我们认为不太可能对结果产生任何影响的事件，仅仅因为叙事将注意力引向了它，就达到了成为显著可能性的状态。在《孤胆英雄》（Miller，1962）[①]中，一个叛逆的牛仔（柯克·道格拉斯饰）正在逃避法律的制裁，对其追捕的场景不时穿插着一辆满载管道用品的卡车的镜头。观众认为这两条叙事线索中的某种联系将会被揭示出来，故不会将这两者的并置视为叙事不统一的表现。这种认识的基础不可能是观众得出这一结论时故事所展示的任何内容。为什么会这样呢？难道牛仔和卡车注定会相遇？如果以为故事世界就是奉行这样一个原则的世界，那就太令人奇怪了。相反，影片中镜头的组合方式被人理解为表达了这样的一种意图，即牛仔和卡车之间终将建立起某种（或许是因果关系的）联系。在故事本身的因果/证据结构中，或者在我们判断证据的倾向中，直到电影的最后一刻，这一切才有可能发生。然而，在电影开始之初，牛仔和卡车的相遇就是一个显著的可能；其显著性取决于故事世

[①] 《孤胆英雄》（*Lonely Are the Brave*）又译《自古英雄多寂寞》，是美国电影导演戴维·米勒（David Miller，1909—1992）执导的一部影片。——译者注

界之外的因素。

有时候，当我们说叙事中的事件不可能发生时，我们暗示了对作品的负面评价。我们可能会觉得，《雾都孤儿》中的种种巧合令人难以置信。根据我们对各种结果做出的正常的、基于现实世界概率排序的判断，这些巧合远比任何超自然故事中的巧合都更有可能发生。然而，我们中那些认为超自然事件发生的概率近乎为零的人，在涉及鬼故事时可能不会那么强烈地觉得不可能，而在涉及《雾都孤儿》时却又强烈地觉得不可能，即便奥利弗与他被迫抢劫的女人之间最终存在关系的可能性远比鬼魂存在的可能性大得多①。针对这个问题，有时作家们大谈"似然性"或"逼真度"，而不谈"或然性"。这些举措于事无补，因为它们将我们局限在信仰、知识和信任的范围之内。错就错在我们假设小说中所谓的不可能性是一种**认知**缺陷。我倒认为这是一种**审美**缺陷，只能从外视角去理解。如果作者构建作品——不可能性以及所有一切——的行为看起来从容淡定、讲究原则并且张弛有度，那么最不可能的事件在小说中也有可能发生，而且不会令我们感到不安；认知意义上的不可能甚至可以成为精湛技艺的标志。当虚构故事背后的行为看起来牵强附会时，我们会称这个故事为不可能，这就意味着一个负面的评价。通常，这些对艺术表现力的判断都含蓄地与作者作品类型所决定的规范相关。鬼魂之类的东西是超自然故事的**标准**，我们不会仅仅因为作者在故事中引入了鬼魂就怪罪他，正如我们不会因为半身像都是单色的并且肩部以下什么都没有，就去怪罪其制作者②。在诸如伊塔洛·卡尔维诺的《寒冬夜行人》③之类的作品中，不可能的事情也不是失败的标志，在这类作品中，巧合被反反复复地使用。但如果作者未能遵循写实主义原则，在其他方面却又表现

---

① 比较弗洛伊德对这一问题的解释，即：为什么在现实生活中看似"离奇"的事件在作为故事的一部分来讲述时往往看起来却并非如此？（Freud, 1985）关于这方面的更多信息，请参阅 Currie and Juridieni, 2003。

② 关于艺术中标准和反标准属性的启发性讨论，请参阅 Walton, 1970。半身像制作的例子出自同一文献。

③ 伊塔洛·卡尔维诺（Italo Calvino, 1923—1985），意大利作家，《寒冬夜行人》（*If on a Winter's Night a Traveler*）是其于 1979 年创作的一部小说。——译者注

出他极力地遵循这一原则，而根据写实主义原则，大量的巧合是违反标准的，那么，不可能性就可以成为我们抱怨的理由①。

就此处相关的意义而言，概率是一个证据支持的问题。证据在叙事中至关重要，即便是在虚构的故事中亦如此。如果故事中没有事件可以作为证据来解决它们在我们脑海中提出的那些问题，那么故事的驱动力就不足。但是，与概率一样，证据也是一个需要谨慎对待的话题，因为与叙事打交道需要双重视角。意识到叙事的两个方面——内部的和外部的——对我们处理故事中的事件有重要影响。它使我们比在其他情况下都更愿意将特定事件视为某事之证据，而就改变观点来说，证据成为一种较之在通常情况下更为强大的力量。假设我们正在看电影。摄像机拍摄房间里的物体，然后镜头在其中的一个物体上停留，比如说，一张照片。我们认为这张照片是某件事的线索，或许，是一段之前未曾料到的浪漫关系。我们不会想到这一点，除非我们还假设影片制作者怀着将其作为这段浪漫关系之线索的目的，故意将它摆放在那里。当然，在这种情况下，证据的出现纯属偶然也可能是故事的一部分——想想《放大》（Antonioni，1966）②中那具意外拍摄到的尸体吧。但我们认识到，在组织的另一个层面上，这根本就不是什么意外。并非影片中所看到的一切都具有意义，也并非所看到的一切都是有意为之；但是，如果我们认为某件事对故事的某些方面具有显而易见的意义，那我们就必须将其存在视为有意为之的结果③。而

---

① 这个讨论代表了一种近似值。若要更加详细地分析写实主义小说，就必须认识到写实主义小说传统中符合现实世界的可能性和使用巧合之间的矛盾，这并不完全违反标准。

② 《放大》（*Blow Up*），又译《春光乍现》，是意大利电影导演米开朗基罗·安东尼奥尼（Michelangelo Antonioni，1912—2007）1966年执导的一部电影。影片中，摄影师托马斯在伦敦的一家公园偷拍了一组关于情人约会的照片。后来，照片上的那名女子拼命地想要得到这些照片的底片，这引起了托马斯的怀疑。托马斯把照片不断地放大，最终，他相信自己在照片上看到了一具尸体和一个手中拿枪的人，他似乎发现了一起谋杀案的现场证据。——译者注

③ 在这里，虚构和非虚构案例之间存在显著差异，因为纪录片可能包含与叙事相关的一些假设的未经怀疑的证据。尽管如此，即使在非虚构的案例中，我们对材料作为证据的处理也会受到我们对电影制作人构建材料的方式及其背后连贯意图的假设的高度影响。如果没有这样的基本假设，我们就无法使所呈现的材料产生适当的证据意义。

且，明显是有意作为证据的东西，就无需满足现实世界中正常的证据标准，即便在某些故事中，从内视角来看，这些证据标准是对的。在蒙·罗·詹姆斯的故事《巴切斯特大教堂的座席》中，我们很早就知道年迈的大执事在一次摔倒中去世了，最终他会被觊觎其职位多年的海斯博士取代。读者们立即确信海斯博士对这起死亡事件负有责任，不过迄今为止尚无任何算得上是标准证据的东西来支撑这一推论；也没有任何文类规则可依，将鬼故事中神职人员的死亡看成是由其野心勃勃的同事造成的。尽管如此，读者的结论是合理的，而且碰巧的是，故事后面的内容也证实了这一点。通过将死亡消息与海斯博士对此消息的反应（即"默默地伫立于窗前"）并置在一个段落里，詹姆斯暗示了一种联系，然而到此为止，除了他想让我们如此来看待事情的意图，他并没有为这一联系提供任何证据。当与情节本身可用的证据相比较时，这样的推论没有任何理性意义；只有将作者意图的痕迹也包括在证据之内，从这样的角度去看，这些推论才是合情合理的。

从外视角来看，我们可以看到从内视角看不到的事件之间的一系列关系。在此，我着重探讨了外视角如何放大了或者扭曲了概率和证据的认知关系。其他类型的关系，从内视角根本就看不到，有时却可以从外视角看到；它们被放在"隐喻"和"符号"等标题之下来讨论。我在第9章中研究了其中的一些，得出的结论是，它们并不总是值得关注。

3.4 表征性对应

在《双重赔偿》（Wilder，1944）[①] 里，为什么沃尔特·内夫（弗雷德·麦克默里饰）的公寓门是朝外开的？一个答案是，出于某种原因，这幢建筑被设计得稀奇古怪。另一个截然不同的答案是，怀

[①] 比利·怀尔德（Billy Wilder，1906—2002），美籍犹太裔电影导演、编剧、制片人，《双重赔偿》（*Double Indemnity*）是其执导的一部影片。——译者注

尔德有必要将门安装成这样，以便菲利斯·迪特里克松（芭芭拉·斯坦威克饰）不会被处于走廊上的巴顿·凯斯（爱德华·罗宾逊饰）看见，他必须确保这一点，从而取得戏剧性的效果。寻求第一种答案——内视角给予的答案——我们就是在问肯德尔·沃尔顿所说的"愚蠢的问题"①。关于愚蠢问题的学说，我们不应该寻求内部的解释，因为这么做就需要我们详细阐述一些不可能的场景，而这些场景会分散我们对作品真实品质和目的的关注，不过有一些显而易见的外部解释，就像刚才谈到的那个。有时，将一个问题认定为"愚蠢"，与其说是一个很好的戏剧性理由，倒不如说是一种叙述干预，旨在提高我们对叙事性创作所涉及的技巧的认识。正如希拉里·斯珀林②观察到的那样，艾维·康普顿-伯内特③为了摆脱一系列人物而让他们纷纷跌入了峡谷——这是在伦敦周边各郡都不可能发生的事。康普顿-伯内特本可以采取各种不那么奇异的方式来达到相同的效果，做此选择，大抵是为了将其作为一种挑战写实主义技巧的手段④。在这类情况下，我们不能否认门是朝外开的，也不能否认人物都跌入了峡谷——我们只是不该劳神费力地去琢磨在故事世界里，这是如何发生的⑤。

其他情况则不同。沃尔顿以奥赛罗为例。奥赛罗是一名粗率豪放的战士，他情不自禁且明显毫不费力地说出一连串超凡绝伦的诗句⑥。"奥赛罗怎么会有如此高的诗歌天赋呢？"这个问题或许很愚蠢，不过这一次的解释是，在故事世界里，奥赛罗并非一位杰出的诗

---

① 请参阅 Walton，1990：第 4.5 节。
② 希拉里·斯珀林（Hilary Spurling，1944—），英国传记作家。——译者注
③ 艾薇·康普顿-伯内特（Ivy Compton-Burnett，1884—1969）英国女作家，其小说大多描写英国中上层阶级紧张的家庭关系。——译者注
④ 另请参阅乔治·威尔逊对冯·斯滕伯格影片中某些叙事效果的处理（Wilson，2003）。
⑤ 有时，外视角笼罩在叙事上的阴影过于浓厚，以至于破坏了其作为故事的吸引力。拉塞尔·劳斯 1952 年执导的影片《窃贼》（The Thief）遵守了无声电影的限制。影片中之所以有人不接电话，最突出的原因就是这会违反电影制作者自己强加的限制，从而将人物动机的吸引力降至最低。
⑥ 请参阅 Walton，1990：第 4.5 节。

人，该剧中也没有任何人物是诗人，尽管他们说的话实际上构成了美丽的诗歌。同样，如果要求从内部来解释为何歌剧里那些死于肺病或创伤的人会以非同寻常的力量和控制能力来歌唱，这个问题也是愚蠢的。因为在故事世界里，他们压根儿就没有歌唱。在这类情况下，由于**表征性对应**的限制，这个问题很愚蠢。就特定的表征性作品来说，只有表征形式的某一些特征被用于代表其表征对象的特征。在歌剧中，表演者的歌唱并不代表人物的歌唱，莎士比亚戏剧中的人物并没有，或者说并不总是被刻画成具有非凡诗歌表达能力的人，尽管事实上，他们被表现为只说其扮演者口中那些词语组合的人，那些词语组合确实非常富有诗意。在此情况下，我们对某些高阶属性进行了表征性对应的分解：虽然演员说的话与人物说的话之间确实存在着表征性对应关系，但演员说的话构成了伟大的诗歌并不意味着这些话在人物的口中也同样构成了伟大的诗歌①。

在另一些情况下，否认表征性对应的代价过于高昂，无法使其成为一个有价值的策略。以沃尔顿的另一个愚蠢问题为例：为什么在达·芬奇的《最后的晚餐》中，所有的就餐者都坐在桌子的一侧？在绘画中，根据某个流行惯例或透视原则，我们通常假定，表征形式中人物的空间关系代表着这些人物之间原本的空间关系。要是我们说，虽然画中人物所构成的几何图形②使他们处于某种布局之中，但我们不应当假定这些被表征的人物就是被表征为处于这样的一种布局之中，那么我们就该在《最后的晚餐》中放弃表征性对应。这样做势必会引起众多难以回答且分散注意力的问题，比如绘画对象之间真正的空间关系是什么，尤其是考虑到这些关系的某些细节在画中的重要性，例如耶稣和犹大的相对位置。为了欣赏这幅画，我们似乎需要有关空间对应的传统假定，但是这些假定又带来了悖于情理的布局所产

---

① 另请参阅沃尔顿对埃米莉·迪金森在《阿默斯特的美女》（*The Belle of Amherst*）中的长篇大论及其与她过于害羞的形象之间的冲突的评论（同上，175—176）。
② 《最后的晚餐》之画面构图以耶稣为中心向两旁展开，就像一个等边三角形，再以高低起伏的人物动作形成三人一组的四个小三角形，使画面显得协调平衡又富有动态感。——译者注

生的非同寻常的结果，而当我们注意到这一点时，我们会感到极为不舒服。我们对奥赛罗的演讲就没有感到相应的不舒服。

《最后的晚餐》中对人物的整体布局异乎寻常，其产生的效果便是我们往往会关注局部的空间关系，而在这些局部的空间关系中，许多关系却并非同样的异乎寻常；一个人坐在另一个人身旁，与第三个人相距较远，一个人转向另一个人，或与另一个人说话，或以某种方式打着手势——这些都不异乎寻常。在所有这些方面，《最后的晚餐》都充满了相关和连贯的细节。在其他情况下，对表征形式的外部约束（即制作者受到的自我或非自我约束）不会因为从整体特征到局部特征的转换而受到忽略。理查森笔下的帕梅拉·安德鲁斯[1]一直被怀疑对保护自己的贞洁持一种精于算计的态度，而且从内视角来看，读者们注意到她喜欢详细描述她得到的每一句赞美、每一件礼物以及每一次不合道德的追求。帕梅拉在这些话题上滔滔不绝，以至于在叙事中令人很难不看到一幅工于心计、自私自利的画面；然而在书中，语气和结构的其他方面却表现出了截然相反的意图。这一问题的产生是由于理查森选择了书信体形式，这是一种或多或少由他发明的小说写作形式，这种选择使他不得不让帕梅拉本人成了我们了解这些事情的所有信息来源，特别是涉及别的写信人[2]不太可能知道的那些隐私细节，而且后者对这些细节的报道无论如何也不会那么富于戏剧性[3]。了解到这一点，就有了某种解决方案：我们现在可以看到一个关于帕梅拉性格的连贯意图，然后我们根据文类的自我约束来解释在文本中连贯地体现这一意图的困难。但是困难并没有彻底消失。显然，对于当代读者来说，我们仍然很难将帕梅拉的叙述当成对良好品性的记录来听。而且，从整体特征转换到局部特征，也无法回避这一问题；正

---

[1] 塞缪尔·理查森（Samuel Richardson，1689—1761），英国小说家。帕梅拉·安德鲁斯是其1740年出版的书信体小说《帕梅拉，又名贞洁得报》（*Pamela, or Virtue Rewarded*）的女主人公。——译者注

[2] 该小说中共有6个写信人，共有69封书信，但其中绝大部分书信都出自女主人公帕梅拉之手，即大部分事件都是从帕梅拉的视角来叙述的。——译者注

[3] 请参阅 Kinkead-Weekes，1962。

是在其叙述的细节之中，帕梅拉的德行受到了质疑。这个问题可否像奥赛罗的问题那样得到解决，即通过否认高阶属性的表征性对应？采取这样的解决方案意味着认可页面上的文字代表着帕梅拉写的文字，但否认书写这样的文字就会构成不谦逊的行为。有两件事与这一策略针锋相对。第一，在人物的诗歌天赋之类的事情上否认表征性对应，这或多或少是莎士比亚时代一种不言而喻的戏剧惯例；我认为，理查森应该没有得到过书信体小说相应惯例的保护。第二，不可否认的是，无论作者的意图是什么，将帕梅拉解读为不是那么完美无缺，这确实有吸引人之处。这个假设与我们对现实世界的认知很好地吻合在一起，我们可以从中做出大量有趣的推论，详尽阐述一个有关欲望冲突和自我欺骗的叙事[①]。如果我们当真以为奥赛罗是一个伟大但未得到充分赏识的诗人，那就不会有这么令人兴趣盎然的解读选项了。

在这一点上，我有点背离本书论点的主导方向，因为一直以来我在很大程度上都有赖于这样一个观点，即我们需要把叙事理解为想要传播故事的人有意创造的作品；将《帕梅拉》解读为对精明贪婪的记录，甚或是对多少有点天真的自我欺骗的记录，这就与我们所知的作者意图背道而驰。诚然，我们可以找到隐含作者，而且我们可能会据理力争，说有一种合理理解这一假想人物的方式，即书中女主人公的人格面貌远比理查森本人所预期的要有缺陷得多。我自己对这本书的泛泛阅读令我对此深表怀疑；无论如何，我们都必须考虑到这样一种可能性，即：非常细致和深入的阅读也不会通过对隐含作者的吁请而为描绘帕梅拉不那么贤良淑德的形象打开大门。如果这种可能性被证明是真实存在的，那么就连我身边那些狂热的意图主义者也不应该不经思索地反对这样的描绘。我们假设叙事**不**是有意交际行为的产物，这就让叙事变得毫无意义。然而，一旦以这种方式来理解叙事的项目启动并运转起来，我们就不应该对作者没有看到的可能性视而不见——这些可能性可以给我们提供假如我们坚持作者意图那条道就不会得到的兴趣和指导。反作者阅读并不是通过放弃基本的意图主义假

---

① 请参阅 Sperber and Wilson，1995：第3章。

定来实现的；问题的产生就在于，在虚构作品中，帕梅拉会说她自己的话，而我们也同样能将我们的读心术应用于虚构的话语以及任何其他话语。敏感的读者自然会发现，很难避免听到那些表达精明和自欺的话语——或者其他不完全符合道德的话语。

在刚才描述的情形中，采取如此迂回婉转的解释路线的称职读者会意识到，他们的阅读其实是一种偏差，叙事的交际意义与他们选择如何理解帕梅拉·安德鲁斯这个人物之间存在着矛盾。对于《帕梅拉》，我们有意采取的看待故事的方式，故事的载体（或许）无意间结合在一起的属性给这一看待故事的方式所造成的重重困难——这两者之间的矛盾，据我所知，尚无令人满意的解决方案。就《帕梅拉》而言，这些矛盾，正如我所描述的那样，是无意间造成的。在其他一些案例中，作者制造并利用了这类矛盾，其所做之事貌似要将内视角和外视角套缩成一个色彩缤纷、逻辑混乱的故事。在《混乱达菲鸭》(Jones, 1953)[1] 中，达菲鸭发现自己的表演最初没有背景，然后被一位不愿合作的动画师出其不意地从一种毫不搭调、丢人现眼的装束或场景转换到另一种[2]。在《罗森克兰茨和吉尔登斯特恩已死》[3] 之中，戏剧世界的因果偏离以一系列的抛硬币开始，而抛硬币的结果简直令人难以置信：连续 92 次都是硬币的头像那一面朝上。这不只表明奇怪的因果关系在戏剧世界里起着作用。那一连串不太可能发生的

---

[1] 《混乱达菲鸭》(Duck Amuck) 是美国动画片导演、编剧兼制片人查克·琼斯 (Chuck Jones, 1912—2002) 于 1953 年执导的一部动画片，其主人公达菲鸭在舞台上表演中世纪的剑客戏法，可惜影片中的动画师不太配合，总是没能为其表演配上相应的背景，使得达菲鸭总是疲于奔命，努力使自己的表演与频繁变换的动画背景相匹配。——译者注

[2] 在我看来，当外部事实被表征为叙事本身内容的一部分并由此变成内部事实时，就发生了所谓的套缩。通常情况下，这两个领域都在同一部作品中得到表征。因此，文学作家有时会明确评论他们塑造人物命运的能力。在影片《猎尸者》(Mr. Sardonicus, 1961) 中，导演施洛克密斯特·威廉·卡斯尔出现在银幕上，要求观众对坏人予以惩罚；在影片《激情》(A Passion, 1969) 中，导演英格玛·伯格曼采访了他的演员。这些活动都不会自发地把自己嵌入虚构世界，事实上，无论是在《猎尸者》还是在《激情》中都并非如此。

[3] 《罗森克兰茨和吉尔登斯特恩已死》(Rosencrantz and Guildenstern Are Dead，又译《君臣人子小命呜呼》)，是英国剧作家汤姆·斯托帕德 (Tom Stoppard, 1937—) 以莎剧《哈姆雷特》为基础创作的剧作。——译者注

结果也意味着事件取决于一些外部因素,即剧作家对即将发生什么而做的决定。在此,不同寻常且令人费解的是,作者对事件的决断已然成了故事本身内容的一部分,而人物隐隐约约、惴惴不安地意识到了他们自己的虚构身份。这种技巧,在皮兰德娄的《六个寻找作者的剧中人》①中很常见,在韦斯·克雷文的《新噩梦》(1994)②中得到了某种程度上的反转,在《新噩梦》中,在虚构的情形下,之前一些影片中的一个角色贸然闯入创造了他的真实的电影制作世界。

在这样的案例中,内视角和外视角似乎套缩成了一个。事实却并非如此。无论叙事制作者多么努力,他或者她至多能设计出一个虚构的套缩;从外视角获取的真实事物在《混乱达菲鸭》中随处可见,而在《新噩梦》中却依然遥不可及。《混乱达菲鸭》提供了一个有关达菲鸭与一个虚构的制作人之间互动的故事——随后却发现这个虚构的制作人是宾尼兔③。即便查克·琼斯把自己放在故事中去充当一个不愿意合作的动画师,在那里他也只是虚构作品中的一个人物,他本人的真实活动产生了这部有关动画师对阵达菲鸭的扩大了的虚构作品,但却在虚构作品的表征极限之外。

像《混乱达菲鸭》之类的案例,虽然假装出视角的套缩,但是对于叙事体验中渗透着视角之双重性(即内视角和外视角)这一规则来说,其实并不是真正的例外,从那些最为传统、最不起眼的例子到那些最不自然、最似是而非的例子,处处都存在着视角的双重性。在本书的其余部分,我将关注那些处于中间地带的案例:在那些案例中,作者在不产生视角冲突的情况下,通过我即将探讨的叙事手段,使外视角凸显并且获得关注。

---

① 路易吉·皮兰德娄(Luigi Pirandello, 1867—1936),意大利小说家、戏剧家。《六个寻找作者的剧中人》(*Six Characters in Search of an Author*)是皮兰德娄创作的一部戏中套戏、结构奇特的喜剧作品,于1921年首演。——译者注
② 韦斯·克雷文(Wes Craven, 1939—2015),美国导演、编剧、制片人、演员,《新噩梦》(*New Nightmare*,又译《猛鬼街7》)是其执导的恐怖片。——译者注
③ 即 Bugs Bunny,又译兔八哥,是动画片《宾尼兔》(*Bugs Bunny*)中的主角。——译者注

4 作者与叙述者

作为人工制品，叙事有其制作者；就文学叙事而言，我们称之为作者。在某些情况下，存在着众多的制作者，每一位都起到不同的作用，譬如在电影里，我们并不总是能在众多的制作人员中找到一个其权限足以使其成为作者的人；确切点说，作者是由许多人共同署名的。叙事制作可以通过积累而不是联合行动来进行，这就好比写小说，某个人写第一章，然后把它依次传递给一连串的作者。比较杂乱无章、各行其是的情况时有发生，例如某个人把另一个人写了一部分的文本偷走，然后以自己的方式将其写完。在这样各自为政的情形下，我们能否找到叙事的一致性，取决于我们能否从阅读或观察中感觉到一个动因的存在，这个动因具有一系列统一的意图，而作品就是这些意图的结果。接下来，我们就要吁请隐含作者了：那个想象中的作家代理人，其意图与普通语用推理所表明的该文本表达的意图如出一辙。

4.1 没有差异的区别？

人们总是禁不住以为我们能够区别这两类活动，即叙事制作和叙事讲述。制作者（大多）是作者，而讲述者就是叙述者。最近，叙事方面的理论谈论的几乎都是叙述者。而我不只是希望更加公平地重新分配注意力，让作者也得到关注。我想说的是，就我们可能遇到的几乎所有案例而言，作者和叙述者之间都不该而且也不可能有所区别，因为叙事制作和叙事讲述之间并不存在区别。让我们回想一下这一观点，即叙事是具有交际性质的人工制品：其制作方式就是为了达到交流（而不只是表征）故事的目的。的确，某人可能会撰写一个故事，然后让其他人通过朗读、誊抄或任何其他方式来促进读者获取这个故事，但这并不是在叙事讨论中起作用的作者与叙述者之间的区别。我可能通过信件与你交流，这就需要一个邮递员来投递信件。邮递员不会因此而在我们的沟通交流中扮演叙述者的角色。正如在关于叙事之批判性和学术性的辩论中所讨论的那样，叙述者是指我们有时可以提出此类问题的人，即："他/她是如何知道这些事情的呢？""他/她可靠吗？""叙述者的观点是什么？"对想要理解叙事的人来说，回答这些问题可能极为重要。而所有这些问题都不适用于那个仅仅充当了促进者或邮递员的人。邮递员总是有知识，有价值观，有观点的。不过，假设我们读到的单词和句子根本就不取决于这些品质，也不表达这些品质，那么邮递员所具有的这些品质就不能阐释他所投递的叙事；只有当我们认为某人是作品的制作者时，我们才有权认为作品取决于或表达了此人的意图。按照"作者"一词原本的意义，信件、小说或诗歌的作者就是它们的叙述者，即那个如果我们想要理解其传递给我们的信息就不得不理解其意图的人。作者就是叙述者：讲述者的观点对阐明叙事本身起到很大的作用。邮递员、誊抄员以及有声读物中的朗读者，对他们的行为我们都应该深表感激，但他们并不是叙述者。

那么故事**中**的叙述者又如何呢，比如福尔摩斯系列故事中的华生？我们当然不会把他视为作者。我同意。将这些故事作为众所周知的事实，由华生医生来讲述，而不是由柯南·道尔来讲述——这是福尔摩斯系列故事的组成部分，所以我们不应该把华生想象为化了名的道尔。华生并不是真正意义上的叙述者，就像他不是一位真正的医生而福尔摩斯也不是一位真正的侦探一样。华生以及其他人物并不存在，他们参与的那些英勇事迹也从来没有发生过。确切点说，福尔摩斯是侦探以及华生既是医生又是叙述者，这都不过是故事（将系列故事作为一个整体来看）的一部分。华生是一个虚构的叙述者。华生是其所讲述之系列故事的作者，这也是故事的一部分；然而，他从某处发现了这些故事或者这些故事是福尔摩斯口述给他的——这些就绝对不是故事的内容。这类叙述者，但凡有的话，根据故事来说，就是作者；有些地方会有许多这种类型的叙述者，比如在《德古拉》①之类的书信体小说里，我们不得不把众多的作者视为虚构的产物，他们在小说里依次写作而不是共同写作。因此，在华生和福尔摩斯系列故事之类的案例中，我们没有理由把叙述者和作者区分开来，不过，我们却有理由把作为作者/叙述者的人与在故事中充当作者/叙述者的人区分开来。记住先前曾做过的区分，我们可以说华生是**内部的**作者/叙述者，而道尔是**外部的**作者/叙述者。但如果道尔把自己描绘成一个在这些故事之内行事的人，作为某个了解福尔摩斯并且谈到其冒险经历的人，那么道尔讲述的就是一个部分与其本人相关的虚构故事，如此一来，他或许就既是内部的作者/叙述者，又是外部的作者/叙述者。事实证明，他仅仅是外部的作者/叙述者。稍后我将详细介绍外部叙述者。

从内视角来看，我们把华生当作唯一的直接信息来源，总的来说，我们认为他是可靠的。有些内部叙述者与其故事之间的关系较为复杂。有些则明显地不可靠，比如巴里·林登②的谎言和自欺，以及《螺丝在拧紧》③中家庭女教师（若隐若现）的幻觉④。在这类案例

---

① 《德古拉》(Dracula)是爱尔兰作家亚伯拉罕·布兰姆·斯托克（Abraham Bram Stoker，1847—1912）于1897年创作的一部长篇小说。整部小说以几位主人公的日记和书信以及报纸上的新闻报道等形式，时空交叉地描写了一个吸血鬼施暴和灭亡的故事。——译者注

② 巴里·林登是英国作家威廉·梅克皮斯·萨克雷（William Makepeace Thackeray，1811—1863）于1844年以连载形式发表的流浪汉小说《巴里·林登的运气》(The Luck of Barry Lyndon)中的主人公。该书单卷本出版时更名为《巴里·林登的遭遇》(The Memoir of Barry Lyndon)。——译者注

③ 《螺丝在拧紧》(The Turn of the Screw)为英国作家亨利·詹姆斯（Henry James，1843—1916）于1898年创作的一部小说。——译者注

④ 我们需要将不可靠叙述者与不可靠的作品区分开来。在《赎罪》(Atonement)中，布里奥妮的叙述就不可靠，但小说并非如此，因为其最后一部分清楚地表明了以前发生之事的不可靠性。如果作品的叙述者在某种程度上不可靠，而作品又没有向我们表明其不可靠之处，那么这部作品就是不可靠的，不过，没有叙述者的作品也可能是不可靠的；请参阅Currie，1995。

中，故事的一个组成部分就是，叙述者并没有告诉我们他或者她知晓或以为可能发生的事情；叙述者告诉我们的话中掺杂着知识、谎言、自欺、幻觉以及不折不扣的谬误。不过，这些仍然是内部叙述者的案例：内部叙述者与事件的关系是如此密切，以至于可以就他们的认知责任提出质疑。在让叙述者变得不可靠的过程中，詹姆斯和萨克雷都提出了这样的质疑：这些人物在描述事件时，所采用的方式没有尊重真实性、相关性以及可靠性等准则，不过，这些问题在故事本身中得到了解决——在一定程度上得到了解决。就詹姆斯及其对《螺丝在拧紧》的创作或者萨克雷及其对《巴里·林登的运气》的创作而言，这样的问题就不会出现。詹姆斯和萨克雷对他们故事中的人物或事件一无所知，不会就其撒谎，也不会被其迷惑：他们想象出这些人物和事件，他们与我们交流，以便我们也能想象这些人物和事件①。

叙述者可能变得更加脱离于她所描述的现实，却不会因此而停止充当内部的叙述者。她可能只表达了一些与其故事真相（如果有的话）毫不相关的胡言乱语，但她仍然属于故事世界的内部。胡言乱语是未能履行认知责任的问题，不过这可能是一种不应受责备的失责②。此外，在有些情况下，我们不清楚应该将叙述者称为内部的还是外部的；真相、自欺欺人以及纯粹的奇思异想掺合在一起，自然生成了某种由天马行空的想象所主宰的东西，这（大概）算是小说作者的一个情况，而不算是内部叙述。正如我们经常看到的那样，在此方面，我们不应该期待有泾渭分明的区别。显而易见，内部叙述者，无论胡言乱语与否，依据故事来说，都是作者。

有时能找到一个内部叙述者，比如华生医生；有时则不能，比如在《米德尔马契》③中——至少我是这么认为的。在后一种类型的故

---

① 当虚构作品的真正作者把某些事实弄错了，比如伊恩·弗莱明似乎就经常如此，难道他们就不承担认知上的责任吗？只有当他们想要把它做对的时候——否则他们的过错，如果有的话，就是美学意义上的。而内部叙述者则不能以不打算做对为由来摆脱困境。
② 戴维·刘易斯简要讨论了胡言乱语（Lewis, 1983: 266 n.）。
③ 《米德尔马契》(*Middlemarch*) 是英国作家乔治·艾略特（George Eliot, 1819—1880）于 1872 年出版的一部长篇小说。——译者注

事中，没有明确介绍的内部叙述者，字里行间似乎也没暗示有这样的一个人。也没有任何间接的证据表明其存在，比如对叙述内容的限制，这种限制往往与某个不会魔法的人的视点相对应。在这些故事中，谈到了普通凡人不可能知道的诸多事情，不管他是多么可靠，多么富有洞察力，而这或许就表明不存在内部叙述者。不过，出于没人想要我们去深究的缘故，我们有时也确实承认内部叙述者知道某些普通人不知道或不太可能知道的事情；事实的一面就是，某些对虚构故事中的事物的质疑相当于提出"愚蠢的问题"①。由此可见，有迹象表明叙述者知道得太多，这并不见得就是该叙述者乃外部叙述者的确凿证据。在此，没有明确的规则来指导我们。我的建议是，我们不去假定内部叙述者的存在，除非有实实在在的理由去这么做，尤其是这样的一个叙述者，一旦得到确认，将不得不被视为全知，而全知与作品所遵循的其他表现手法又不相符。的确有很多的内部叙述者，但假定内部叙述者的存在既不是普遍需求，也不是默认选项，而是某种需要用证据来支撑的东西。在下面第 5 节中，我思考了一些相反的论点。

如果采用外视角，我们就无需做出这样的决定，因为在外部我们总能找到一个叙述者——（真正的）作者。在非虚构叙事中，外部叙述者类似于内部叙述者，起到的是在认知上负责的作用。非虚构作品的外部作者/叙述者可以是一位头脑清醒、稳妥可靠的历史学家，可以是一位不择手段的宣传家，也可以是一位执迷不悟、想法疯狂的吹鼓手；在所有这些情况下，未能说出真相，未能囊括相关事实，或者未能提供一个面面俱到的解释等，都会引起对作者/叙述者之过失程度的质疑。正如我们所看到的那样，虚构作品的外部作者/叙述者所面临的情况则不同。了解他或者她所讲的故事需要的是想象力，而不

---

① 关于愚蠢的问题，参见上文第 3 章第 4 节。在约瑟夫·曼科维茨（Joseph L. Mankowitz）执导的影片《致三个妻子的信》（*Letter to Three Wives*，1943）中，从未露过面的人物艾迪·罗斯在某些时候对她不可能以任何自然且体面的方式听到的对话进行了画外音评论。艾迪·罗斯（西莱斯特·霍尔姆配音）并不是这部电影真正的内部叙述者，可毫无疑问她确实属于这部电影的故事世界，尽管她显然具有神奇的听力和知情能力，而且这部影片似乎也不符合魔法因果关系。

是信念，没有人会指望作者/外部叙述者所说的都是真实可靠的。

4.2 隐含作者和第二作者

到目前为止，这还是个相当简洁的方法。我们不必去判断我们所涉及的是作者或是叙述者——他们往往二者皆是——而只需判断他或者她是内部的还是外部的。现在我们得把它变得更加复杂一些。有时候，我们需要假设一个不同于真实作者的外部叙述者，因为出于某种原因，给我们讲故事的声音不能与作者的声音相一致。一些有趣的案例表明，虚构作品之外的这个或那个叙述声音其实并不是作者的声音。这类案例往往被漫不经心地贴上**隐含作者**案例的标签，但其实它们有两种不同的类型，为了凸显其差异，我仅将隐含作者这一标签用于这两种类型中的第一种。

第一种（目前已非常为人熟知的）类型出现在这样的时候，即我们有理由认为，在阅读小说的基础上，人们赋予作者的个性不同于在更广泛地了解其生活事实的基础上所赋予她的个性：人们一直认为，现实生活中的托尔斯泰和菲尔丁就与其作品所展现的作者人格面貌大相径庭，并不如我们想象的那么富有魅力。在此情况下，我们自然会认为作者要么没有意识到这种差异，要么可能不太了解他们的小自我，或者至多是为了公开展示而有意识地"升级"了他们的人格面貌[①]。而另一种（较少被人谈论的）类型则出现在这样的时候，即作者会有意创造出一个与自己的观点略有不同或迥然不同的"第二作者"，一个为作品的艺术方案量身定做的"第二作者"[②]。就像本书运用的许多区别一样，在使用过程中，上述区别也会产生不确定性，并且会在两个选项之间出现完全不确定的情况。但区别却是实际存在的，而我们认为遇到的是这种而非那种情况，这样的判断可能会影响

---

① 经典的说法见于 Booth, 1983, 尤其是第 6 章。
② "第二作者"这一术语，我得归功于 Cohn, 1999。请参阅下文及第 74 页注释③。

我们对作品的理解。

在第一种情况下,我们可以想象叙事是由某个具有作品所展现的那种人格面貌的人进行的,而不是由任何具有实际制作者之人格面貌的人进行的。我们可以采用以下两种方式中的任何一种来做到这一点:我们可以想象一个不同于真实作者的隐含作者;或者对于真正的作者,我们也可以想象他或者她有一个不同于其实际拥有的人格面貌。我看不出有什么特别的理由要先入为主地偏爱这两个选项中的这一个或者那一个,不过隐含作者的倡导者们普遍认为应当首先选择这两者中的第一个,正如"真实作者"和"隐含作者"术语所暗示的那样。

在第二种情况下,即在第二作者的案例中,作者以反讽或其他某种伪装的语气说话,以此来营造出一种始终如一地从某个稳定的、想象的角度叙述的印象①。想一想这种情形最初是如何在普通对话中产生的。我可以给你讲一个故事(假设这是一个虚构的故事),同时惟妙惟肖地模仿一个我们共同的朋友的讲述方式。如果一切顺利,我就办到了两件事情:一是给你讲一个故事,二是通过惟妙惟肖地模仿另一人的讲话风格来逗你开心。我的表演创造了两个虚构作品:其一,我讲的故事;其二,不是由我而是由我们共同的朋友来讲的故事②。同样的,虚构作品的作者也可以虚构这个虚构故事的作者是别人,而非她本人。多丽特·科恩认为,托马斯·曼的《死于威尼斯》就是如此,在该小说中,曼呈现的是一个对阿申布雷纳的困境过于敌视的(外部)叙述性人格③。在这样的第二作者案例中,我们很自然而然地(虽然不见得是习惯性地)将第二作者视为与真实作者截然不同的人,而不只是为真实作者想象出了一个替代角色。在这些选项中的抉

---

① 关于反讽及其与伪装的关系的详细讨论,请参阅下文第 8 章。

② 具有反讽意味的表演并不总是需要我去想象除你之外的人在说话;你可能把自己当成自嘲的对象,或者该表演可能只需我去想象你具有我们那一位共同熟识之人的人格面貌。我上文关注的案例确实需要我们去想象一个不同于实际说话者的说话者,因为那些案例与此处关注的案例相类似:都需要我们去想象一个不同于实际作者/叙述者的外部作者/叙述者。

③ Cohn,1999。科恩的理解引发争议的一个方面是,它太过于依赖文本外的资源,比如曼本人的书信(同上,注 15)。

择不会影响我接下来要说的话。

所以这两种类型的案例——隐含作者和第二作者案例——都需要我们去想象一个新的作者或一个新的作者人格面貌。这就把我们对作者/叙述者的简单分类复杂化了，不过却丝毫没有将作者和叙述者的概念分割开来。另外，在此类案例中，我们最终都**嵌入**了一个叙事。拿《安娜·卡列尼娜》来说，我们读者构建了一个故事，根据读者构建的故事，一个宽宏大量、心胸开阔的人写了一个故事，根据该故事，一个女人有了一段不幸的恋情并且自杀了；就《死于威尼斯》而言，作家写了一个故事，根据他写的故事，一个心胸狭隘、不近人情的人写了一个故事，而该故事讲的是，一个男人不幸爱上了一个少年，然后死了。在上述两个案例中，都有一个故事嵌入了另一个故事。

嵌入是一个略微复杂的概念；值得花一点时间来说明一下。嵌入往往发生在这样的时候：(1) 我们这时往往有不止一个故事，即故事1和故事2；并且，(2) 那些根据故事2是如此这般的事情，之所以如此这般就是因为根据故事1，故事2就是那么说的；但是，(3) 那些根据故事2是如此这般的事情，根据故事1，却并非如此。因此，《贡扎戈谋杀案》是被嵌入《哈姆雷特》的故事：根据《贡扎戈谋杀案》的说法是如此这般的事情（例如贡扎戈被谋杀），就是如此这般，因为根据《哈姆雷特》，《贡扎戈谋杀案》里面就是这么说的。但是根据《哈姆雷特》，贡扎戈不是被谋杀的，因为贡扎戈并非《哈姆雷特》中的人物[①]。《贡扎戈谋杀案》是被嵌入的故事，而《哈姆雷特》则是**嵌入式**故事。

在《死于威尼斯》这么一个第二作者案例（我是这么认为的）中，托马斯·曼本人就是嵌入式小说的作者。而在《安娜·卡列尼娜》之类的隐含作者案例中，真实作者并不是嵌入式小说的作者。托

[①] 一个故事可以嵌入另一个故事中，而无需对内部故事的内容进行任何说明，就像一个人是故事中的一个人物，而无需对这个人的任何（其他）方面予以说明一样；那么，外部故事的一个组成部分就是，内部故事中的一切都属于内部故事，但是没有可作为内部故事之内容来列出的观点。

尔斯泰并没有写这样一个故事，根据该故事，一个聪明睿智且极富同情心的人撰写了一个关于一个女人的故事，该女人有过一段不愉快的恋情并且自杀了。正是我们读者把托尔斯泰的小说（即那个只关乎安娜·卡列尼娜的小说）放置在了一个更大的嵌入式小说之中，而根据这个嵌入式小说，《安娜·卡列尼娜》的作者既聪明睿智又富有同情心。尽管上述两种案例存在着差异，但是它们都引起了嵌入活动。

嵌入是很常见的。每当下面这些情况出现时，嵌入就会发生，即：某人在故事1的世界里讲了一个故事（即故事2），根据该故事，很多事情都如此这般，但是那些事情（或者其中的一些事情）并不符合故事1的说法。因此，犯错之人、欺骗之人以及上当受骗之人的证词，一旦出现在故事之中，都是嵌入的例子。不过，这会不会使我们的分类过于庞杂且无用呢？如果我们在其中做一些更易于理解的区别，就不会。譬如：《死于威尼斯》和《安娜·卡列尼娜》都是虚构中嵌入虚构的例子，就像《哈姆雷特》和迈克尔·弗雷恩的《糊涂戏班》① 一样，后者嵌入了一部题为《一丝不挂》的话剧；凶杀疑案中，形形色色的人向警方讲述具有误导性的故事，因此疑案是嵌入虚构的非虚构，因为按照疑案故事本身的说法，是有人做了一些虚假陈述，而不是这些人物讲述了一个虚构故事；一部历史书叙述了某个外交官就其国家动机所撒的谎言，这部历史书就是嵌入非虚构的非虚构。有了这样一些内部的分类，嵌入就不会是一个无用的概念。

像嵌入之类的东西是叙事理论家们经常讨论的话题。热奈特就讨论了《曼侬·莱斯戈》② 等故事中的叙述层次。在《曼侬·莱斯戈》中，雷诺库尔侯爵叙述了德·格里厄骑士讲的他与曼侬在法国以及在路易斯安那州的冒险经历③。按照我的说法，这不是一个嵌入的案

---

① 《糊涂戏班》（*Noises Off*）是英国剧作家及小说家迈克尔·弗雷恩（Michael Frayn, 1933—）于1982年创作的一部三幕闹剧，讲述的是一个糊涂剧团排演话剧《一丝不挂》（*Nothing On*）的故事。——译者注

② 《曼侬·莱斯戈》（*Manon Lescault*）是法国小说家普雷沃神父（Antoine-Francois Prevost d'Exiles，1697—1763）于1731年撰写的一部长篇言情小说。——译者注

③ 请参阅 Genette 1980：第5章。

例，因为根据德·格里厄的讲述是如此这般的事情，根据雷诺库尔侯爵的叙述，也是如此这般。通过提供与某些事件相关的（我们可以假设的，也是可靠的）信息，并且这些事件与起到故事框架作用的侯爵和骑士之相遇又确实存在着时空上和因果上的联系，由此，德·格里厄的叙述扩展了侯爵的叙事世界。这就违反了我的嵌入定义的条件(3)。如果我们把该条件换成：

(3*) 那些根据故事 2 是如此这般的事情是因为根据故事 1 就是如此这般。

那么我们就得到了一个《曼侬·莱斯戈》之类的故事可以满足的条件，即：将这类案例称为**扩展了**的叙事。嵌入与扩展之间的区别很重要：在非虚构中尤其明显，因为引用的证词是否被历史本身视为真实可靠对我们理解历史至关重要。在虚构中，这一区别也十分重要，因为许许多多的叙事就是通过创造定义的不确定性来获取利益的。在很多悬疑故事中，我们一时半刻搞不清内部人物的叙事是否构成了外部叙事的扩展，或只是一个嵌入叙事的叙事；拿《非常嫌疑犯》(Singer，1994)[①] 来说，在其结尾以前，我们可能一直都在被误导。就亨利·詹姆斯的《螺丝在拧紧》、黑泽明的《罗生门》(1950)[②] 以及其他一些故事而言，可能直到最后，我们都没法确定该叙事的某个特定部分究竟适合哪一种分类。

4.3 让步

我一直坚持认为，没有理由区别叙述者的作用和作者的作用。在

[①] 《非常嫌疑犯》(*The Usual Suspects*) 是美国导演布赖恩·杰伊·辛格 (Bryan Jay Singer, 1965—) 执导的一部悬疑影片。——译者注

[②] 黑泽明 (Kurosawa Akira, 1910—1998)，日本导演，《罗生门》(*Rashomon*) 是其执导的一部悬疑影片。——译者注

某些情况下，我们确实需要（或可能需要）做出这种区别，我一直在加强我论据的力度。这是我想做的事情。

山鲁佐德讲了《一千零一夜》的故事。根据《一千零一夜》，她"收藏了数以千计与古代民族和帝王相关的历史书籍，还收藏了诗人们的作品"，而这些就是她讲故事的素材。我猜想她是用自己的话来讲故事的，或许还对故事做了其他方面的润饰和总体上的调整。到目前为止都没有问题。她对自己讲的那些故事负有作者责任，尽管她的故事可能与莎士比亚的故事一样，（密切地）依赖于其他叙事行为。但是稍微改变一下，让她记住其他人的故事，只是将它们复述给沙赫亚尔听，那她就不再是其所讲故事的作者了。难道我们就不能把她算成一个在某种意义上相当纯粹的叙述者？在这种情况下，她绝不只是一名投递邮件的邮递员，因为我们的主要兴趣都在于她讲故事的动机以及——考虑到错误选择之后果——她对故事的选择[①]。

我也认为，在这种情况下，我们希望将山鲁佐德视为某种意义上的非作者叙述者——这对于理解和欣赏叙事意义重大。但让我们坚持一个重要的观点，即这个案例仅仅是一个例外——确切说来，为了找到这个例外，我不得不把一个真实的例子变成了一个凭空想象出来的例子。几乎在任何时候，我们都不需要区分作者和叙述者的作用。

即便作者和叙述者之间并没有（在很大程度上）虚假的区别，对叙事的分类也很棘手。在最简单的案例中，我们往往只有一个作者/叙述者，他在讲述故事，故事内部并没有叙述者。然后，我们又创造出内部创作或内部叙述的故事之作者/叙述者，又创造出替代作者/叙述者的作者/叙述者，而故事的一个组成部分就是，这些代理作者/叙述者又创造了一部虚构作品，在这种情况下，可能存在也可能不存在一个内部作者/叙述者。然后，我们还有这样一些作者/叙述者，他们不仅办到了上述一切，还使其故事变得多层次，如此一来，在一个故事中的人物就成了该故事内其他故事的作者/叙述者，就像山鲁佐德

[①] 或者，她就像一个邮差，时常收到许多你写的信件，阅读它们，并决定投递其中的哪一些。

那样，从外部去创作或叙述《一千零一夜》中的那些故事。详尽地描绘这些令人困惑的可能性，其实是没有什么意义的；我们只需要牢牢记住，当我们遇到特殊情况需要它们时，资源就在那里。一般来说，我们应当对作品进行最简单的描述，这有利于充分理解其叙事结构。

4.4 对非虚构作品的说明

在建立这一分类法的过程中，我谈到的大多是虚构案例。我们是否需要为非虚构案例设置不同的类别？答案是令人惊讶的，不需要。有一个貌似合理但令人误解的看法是，就非虚构而言，我们不需要一个内部/外部的区分，因为故事世界就是真实作者所处的现实世界。可事实却并非如此。"故事世界"不过是"依据叙事的任何事情"的简称。从这个意义上讲，对于历史和新闻，就像对于虚构一样，现实世界和故事世界是有区别的。就非虚构而言，我们旨在或期望让故事世界和现实世界有一定程度的对应，而我们在虚构案例中是找不到这种对应的；非虚构的规定性目标是，依据叙事，这就是真实的。但是这一规定性目标却往往得不到充分的实现，因此我们在非虚构情况下和在虚构情况下一样，需要内部与外部的区别。没有这一区别，我们就无法把某部历史书描述为不可靠。因此，对于非虚构来说，质询它是否有内部叙述者是有道理的。在某些情况下确实有，而在另一些情况下则没有。传记作者可能会把自己的活动作为故事的一部分，就像博斯韦尔[①]在《约翰逊传》中、米哈伊尔·伊格纳季耶夫在其给以赛亚·伯林写的传记[②]中所做的那样[③]。在这类情况下，真实作者/叙述

[①] 詹姆斯·博斯韦尔（James Boswell, 1740—1795），英国传记作家。——译者注

[②] 米哈伊尔·伊格纳季耶夫（Michael Ignatieff, 1947— ），又名迈克尔·伊格纳季耶夫或者叶礼庭，是加拿大著名学者和作家。自1987年9月始，他定期拜访以赛亚·伯林，与其一道回忆其过往的经历。然后他根据大量资料及其对伯林长达十年的访谈写成了《伯林传》(*Isaiah Berlin: A Life*, 1998)。——译者注

[③] 请参阅 Ignatieff, 1998。

者也是内部作者/叙述者。在另一些情况下，即在作者/叙述者不喜欢抛头露面的叙事中，只有一个外部作者/叙述者，而没有内部对应者，比如克莱尔·托玛林撰写的《塞缪尔·佩皮斯：无与伦比的自我》①。此外，肆无忌惮的传记作者可能会杜撰出一个从头至尾都是骗人把戏的故事，说这本传记是如何由其硬塞给读者的某个人物写的，说这个人与传记主人公的关系是如何如何紧张，可其实压根儿就不存在这样一个人。在这种情况下，就会有一部（糟糕透顶的）虚构作品，这部作品有着截然不同的内部和外部作者/叙述者，而事实上，后者压根儿就不存在②。

　　有时候，历史作家会展现出与小说家一样引人注目的个人人格面貌，或许有原因能够解释一下为什么作者采用一个有别于自己天生嗓音的叙述声音就有助于创造出恰如其分的叙事语气。这听起来像是在启用我的"第二作者"类别。不过，我们应当小心，不要过多地增加这种情况。虽然有理由认为作者叙述历史的方式与其在酒吧里漫无边际的闲聊有所不同，但是我并不会将此视为"需要启用虚构作者"的情况——那将意味着在几乎所有情况下都需要启用虚构作者。人们在不同的语境中以不同的方式呈现自己，然而，这是同一个人在做这一件事情。除非我们非常清楚，有人有意识地为其手头上的历史研究项目特别打造一个自我人格面貌，并且与学术话语标准模式严重脱节，这时我们才应该转向第二作者这个想法。我不知道该如何识别此类情况，我在此感兴趣的是其可能性。

---

① 请参阅 Tomalin, 2002。

② 在不同形式的非虚构作品中，作者/叙述者对其描述的事件具有不同的认知责任关系：自传作者的讲述在一定程度上依据个人记忆，而历史学家和传记作家的讲述基本上依据证词。以赛亚·伯林的传记作者米哈伊尔·伊格纳季耶夫的讲述就如其叙事所表明的那样，部分地依据他对伯林采访的个人回忆；因此，在我看来，其作品存在着一些自传元素。让我们假设克里斯托弗·诺兰的电影《记忆碎片》（Memento，2000）中的主人公伦纳德·谢尔比是一个真实人物。他结束了自己的冒险生涯，在失去记忆之后决定写下自己的生平故事，其写作完全依据笔记、照片、文身以及他在那些冒险经历中积累的其他记录。在我看来，此书可以算作他传，因为作者完全是从一个第三者的角度撰写的。当然，也会出现无法明确分类的情况。

4.5 是否应该有一个有利于内部叙述者的假设？

　　我说过，有些叙事没有内部作者/叙述者。事实证明，这是一个颇有争议的说法，我们必须对一些反对意见予以考虑（鉴于这一说法通常是从叙述者而非作者的角度提出的，我也会从这一角度来提，但我不会放弃叙述者**是**作者这一观点）。争议的焦点不在于是否有时或经常有内部叙述者；大家一致认为，作品本身往往清楚地表明，或者至少强烈地暗示了，有这样一个叙述者。争议的焦点在于，即使没有确凿证据证明有内部叙述者，我们是否也应该假设其存在。这场争论关乎乔治·威尔逊所谓**被抹去的**叙述者的存在（Wilson，2007）。那些相信被抹去的叙述者的人，不必认为每一个叙事都有一个内部叙述者；至少，我们应当假设有一个内部叙述者，除非有充足的、无可置疑的理由来反驳这一假设。那样的话，在某些案例中，我们会假设一个内部叙述者，尽管事实上并无证据表明有这样一个叙述者，而这正是假设一个被抹去的叙述者所涉及的情况。不过，为全面起见，在此我还必须仔细考虑一些论点，如果这些论点是合理的，那么我们就应该相信每个叙事都有内部叙述者。另外，由于我正在审查许多的论点，我只有将其视为适用于基于文本的叙事，这样才能将其保持在合理的范围之内。有人认为电影中存在内部叙述者，人们通常认为这是一个比文本中有内部叙述者更难以确立的命题①。既然我将拒绝所有

---

① 关于（内部）电影叙述者这一概念及其对我们作为电影叙事的消费者和诠释者可能产生的影响，请参阅 Levinson，1996。莱文森大部分的论辩都是关于叙述者作为电影音乐假定来源的作用，这是一个我无法在此探讨的话题。不过，我将简要评论莱文森论述中的一个问题，尽管这个问题并不是很突出，但它似乎有悖于我的主张，即叙述者就是叙事制作人。莱文森赞许地引用了查特曼的一句话："电影叙述者是叙事的传播者而非其创作者。"（Levinson，1996：150）但后来的一个注释（第 154 页）表明莱文森的观点有些许不同，就是说，叙述者（在我看来，即内部叙述者）提供了解事件的途径，而这些事件的构成却被视为独立于叙述者的活动。一旦把叙事与故事区分开来，我们就可以赞同，叙述者创造了叙事，但不一定是故事本身事件的负责人。

适用于文本的论点，那么电影中被抹去的叙述者至少也处于非常弱势的地位。

第一种论点认为，抹去并不总能成为看不见内部叙述者（或类似内部叙述者）之手的理由。我曾提到过《德古拉》，它有一系列不同的故事，每一则故事都有一位明确的叙述者，这些故事被拼接在一起，形成了一个整体。是谁将它们拼接到了一起？难道我们不需要假设这里存在着一个至少做过编辑工作的人吗？然而，却没有任何内部证据证明这样一个人的存在。

确切地说，为什么我们必须为《德古拉》假设一个编辑呢？因为不然的话，就无法解释所有这些不同的叙事是如何作为一个故事呈现给我们的。可是回想一下我们关于愚蠢问题的讨论。在回答为什么门徒都坐在桌子的一侧时，我们不去寻求（内部）解释，而是更喜欢外视角，根据外视角，这是由达·芬奇的审美决定的。同样的，针对《德古拉》中的不同叙事被视为一个统一体这个事实，我们也不必寻求内部解释。如果我们必须找到一个内部解释，那么假设一个隐藏的作者/叙述者将是不错的选择，但我们不必这样做。

可以回答说，通过突出故事不同部分的叙述者，该作品突出了著作权和知识的问题，这确实促使我们提出一个问题：是谁把这一切拼接到了一起？——我们不能想当然地认为这个问题很愚蠢。如果是这样的话，那就有一个现成的答案，因为这一论点取决于这样一个前提，即作品中表明了内部编辑的存在，虽然可能不是那么直接。在这种情况下，我们就有了一个无可置疑的（在**某种程度上无可置疑的**）理由来假设一个内部编辑，因此我们没有假设**被抹去的**内部叙述者的样本。

接下来的一个论点，如果合理的话，将确立在非常广泛的一类案例中假设内部叙述者的必要性。口头故事或书面故事几乎都用过去时来表示。说"他进了房间"或者"他已经进了房间"之类的话，叙述者表达的是被描述行为与叙述行为之间的时间次序关系[①]。而且，即

[①] 第二例与第一例的不同就在于，第二例而非第一例表明，进入房间先于故事中另一（过去）事件的发生，而后面这一事件在叙事上享有特权，可以被视为故事的"当下"。

使从作者写作行为的角度来看，（虚构）故事发生在未来，我们也希望叙述者用过去时态。如果不假设一个人来证明何谓过去，那我们该如何理解这种关系呢？就以未来为背景的小说而言，这个人不能是小说的作者；我们似乎必须假设一个内部叙述者，在故事中的事件发生之后叙述，即使可能没有其他迹象表明有这样一个叙述者，即使有理由否认这样一个叙述者的存在，比如世界末日的故事或者其他无法讲述的故事。此外，如果这番推论是合情合理的，那么，彻底放弃对被抹去的叙述者这一论点的抵抗，承认以过去时建构的叙事通常都（而不只是在事件发生在未来的情况下）意味着内部叙述者的存在，这样做无疑是明智之举。

一种回应是，虽然我们不能想象真实作者站在故事事件的未来，但是我们可以自由地建构一个站在那里的隐含作者。这种回应让我觉得其造成的麻烦比其避免的要多得多。人们普遍认为，真实作者的处境在很大程度上限制了我们对隐含作者的选择——譬如，我们不应该把《安娜·卡列尼娜》看成是具有 21 世纪感受力的人的产物。如果一部小说是以一万年之后为背景，那我们该如何去设想一个需要生活在那个时候的隐含作者呢？

一个更好的解决方法就是，断然否认对过去时的使用需要我们将叙事行为理解为发生在故事事件的未来。这正是表征性对应失败的又一例证①。在断言式话语中，过去时结构的一个功能就是体现与断言行为相关的内容之过去性。因此，任何普通的非虚构叙事报告都必须使用过去时②。而且我们期望虚构话语也使用它，因为正如我们（通常）都不希望演员走上台来向观众保证没有真正发生谋杀，没有真正出现狮子，我们同样也不希望叙事有任何彰明较著的标记来标明其虚构身份。所以这是在虚构叙述中使用过去时的一个极好的理由，而且这个理由无须假设其使用具有与其在非虚构话语中相同的表征性功能。

---

① 请参阅上文第 3 章。
② 这里的"普通"是指"不基于预知"。

接下来的两个论点都非常笼统,从本质上来说,其大概的意思就是我们必须为基于文本的虚构叙事假设一个内部叙述者。第一个论点基于一个被广泛认可的假定,即虚构作品的作者是在伪装做出断言。我认为,这一说法必须符合这样一种观点,即小说读者需要想象作品中的陈述句是断言——否则那种伪装看起来就会是一种私人行为,不会对作品的接收效果产生任何影响。但是在这种情况下,观众可以想象有人以十分肯定的语气说出这些句子,所以这个人必然知道这些句子所言属实,这难道不是很有道理吗?至少,断言者必须属于故事世界,否则这些断言如何能令人信服呢?而且,所有这些都需要读者去想象有一个内部叙述者。不过,如果这就是作品需要读者去想象的东西,那我们就有充分的理由说,故事中确实存在一个内部叙述者。

一般来说,这其实**并非**作品需要我们去想象的东西。正如威尔逊自己所坚持的那样,我们可以自由想象一个内部叙述者,一个身处作品世界内的人,在认知上受到普通人那样的限制,却知晓普通人无法知晓的事情,而且我们不必去想象他或者她是如何知晓的。同样,我认为我们可以把作品中的观点都想象成断言,而不必去想象它们是如何成为断言的。虽然我认为这已经是对反对意见的充分回应,但是这里还有一个回应,即虚构叙事的作者不必伪装在做出断言。他们有时确实会这么做,比如在他们以讽刺的口吻叙述之时[①]。在其他情况下,他们只是在说一些**虚假**话语。而这些虚假话语的特征就在于,它们旨在让读者想象我们话语的内容,以及其会话含义和其他蕴意。因此,我们有两个理由来否认这一论点,即读者有义务去想象虚构作品中的句子都是以十分肯定的语气说出的。不过,大家一致认为,在某些情况下,他们确实会这么想象[②]。

下一个论点与上一个有共同之处,因为它诉诸(假定的)事实来判断读者接收和处理文本中的句子的方式。假设在处理叙事时,我们读到或听到"史密斯注意到一棵树。该树正在落叶,其树枝又细又

---

① 请参阅下文第 8 章。
② 关于虚假话语,请参阅 Currie, 1990;第 1.4 节。

长"，就会认为这里说到了一棵树：史密斯看见了这棵树，该树正在落叶，其树枝又细又长。而我们之所以会这么认为，并不是因为可以从单词的含义和顺序来推断出这些内容，而是因为我们认为说话者的心中想到了某棵树，他或者她在整个段落中都提到了这棵树；这棵树是"一棵树""该树"以及"其"共同的所指。因此，我们必须假设有人告诉我们关于某棵树的事情，而这个人心里想着那棵树。但作为一种常见的虚构之物，这样的一棵树并不存在，史密斯不存在，说话者也不存在。即便如此，我们还是想象有这样的一些东西存在，包括说话者在内，说话者算得上是一个内部叙述者。各方都再一次承认，读者有时确实以为有一个内部叙述者，其脑海里有其所说的那些事物。问题就在于，我们是否需要一个内部叙述者，而当前的论点旨在表明有这个需要。

在此情况下，不能用先前的论证来说明我们不必想象我们所想象的一切后果。因为在这种情况下，我们的想法是**使用**想象中的说话者这个概念，说话者心中想着某人或某事，以便我们能追踪到"一棵树""该树"以及"其"之所指。可能我们不是十分明显地感觉到我们在这么做，不过我们对于虚构事物的很多想象都不是那么明显。重要的是，这种想象是我们阅读故事时所参与的想象工程的一部分。

关于条件句，有一个与此相似的论点。有人可能会说："如果有人注意到一棵树，而且该树正在落叶，那么……"显然，我会认为这一陈述句的先行语涉及一棵树，而这棵树就是被人看见并且正在落叶的那棵树。不过，为了领悟到这一点，我不一定就得相信说话者心中有一棵树；鉴于这里的陈述是有条件的，所以陈述的事情可能不是真实的。但对我来说更为重要的或许是，想象先行语是以十分肯定的语气说出的，并且在这小小的想象工程中，将先行语作为一句断言来处理，这样我就会想象说话者的心中有一棵特别的树。

如此一来，在条件话语的情况下，我们可以假设这个想象工程在某个阶段被放弃了，人们最终会对话语的实际交际内容有一种看法（一种信念）。现在，虚假话语的情况与条件话语的情况之间存在着重大差异。作为一个整体，虚假话语并没得到肯定，而对条件话语的处理却牵涉对所肯定之事中没被肯定部分的处理。这种差异未必会妨碍我们以类似的方式去对待理解虚假话语的想象工程——也就是说，将其作为一旦任务完成就会退役的东西。整个句子乃至话语周边的语境都是虚假的，因此那种需要我们去想象某些事情的东西就不该妨碍我们泾渭分明地区分两个想象工程，一个是根本性的，另一个则只是工具性的。根本性工程是根据虚构作品中的真实内容来进行想象，而虚构叙事中的句子就是了解虚构作品真实内容的指南。工具性工程则运用想象来理解叙事中句子所表达的内容。这是两种截然不同的工程，我们需要一个特殊的理由来说明，我们应该将它们所涉及的想象合二为一，形成一个宏大的想象工程。我看不出这个特殊的理由会是什么，除非这个理由是，我们必须以假设叙事中包含一个内部叙述者的方式来富有想象力地参与叙事。从我们正在考虑的论点来看，这将是恶性循环。

简而言之，重点是，为了富有想象力地参与叙事，我们可能首先要想象各种事情，人们并不认为这些事情是叙事内容的一部分。特别是，为了理解叙事，我们处理其句子的方式必须好像这些句子都是断言一样，但这并不意味着断言是叙事内容的组成部分。这一普遍现象还有其他一些表现形式，它们表明我在这里不是在呼吁一项**特别的**原则。肯德尔·沃尔顿以一张把人拍得只有颈部以下可见的照片为例。为了感受到该照片应有的效果，我们可能不得不想象照片中的那个人没有头部。而那个人没有头部却并不是该照片描述内容的一部分[①]。

最后一个论点出自乔治·威尔逊。他指出，无论是虚构还是非虚构，在特定的叙事中，我们往往需要辨别不同模式的话语。除了陈述句，还有一些至少看起来像是疑问句的句子。叙述者可能会这样说或者这样写："凯蒂喜欢哈勃。"紧接着就是："很多人都这么认为，不过，这是真的吗？"

[①] 请参见 Walton，(forthcoming)。基于语言处理的事实来假设一个叙述者，这一论点出现在 Currie，1990：第 4.7 节，所以我在此与我之前的自己针锋相对。

因此，最起码，我们必须区分叙述中表达的命题内容所具有的各种言外之力……所有那些虚拟的断言、推断、质疑，以及任何在展开的话语中交织在一起的东西。在我看来，把这一切想象成一种相互关联的虚构**活动**，对不断演变的叙事进行报道和评论，这是再自然不过的事情了——这一活动至少也是一支叙述的力量。此外，在我看来，我们通常都会沿着这些思路去想象叙述，这都是预料之中的事情。①

至于推断和质疑，当它们出现在叙事中时，的确引发了一些令人感兴趣的问题。虽然很容易将陈述模式的话语视为作者发出的想象各种事物的直接邀请，从而绕过了想象做此断言的内部叙述者的必要，但问题在于，尚不清楚该如何进行这番绕行。倘若有一句话采用的是反问的模式，然而对于这句话，却没有任何人物做出回应，那么，我们是否有义务将此视为内部叙述者向我们提出的问题呢？有人或许会说，像威尔逊想象的那种问题（即"这是真的吗？"）只有在许多人确实认为凯蒂喜欢哈勃的前提下才有意义。既然大家都一致认为没有人会真的这么想，因为凯蒂和哈勃并不存在，那么，我们在此肯定有一个涉及故事世界想象范围内的问题，即许多人的确认为凯蒂喜欢哈勃。这是小说为我们提供的假象的一部分，因此，我们似乎应该将问题本身理解为是从作品创造的假象中发出的。这就需要我们想象有人能够提出这个问题，当然，这个人只能是内部叙述者。

关于这件事，有两点值得一提。第一点就是，至少在某些情况下，除了将其作为内部叙述者的言论中产生的问题，还有其他方法可以理解叙事中问题的发生。当一个叙事制作者只是让我们想象一下某件事情时——如凯蒂喜欢哈勃——他可能只简简单单地写下一句"凯蒂喜欢哈勃"，然后就大功告成了。不过，叙事制作者有时候想以更加微妙的方式来控制我们。因此，"这是真的吗？"就可能会出现在相

---

① Wilson, 2007: 83, 强调之处乃原文如此。威尔逊这是在评论安德鲁·卡尼亚（Kania, 2005）和诺埃尔·卡罗尔（Carroll, 2006）的观点。

关文本中，这不是一个从故事内部发出的关于凯蒂是否真喜欢哈勃的问题，而是一个从故事外部向读者发出的指示，以此来调整读者对凯蒂和哈勃之间关系的想象姿态。调整我们的想象姿态对我们来说意味着什么呢？正如我们以不同程度的信任去相信事物一样，我们也以我（不太恰当地）所称的不同程度的想象信念去想象事物。看电影时，我可能怀疑有罪的一方，然后这种怀疑逐渐增加，直到电影接近尾声时才变得确定。这些都不是真正的信念——我并不相信发生了一场谋杀。因此，想象的程度必须与信任的程度相似。而且程度既可以下降也可以上升；在我遇到了"这是真的吗？"这个问题之前，我可能对凯蒂喜欢哈勃这个观点给予了相当高程度的想象信念，但这个问题的出现可能会产生（也可能是旨在产生）降低这个程度的效果。同样，我们可能会认为一些以陈述模式发表的评论，表面上是从故事世界内部发表的，但其实让人一眼就可以看出是从外部发表的。安杰拉·瑟克尔写道："除非有霍利小姐来为我们解释一下，否则我们就无从知道斯帕林小姐对佩里夫人的看法。"① 这时，看起来叙述者似乎与虚构世界中的人保持着一致，那些人因为缺乏霍利的启发，只能猜测斯帕林小姐的看法。即使在这样的情况下，我们也并没有被迫认为叙述者是内在的。也许对这句话最好的解释是，叙述者只是在伪装自己属于虚构世界，其伪装是暂时性的，并且具有一定的修辞效果。这并不意味着叙述者**确实**属于虚构世界，正如我想亲自在《哈姆雷特》中扮演一个角色，然后就跳上了舞台去表演，这么做并不能使我成为莎士比亚戏剧的一部分。一个虚构的人物在某种程度上可以伪装属于其他虚构作品，但不会必然属于它。在这种情况以及在其他许多情况下，我觉得我们最好假设我们可以想象叙述者伪装属于瑟克尔的故事世界——而不是她确实属于那个世界。为什么最好这样呢？因为这一假设最好地支持了此段文字和类似段落中显而易见的意图，即通过一种略带讽刺意味的干预，玩笑般地提醒大家：假装这些人——斯帕林小

---

① 安杰拉·瑟克尔：《女校长》（*The Headmistress*），伦敦：哈米什·汗弥尔顿（Hamish Hamilton）出版社，1994，第4章。

姐和其他人——都是真实的，假装我们对他们的命运非常感兴趣，这种假装其实有一点荒诞无稽。

我并不是说我们可以或应该用这种方式来解释所有那些显然来自内部世界的评论。我的第二点就是，对于威尔逊的"这是真的吗?"这一问题，正确的解释方式可能会因情况而异；在某些叙事语境中，我也认为这样一个问题的出现会表明那里隐藏着一个迄今为止看不见的内部叙述者。这有一定的意义，因为威尔逊提供了一些考虑因素。我引用了他的话，将其作为存在**被抹去的**叙述者这一论点的一部分。但是，内部叙述者的存在可能有种种迹象，其中之一就是，我们在语篇中发现了某个问题，而该问题很可能就来自这样一个叙述者。在这种情况下，该叙述者将不会被（全然）抹去。会有一些很好的理由（虽然不是非常强有力的理由）让我们认为那里确实有一个叙述者。这样一来，就没有触及这个问题，即我们是否应该始终或有时认可被抹去的叙述者的存在。

或许，威尔逊的立场和我的立场之间唯一的区别就在于对举证责任在哪里的看法。我认为，在威尔逊看来，我们应该把对内部叙述者的假设视为默认的立场，而我则倾向于认为我们总是需要某种确凿无疑的理由来思考这个问题。正如威尔逊所言，很难知道该如何来解决这个问题。不过，我们似乎一致认为：叙事中有叙述者并不是任何分析的必要条件。

5　表达与模仿[①]

到 1830 年,沃尔特·司各特的作品销售量以 10 比 1 的比例超过了简·奥斯汀的作品销售量;到 1900 年,已经出现了 290 个戏剧版本的《艾凡赫》[②]。司各特对场景的细致关怀、对历史背景的生动描写、对方言的极度渲染、对认知曙光和(当时被理解为一种心理现实主义的)内在决心的准确把握等,创建了其读者都乐于接受的浪漫主义风格的关注框架,至少是出于阅读的目的。在 20 世纪,随着公众对《威弗利》模板的热情逐渐消退,司各特的声望急剧下降。

说到框架,我指的是在我们描述叙事交际效果的方式中略微添加那么一点东西。框架是一组优选的对故事在认知、评价和情感等方面的反应。好的叙事框架有助于我们恰如其分地理解故事,使我们能够"注意到构成作品的情绪或情调的联想网并对其做出反应"[③]。但对于我们该如何做出反应以及何时做出反应,叙事通常都没有一套明确的指示;我认为,框架不是作为被描写的东西,而是作为在描写故事的过程中所**表达**的东西传达给我们的。并且,框架一经传达,就会影响受众对故事以及故事中人物与事件的反应。他们可能会全盘采纳或部分采纳这一框架,也许还带着司各特的读者那般的热情。相比之下,

---

[①] 在本章和第 7 章中,我都极大地受惠于 Robinson,1985。
[②] 请参阅 St Clair,2004。约翰·贝利说,"就像巴尔扎克一样,不过不多的是在无意中,[司各特]把小说写作变成了资本主义的一种形式,把小说读者变成了食利者"(Bayley,1995)。
[③] 请参阅 Moran,1994:86。关于隐喻的内容与其框架效应之间的区别,另请参阅 Moran,1989,尤其是第 100 页。

某些叙事制作者故意以非自然的方式来描述事件，而好的叙事往往会激励我们以陌生的方式去体验其中的事件①。我们可能认为这在道德上有所提升，或许是因为这种方式揭示了我们以前浑然不知的某种观点的价值，或许是因为它促使我们（从内心）去理解那扭曲的、看待事物的方式之魅力。但我们并不总是欢迎（或赞成）那些想把我们对作品的体验限制在一定框架之内的尝试；有时候，我们会对这种设定框架的行为予以**抵制**。下一章将探讨这种抵制。

如果采用经过权威验证的框架，读者将获得一个共享的体验，这种共享体验有赖于在心理上十分重要的共同关注和模仿机制。在本章中，我将重点关注框架的设定、它能引起的共享体验，以及对其机制的控制等，我的关注远远超越了叙事的范畴，以便了解这些力量是多么强大和普遍。

5.1　视角的框架效应

框架或类似于框架的东西是一种普遍存在的交际想象。丹尼尔·卡尼曼和阿莫斯·特沃斯基②让人们想象我们正在为一种疾病的暴发做准备，如果不采取任何措施，预计这种疾病会导致 600 人死亡（Kahneman and Tversky, 1981）。有两个预防该疾病的备选方案被提了出来，其结果如下：

如果采用方案 A，将有 200 人获救。
如果采用方案 B，有 600 人获救的概率为 1/3，无人获救的概率为 2/3。

---

① 关于我们与"我们最好的叙事朋友"的关系，请参阅 Booth, 1988。
② 丹尼尔·卡尼曼（Daniel Kahneman, 1934—）和阿莫斯·特沃斯基（Amos Tversky, 1937—1996）均为美国心理学家。——译者注

那些被要求在这两个方案中做出选择的人，有72%的人选择方案A而不是方案B。然后，卡尼曼和特沃斯基又提出了另外两种选择：

如果采用方案C，将有400人死亡。
如果采用方案D，那么无人死亡的概率为1/3，而600人死亡的概率则为2/3。

这一次，有22%的人喜欢方案C而不是方案D。然而，这两种"附加选择"与之前的那一对选择完全一样，只是对其结果的描述有所不同而已。卡尼曼和特沃斯基借助他们所谓的**框架效应**来解释这种反应：从获益的角度来描述问题（即第一种方式）所引起的反应不同于从受损的角度来描述问题所引起的反应。第一种描述方式引起了对风险的敌对态度，而且肯定能挽救200条生命的前景远比能挽救600条生命的概率为1/3更具吸引力；第二种描述方式引起了对风险的友好态度，与600人死亡的概率为2/3相比，400人肯定会死亡更令人难以接受。

如果我们把这些方案看成是以叙事的形式提出的，那么它们在叙述视角上自然就会有所不同。视角不同的一个方面是信念。但这种不同并不是卡尼曼和特沃斯基对灾难备选方案的不同描述之间的那种不同。视角的不同就在于，人们倾向于关注可能挽救的生命，而不是可能失去的生命；这两种说法中并没有任何迹象表明它们是对事实的不同看法的结果。那么，何谓具有一个视角呢？这一术语的起源与视觉有关，叙事理论家将视力观察角度视为叙述者视角这一概念的核心①。但对于理解何谓叙述者具有一个视角来说，无论是对可视情况

---

① 热奈特谈到"视觉"或"视点"（Genette, 1980: 162），不过他后来寻求一个不那么"特别有视觉含义"的术语（同上，189）；迈克·巴尔说，"每当事件被呈现时，它们总是从一定的视野中被呈现出来"（Bal, 1997: 142）。一些作家甚至坚持认为，叙述者虽然不在故事世界中，但是仍能感知他们所报道的事件（Phelan, 2001）。对视觉的强调不限于任何特定的流派。伊恩·瓦特在讨论亨利·詹姆斯《使节》（*The Ambassadors*）的开场白时，谈到了"人物"对事件的意识："叙述者对它们的观察"（Watt, 1960）。其他作家也被意识

的限制还是依赖，都并非必不可少，也并非行之有效。叙述者有其视角就如同任何生命有限的行为主体都有其视角一样：视角的产生是由于人们接触世界的机会和对世界采取行动的能力都有限。生命有限的行为主体在空间上和时间上都有其固定的位置，也因此对其他时空位置的接触有限，并且，为了行动就必须具备**以自我为中心**的心理状态；这些状态确定了事物如何与己相关。我可能以某种客观的方式知道某一物体精确的空间坐标，但我却无法触及该物体，除非我能以某种方式去表述相对于我自己目前的位置而言它所在的地方①。以自我为中心的相关状态可以是涉及自我概念的状态，比如当我认为老虎就要攻击**我**时，不过，倒不一定就是这么危急紧迫的状态；也可能是这样的一些状态，譬如：以为杯子就在旁边，或者觉得刀子不在触手可及的地方。对想象资源的限制本身就是视角的一个方面，就像亨利·詹姆斯笔下的梅西②一样，她的不成熟限制了她对周围发生的事件的理解。我们有限的行动能力以及我们的脆弱性也会产生威胁感和机遇感以及随之而来的种种情绪，而我们的偏好和兴趣却使我们无法从其他角度对事物进行恰如其分的描述。从我的角度看起来价值连城的东西，在你的眼里（可能完全）一文不值③。即使认为它很有价值，我也只能对其做出有限的反应。

的空间解释所吸引，这让他们得以说，从某个角度叙述就可以将我们置于所描述对象的意识之中，其视点决定了叙述的方向。亨利·詹姆斯在谈到《美国人》(*The American*) 中的克里斯托弗时说，"我们就坐在他宽敞的、相当宽敞的意识之窗的旁边"(《美国人》序)；按照伊恩·瓦特的说法，"我们和叙述者都在斯特莱瑟的脑海中"(Watt, 1960：266)；西摩·查特曼在描述"人物意识的中介功能"时说："故事的叙述就**好像**叙述者坐在某个人物的意识里面或意识之旁，通过人物对事件的感知来使所有事件变得紧张。"(Chatman, 1990：144，强调之处乃原文如此) 诺曼·弗里德曼说，表面上读者不听任何人的话；故事直接进入了人物的脑海，并在那里留下了印记 (Friedman, 1955：1176)。萨特将这种观点描述为，意识是"一个充满小模仿的地方"(Sartre, 2004：5)。

① 关于这一观点的阐述和发展，请参阅 Chen, 2008。陈的解释将视角这一概念局限于时空视角。

② 梅西是亨利·詹姆斯的小说《梅西知道什么》(*What Maisie Knew*, 1897) 中的人物。该小说采用小女孩梅西的视角，通过她对周围事物天真的观察和对自身处境无知的反映，形象生动地描述了她从幼稚到成熟的成长经历。——译者注

③ 请参阅 Moore, 1997，特别是第 1 章。

我曾说过，在行动中，我所依赖的某些状态必须以自我为中心。一个完全由以非自我为中心的状态所构成的体系绝不可能促使我采取行动。可以说，一个人如果缺乏以自我为中心的状态，那就根本算不上具有普通意义上的心理状态；譬如，一个人就不可能有信仰。因为缺乏以自我为中心的状态，人就不能够行动。虽然一个不能行动的人也可能会有一些状态，而且这些状态在某种程度上显示了世界上的情况，但这些并不是我们所认为的感知、信念、欲望等状态①。因此我们可以认为，一个人的整个心理状态促使其视角的产生，而这些状态的某个子类，即那些以自我为中心的状态，才是可以具有一个视角的前提。

在这样的定义之下，视角是极为包容的；在讨论叙述时，它会不会太过包容而一无是处呢？我认为不会。叙述者或人物的视角从来就没有被完完整整地呈现过；我们所关注的始终是与该视角相关的某一个方面，通常都是能将该行为主体与其他重要人物区分开来的某一个方面。我们承认，视角这一概念具有极大的普遍性，众多特征中的任何一个都**可能**与视角的规格相关，尽管在特定情况下，大多数都毫不相关。任何事情，从微不足道且易于补救的过失（如未能留意到某件事情）到深层的心理倾向（如悲观或厌女倾向），都可能与视角的规格有关。普鲁斯特的叙述者在不同时间点上所身处的位置使其无法看见某些事情，而这种具有高度偶然性的视角让我们对正在发生的事情产生怀疑；亨伯特·亨伯特（那可能不太容易治愈）的性变态是理解其叙述之不可靠性的关键。

视角差异是一个非常简单的概念。两个人可能看见、听见、说出或做出相同的事情，但他俩的视角却不一定一模一样。倘若他俩的视角有所不同，那么他们中肯定有一人至少能听见、看见、说出或做出另一人不能听见、看见、说出或做出的事情②。充分理解叙述者视

---

① 请再次参阅 Chen, 2008。
② 严格说来，我们需要在这里创造条件。一个人物可以做另一个人物做不到的事情，如无需移动到另一个座位就能举起杯子，而另一个人则只有移动才将杯子举起来。

角，就是理解该视角能够提供一些什么样的了解、感知、讲述和处理的资源。两个人可能知道和讲述着相同的事情，但鉴于他们的视角有所不同，其中的一人会因为她知道这件事情而感到惊讶，而另一人却丝毫不为之感到奇怪。就 A 的视角来看，了解 P 需要洞察力，说出 P 需要勇气；而 B 的视角使 P 显而易见且不成问题。B 不可能让自己难以知道对他来说显而易见的事情，也不可能需要鼓起勇气来说出对他来说不会产生任何后果的事情。据我所知，如果要公正对待我们描述视角差异的常规做法，那就需要有视角所包含的丰富性。

叙述者可能会告诉我们他看见了什么或者曾经看到过什么，但除此而外，叙事本身通常都不会提及或描述叙述者的视角：它都是通过叙述者所做的事情显现出来的，这些事情表达了兴趣、情绪、情感、评价等。正如米切尔·格林所言："在表达自我时，我们显示出了我们视角的一部分。"① 表现出一种视角的叙事，自然是这一视角的产物，正如愤怒的手势是愤怒的心态之表现②。

许多类型的行为都可能表现出一个人的视角：例如，言语和非言语行为、无意识行为（如抑郁者的姿势），以及旨在表达并且（用格林的话说）可能公之于众的行为，即在此种情况下，我明确表示我的行为旨在表达。真诚的断言是公开表达个人信念的例子。总的来说，我们最倾向于认为，当行为看起来**不是**那么的旨在表达时，它才真正地表现出某个视角。在断言领域之外，感知到行为旨在表达叙述者视角的某些相关信息，这种感知往往会发出警告：叙述者可能在试图操纵我们，因此其表达行为或许就不能准确地反映其视角③。或者，同样的行为似乎以意料之外的方式表达了观点；那么，被认为是旨在让我们相信叙述者诚实可靠的行为，可能会表现出完全不同的特征。

---

① 请参阅 Green，2007：1。
② 欲知对这一观点的详细阐释，请参阅 Vermazen，1986。
③ 也许，这是因为除了涉及语言断言的表达行为而外，其他表达行为都不受真实性和信任感的约束（Lewis，1975）。我们有时候确实怀疑人们对信念的表达，但总的来说，我们认为它们是可靠的，尽管我们认为它们是有目的的表达。这与我在第 2 章附录中借鉴的关于可靠信息的想法有着千丝万缕的联系，我没有机会对这些联系进行探讨。

视角的高度偶然性和短暂性——回想一下马塞尔那被挡住的视野①——无论对叙事有何影响，都极少显示出其拥有者的性格或性情。此外，视角还存在一些更稳定的差异；我们可能会认为，这些是一个人性格的一部分②。伊阿古操纵奥赛罗感知的视角，以确保后者看到和听到某些事情，他对奥赛罗的反应充满信心：他会如何被某些想法吸引，会如何对某些问题盘根究底，从而忽略一些在其他人看来显而易见的事情。我们大多数人都以某种方式来进行推理，对某些类型的因素特别在意，对某些事实或可能性的关注胜过其他；我们有普遍的信念和偏好，这些信念和偏好抗拒修改，影响我们在实践上和理论上的推理。我们在情感上的敏感突出了某些选项，模糊了其他选项。由于其相对持久的特点，由于其对林林总总的事件形形色色的反应，叙事往往都能表现出一个完整的人物形象。

我经常强调叙述者的视角，而不是那些（非叙述）人物的视角，在接下来的一段时间内，我还将继续这么做。有两件事需要注意。其一，那些非叙述者的人物也有其视角，而且叙事的大部分兴趣都是由他们引起的。在稍后的一章中，我将对此有所阐述，我将重点指出，叙述者从他或者她的视角呈现事件的方式可以在某种程度上将叙述**导向**某个人物的视角。其二，我们需要牢记的是，一个特定故事的叙述者往往不止一个：有各种类型的外部叙述者和内部叙述者，可能有几个，而且可能处于故事内部的不同层次。华生给我们述说了福尔摩斯及其了不起的成就，历史学家解释了冲突的起因，小说家讲述了一个鬼故事：在这些案例中，我们都可以质询叙述者的兴趣何在，他们看重什么，什么打动了他们。在虚构的故事中，我们可能会发现不同的甚至有时相互竞争的视角，内部叙述者给我们提供的是一套反应，而外部叙述者——或许就是真实作者——给我们显示的则是一套部分与之相冲突的反应。在此情况下，内部叙述者给我们的印象可能就是在

---

① 法国作家马塞尔·普鲁斯特（Marcel Proust，1871—1922）据说因健康原因，特别怕光亮，对太阳光非常敏感，白天足不出户，把自己关在窗帘紧闭、昏昏暗暗的室内写作，夜间外出时，一出门就钻进马车，放下马车车窗的小帘子。——译者注

② 有关对高度稳定、个性鲜明的个人特征这一概念的质疑，请参阅下文第11章。

道义上或情感上不可靠。我在此主要关注的是叙事显示出的最高层面、最具权威性的视角。这是整个故事的框架效果所赖以存在的视角,不过,如果我们想对作品有个全面深入的了解,那就需要理解其他下级层面的观察角度①。

对外部叙述者视角的描述通常需要有别于对内部叙述者的描述,而且这些差别的性质有时会引起哲学层面的争议。对外部叙述者来说,故事中的事件都是虚构的,因此严格说来,我们不应该认为这样的叙述者会相信(譬如)简·费尔法克斯②在故事的某一点上很不开心,会企盼她无忧无虑,并且会希望事件朝着于她有利的方向发展。然而我们读者也处在完全相同的位置上,即意识到作品的虚构状态,但这并不妨碍我们对简及其困境的态度,而且要是由我们来写,自然也会这么写。我们无需在此断定这些态度的确切性质,它们似乎被局限在一个想象工程的范围之内。无论适用于我们读者的正确描述是什么,该描述都应该是对外部作者/叙述者所表达的态度最恰如其分、最一丝不苟的描述③。

最后再唠叨一句。故事和框架是截然不同的东西,它们对应于我们对两个不同问题的回答,这两个问题就是:"根据故事发生了什么?"以及"要求我们以什么方式来回应这些事件?"不过通常而言,倘若我们无法识别出这两者中的一个,那我们也就无法辨认出另一个。我们对框架的了解明显取决于我们对故事的了解;除非我们知道表征故事事件的行为成功地表征了什么,否则我们无法看懂它究竟表达了什么,因为表达的不过是对所表征之物的态度和反应。不过,这种依存关系却不那么反之亦然:框架本身在一定程度上决定了我们如何接受关于故事事件的说法。对叙述者的首选反应是怀疑吗?是否知

---

① 正如杰罗尔德·利维森指出的那样,"我们对小说隐含作者的印象在很大程度上取决于我们对叙述者的印象以及作者是如何善于利用和定位叙述者的"(Levinson, 1996: 152)。

② 英国作家简·奥斯汀小说《爱玛》中的一个人物。——译者注

③ 因此,我不赞同利维森的说法,他说叙事制作者"没有处在正确的认知位置上……不会对故事中涉及的虚构人物或事件有实际的态度或看法,因为他知道这些不过是虚构的"(同上)。

道答案，可能取决于对作品的情绪或基调的感觉。如果我们认为叙述者不可靠，那么我们将不得不从根本上重新思考关于故事中发生了什么的那些假设。

5.2 对话、框架和共同关注

虽然在美妙的叙事艺术中，框架对我们来说有着特殊的意义，但是那些控制其运作的动机和机制也出现在更为广泛的一类现象中。即便在成年人中，分享信息也并不总是交流的唯一原因，甚至不是主要原因；我们已经看到，大量信号都是在冲突的局势中逐渐形成的，这就助长了对受众的误导。信号能够以不依赖于信息内容的方式让信号员获益。为那些其行为可能于你有利或有害的人营造一份合适的心情，这或许十分重要。人类发信号的历史可能与人们情感状态的"调节"过程以及信息内容（无论可靠与否）都有关系。音乐在人类社会中无处不在，其动感的节奏及其给参与者带来和谐情感状态的能力都表明，善于表达但却"非指涉"的声音之产生早于语言。它甚至可能是语言进化的初期形式；在其他一些灵长类动物中，声音的使用方式似乎具有高度的情感表现能力，却没有任何类似于语言表达的东西①。我们既有语言**也有**音乐，音乐十分有效地发挥了调动情绪的作用，语言在一定程度上也能起到这一作用。即便是无声的交流也能发挥此功能；下面就是我根据丹·施佩贝尔和迪尔德丽·威尔逊的故事改编的一个例子②。

前往科莫湖度假，抵达之后，珍妮特推开通往阳台的门，以一种引起约翰注意的方式，一种明显是在故意惹人注目的方式，嗅了嗅空气中的味道，露出一副心旷神怡的样子。简③这么做是啥意思呢？想

---

① 请参阅 Mithen，2005。关于对音乐因其在社会关系中的作用而具有适应性这一观点的怀疑，请参阅 Patel，2007：371。

② 请参阅 Sperber and Wilson，1995。

③ 珍妮特（Janet）是简（Jane）的昵称。——译者注

表明空气非常清新？约翰早已注意到空气清新扑鼻、沁人心脾了。此时此刻，珍妮特心里正筹划着如何让约翰与她一道以一种双方都能感受到的方式来关注空气之清新。不仅如此，她还在调整着约翰对世界的认知态度和情感态度：试图让约翰以她目前看待世界的方式去看待世界。世界这小小的、十分醒目的一部分就展现在他俩的眼前，珍妮特希望约翰以她的方式去关注这一部分：心旷神怡地、心存感激地、兴致勃勃地看待刚刚开始的假期之种种可能。她希望约翰关注某些事物，富有想象力地利用这些事物所呈现的某些机遇，以某些方式让人感到这些事物及其呈现的机遇弥足珍贵；她希望约翰以某种方式来描绘眼前的世界。对于珍妮特来说，试图*说*出这一切，直截了当地说出她希望约翰以什么方式来描绘他们眼前的那部分世界，这是非常不切合实际的，或许也是不可能的。这也是不值一做的：因为一个小小的示意动作就可以很好地达到目的。

约翰已经感受到了让珍妮特对眼前的风景做出自然反应的那些性情、偏好和知识。他几乎不由自主地在以珍妮特的方式看待眼前的景色，那是一种我稍后将详细探讨的心理感染。当我们采取叙事或口头评论所提供的框架时，我们间或需要专心致志、思维敏捷地做出反应，在观念上和情感上尽可能地释放自己，用一种我们不会自发或轻易采用的方式来看待事物。如果约翰只是把珍妮特送到目的地，而不期望或打算与之共度这个假期，那么他的任务可能会更加艰巨，而且需要有意识地锻炼自己的想象力。如果约翰对清新的空气、秀丽的湖景以及意大利美食完全无感，那么这项任务就会极大限度地挑战他的想象力。无论他所面临的困难是什么，这些困难都不可能仅凭约翰对某些事情的想象就得以克服：比如，想象清新的空气和秀丽的湖景令人感到振奋，想象意大利美食让人垂涎欲滴。他觉得，想象这些事物倒是易如反掌，但却无助于他进入珍妮特看待事物的方式，而那才是珍妮特嗅闻空气的举动诱导他去做的事情。他需要做的就是富有想象力地进入一个框架，这个框架包括珍视眼前的这些事物，即使他自己可能并不真正地珍视它们——不如珍妮特那么珍视它们，或者跟珍妮特一样地珍视它们。

珍妮特做了一些筹划，这样她和约翰就能共同关注某件事物——譬如窗外的湖光山色。框架常常出现在共同关注的情形之下。大多数成年人就像珍妮特和约翰一样，喜欢共同关注，比如共同的观看行为。共同关注之所以富有魅力，原因之一就在于，共同观看某些景象有助于在参与者之间引起情感上的和谐共鸣，而且，既然共同参与是我们之间的共识，那么我们以类似或互补的方式来做出反应也可以是一种共识。宗教庆典将共同关注的焦点与富有表现力的听觉和节奏行为相结合，通过框架来引起极具感染力的和谐体验。在有共同参与但无法建立和谐的情况之下，譬如观众支持不同的球队，紧张局势就可能出现。

儿童大约在18个月大的时候就有了共同关注行为：他们将看护者的注意力引向某个物体或事件，这倒不是因为他们希望看护者去做什么事情——比方说，去取一个玩具来——而只是为了使看护者与自己一道共同关注该物体或事件①。孩子们纯粹因为喜欢共同关注而共同关注，这似乎是成长过程中与他人建立正常情感关系的一个重要里程碑。我举的第二个交往中的框架例子是罗宾·菲伍什提到过的一个真实情况，它发生在母亲和孩子之间；在这个例子中，共同关注有助于构建叙事。

母亲：你的手指怎么啦？
孩子：我夹痛了它。
母亲：你夹痛了它！哦哟，我的天哪，我打赌那肯定让你很难过。
孩子：是的……很疼。
母亲：是呀，那确实很疼。手指被夹了一点儿也不好玩儿……不过，是谁过来让你感到好受些了呢？
孩子：是爸爸！②

---

① 关于共同关注的重要论文集，请参阅 Eilan, et al., (2005)。
② Fivush, 1994，转引自 Hoerl and McCormack, 2005。

上述对话建构了一个对过去事件的简要且基于事实的叙事；它告诉我们，孩子受到了伤害并因此而感到难过，不过其父亲的干预让情况变得好些了。请注意其母亲在多大程度上引导了这段对话所体现出的叙事建构：她促使孩子回忆起对过去事件的感受，并通过直接对比过去的痛苦与父亲后来的干预来纠正孩子用现在时谈论伤害的倾向——是父亲"让你感到好受些了"。于是，叙事得以圆满结束。母亲引导着对所表征事件的建构和排序，确保事件都依照正确的时间顺序来排列，与此同时，还为理解叙事提供了一个框架，即回顾伤害，但通过强调事件发生之后的积极变化来阻止消极情绪的反弹。正如赫尔和麦科马克所言，这种引导性的叙事建构使母亲和孩子能够对过去达成"一种共同的个人和情感评价"①。我认为，这种共同的个人和情感评价感在我们最成熟的叙事参与活动中得以延续，并且还蓬勃发展；在这种叙事参与活动中，观众与叙事本身所体现的那个作者人格之间形成了共享。

5.3 共同关注与引导性关注

在此，我们需要暂停一下，因为我们不能随随便便地把所有或大多数与叙事相关的情况都归类为共同关注。正如人们所普遍理解的那样，共同关注需要一个条件，即各方之间的相互开放——这是上述母子的情况的一个重要组成部分。很难具体说明这其中牵涉的内容，不过在叙事传播的一般情况下，如果双方中的任何一方——此处指作者——对另一方一无所知，甚至可能不知道是否有这样的另一方存在，那么，任何开放条件都不可能得到真正的满足②。为了避免这一问题，我们可能会宣称，对叙事的参与需要假装是在真正地与另一人

---

① 同上。赫尔和麦科马克对凯瑟琳·纳尔逊的工作表示感谢。
② 关于共同关注的开放性，请参阅 Peacocke, 2005。皮科克反对开放性需要常识来阐释的观点，相反，他提出我们可以从相互感知可用性的条件来理解开放性；在叙事案例中，这种条件通常都得不到满足。

共同关注，就像叙事需要一种产生"作者人格"这个虚构之物的假象，人们通常认为，该虚构之物与那个有血有肉的作者大不相同。虽然我们对叙事的某些体验可能属于这种类型，但是我认为，大多数都并非如此。我倒宁愿相信，人被叙事吸引的典型情况在心理上基于那些使我们倾向于寻求共同关注的能力，其本身并不构成严格意义上的共同关注。对共同关注叙事之真实情境的体验，是一个人走向成熟地参与叙事的过程中一个影响深远的重要事件，它影响到之后对文学、电影和戏剧等"预先包装"的叙事体验的参与。与叙事的作者人格（无论这个概念在形式上是怎样被描述的）一起参与体验，我们从中获得的乐趣与真正共同关注的乐趣十分相似，我相信，它源自构成其他乐趣基础的同一组心理倾向①。

因此，让我们把共同关注视为一种更为普遍的现象之改良形式，通过这种形式，一个人感受到另一个人对某件物体的关注影响到了自己对该物体的关注——这叫**引导性关注**。其改良之处就在于，在共同关注的情况下，各方在体验的开放性方面都处于对称的位置。我们在这一大类引导性关注中发现了各种各样的例子。譬如，在遵循传统的过程中，我们对某物的关注是为了与那些可能早已亡故的人分享一种对此情此景的反应，正是对他们的（或许是理想的）反应的考虑调整了我们自己的反应。

我所谈到的引导性关注案例都有一个明显的情感成分②。它们涉

---

① 我们还可以通过其他方式共同关注叙事，比如你与我一道看电影，而且这种共同关注会对一个人对作品的理解和体验产生重大影响。不过，尽管这种共同关注值得更多的关注，但我并不打算在此探讨这个话题。

② 关于共同关注的情感意义，请参阅 Hobson，2005。霍布森认为，与孩子一道共同关注时，成人纠正了孩子对所关注对象的情感反应，这种经历是儿童客观性的来源（感谢汤姆·科克伦的讨论和引证）。请注意，我将情感领域划得很宽泛。这比我们保守计算得来的情感领域要大得多，保守计算只包括了那些大规模的、反复出现的、文化上显著的情感状态，这些情感状态本身具有的形式和名称让我们把它们列入情感的清单中。然而，除了喜爱、恐惧、嫉妒、厌恶以及其他我们很容易辨识为情感的情况，还有一些小规模的、尚未命名的冲动，它们将我们的注意力引向某些刺激，为我们采取**特别**行动做好准备。当我在下文中谈到情感时，我的意思是包括小规模和大规模、未命名的和已命名的。对某些目的来说，这并不是一个有用的分组原则，但我认为它符合当前的需要。在我对"情感"非常宽泛的理解中，至少在很大程度上，采用框架有助于在情感上关注叙事中的人物和事件。

及（也可能是有意涉及）对某一场景或物体产生共同情感的宝贵体验。我在此强调情感的作用，因为采用叙事框架意味着与叙事的内容**保持一致**；善于以选择性的和目标明确的方式对其做出反应，在对人物和事件的理解过程中表现出一定的稳定性。情感将叙事的各个元素结合在一起，将一些元素置于前景之中，并在我们业已掌握的知识与尚未揭示的事物之间建立起联系①。与更为具体的情感状态相反，情绪是引导性关注叙事的情形中一个至关重要的因素，它使针对特定事件的某些情感性和评价性反应较之其他更有可能产生。诺埃尔·卡罗尔问艺术作品是如何在受众中营造出一种情绪的，她认为情绪往往通过溢于言表而形成；我们因了解到某一人物的行为或痛苦而感受到一种特定的情感，这种情感往往会使人产生一种相关且相对持续的情绪（Carroll，2003）。也许这是部分原因，但各式各样的作品可以比这更为直接地营造情绪。卡罗尔提到了狄更斯的《荒凉山庄》那闻名遐迩的煽情导言；我在此想到了《小杜丽》这个案例，想到其开篇之处对马赛的描写。早在我们了解任何人物的命运和行为之前，狄更斯做出的那些描述性选择就迅速地营造出了某种氛围；他提到"瞪着眼的"白色墙壁和白色街道、"一条条刺眼的白色干燥的道路"，以及"被烤成焦褐色的"的尘土。他描述的是夏阳酷暑、港湾里的浊水以及在阳光下被烤得起了泡的船只，但其描述方式却表达出一种莫可名状、阴沉压抑的情绪，可是炙烤着一座城市的炎炎夏日也同样适合于充满焦虑的期待或令人愉悦的慵懒。我们感受到了叙述者的情绪，正如他通过其描述行为所表达出来的那样，我们自己也很快就感染上了这种情绪；我们不需要故事中发生特定的煽情事件来营造这种情绪。

回顾本章第 2 节中提及的母子叙事，很容易看出母亲不断变化的声调如何有助于在情感上调整孩子看待事物的方式，从而在交谈结束之际，使他们能够以和谐的方式去共同关注过去的事情。当母亲说道："手指被夹了一点儿也不好玩儿……不过，是谁过来让你感到好

---

① 关于情感产生"显著性模式和解读倾向"的能力，请参阅 Jones，1996。另请参阅 Carroll，2001b。

受些了呢?"我们可以听到音调的变化,首先是引发对痛苦充满懊悔的回忆,紧接着是一个情感的上升曲线,导致孩子高兴地说道:"是爸爸!"对话利用了孩子强烈的模仿倾向,即模仿看护者话语中所表达的情绪的倾向,而母子双方都没有意识到这一点。

这个例子表明,在一定程度上,叙事中的框架通过一种模仿来起作用,这与演员有意识的模仿有所不同,它更像是一种心理感染,作为个人,我们对其知之甚少,对其控制的能力也十分有限①。这种机制值得我们详细研究。

5.4 模仿

首先,让我们来稍微了解一下我们所知道的或自以为知道的人类模仿的倾向。事实证明,我们是令人惊讶的模仿生物,在技能的获取、文化习俗的传播以及群体成员之间和谐与团结的达成等方面,模仿都可能发挥重要的作用②。很少有人故意或有意识地这么去做;别人这么做时,也很少有人留意到。我们往往会无意识地采用我们所倾听之人的语气,吸纳他们的情绪③。如果人们模仿我们,我们往往会更加喜欢他们,不过,我们没有意识到这就是我们喜欢他们的原因。而且如果我们喜欢他们,我们也往往会更多地模仿他们④。服务员增加小费收入的最好方法就是确保逐字逐句地向顾客重复其所点的菜单⑤。某些病理学变化消除了对模仿的抑制,使人在不恰当的场合被模仿的冲动控制⑥。模仿的力量似乎与高度的同理心和社会理解力有关,患自闭症(一种以僵化的、缺乏想象力的思维为特征的障碍)的

---

① 关于他所谓的"自动过程"在促使我们采取想象的视角方面所起的作用,请参阅 Haroid, 2005。
② 请参阅 Tomasello, 2000。
③ 请参阅 Neumann and Strack, 2000。
④ Chartrand and Bargh, 1999; Balcetis and Dale, 2005。
⑤ Van Baaren, et al., 2003。
⑥ 请参阅 Hurley, 2004。

儿童往往是拙劣的模仿者①。正常发育的儿童，除了是好的模仿者，对别人模仿自己也十分敏感：14 个月大的婴儿已经能清楚地分辨出模仿他们的人和模仿别人的人；他们会通过做出一些令人意想不到的动作来"测试"模仿者，并且会乐此不疲地把这个游戏接连玩上 20 分钟甚至更长的时间②。

认为模仿是产生和控制感觉与行为的一种微妙而强大的原动力，这一观点并不新鲜。亚当·斯密在其同情论中就给予了模仿很重要的位置，20 世纪初，社会学家加布里埃尔·塔尔德认为，模仿是"基本的社会事实"③。最近有人指出，模仿能力的演变揭示了人类技术的变化率在最初的 100 万年内几乎一成不变，但是在过去 25 年中却突飞猛进；随着模仿倾向的增加，一个人的创新更有可能被其他人学习过去④。还有一些令人印象深刻的证据表明，无意识模仿在暴力和反社会行为的产生中起着重要的作用，但是审查制度的反对者们却不知道这一点，或者是忽视了这一点⑤。

5.5 模仿虚幻

你可能会担心模仿，就像我之前担心共同关注一样：在叙事中，模仿并不能成为采用框架的驱动力，因为作者通常都不会出现在被模仿的现场，而且很可能早已作古。模仿可以解释行为的变化，却很难解释采用框架时所涉及的那些微妙的认知和情感变化；无论读者做什

---

① 请参阅 Hobson and Lee，1999。
② Meltzoff，1990。
③ Smith，1979；Tarde，1903。关于这一观点的现有证据摘要，请参阅 Dijksterhuis，2005。
④ 请参阅 Sterelny，2003；第 8 章。保罗·哈里斯和斯蒂芬·万特（2005）认为，复杂工具制造的出现（他们将其与大约 5 万年前的旧石器时代晚期联系起来），是由于一种新模仿能力的出现，这种模仿能力对创新之成功更敏感。他们提供的证据表明，这种敏感性出现在 3 岁左右的当代儿童身上。
⑤ 例如，请参阅 Hurley，2004b。另请参阅下文第 11 章第 1 节。

么，他们都不会模仿作家写小说时的行为。

首先要说的是，有一种东西叫作延迟模仿。众所周知，我们可以在朋友离开聚会之后再模仿他们，而9个月大的婴儿在看到了最初的某个行为之后，会将此行为模仿一周之久[1]。更为重要的是，我们不应该将模仿简单地理解为让我们的行为与他人的行为相一致。塔尔德很清楚，模仿从根本上讲并不是一个行为问题，而是调整自己的心态，使之与另一个人的心态协调一致；不过，塔尔德并没有通过称其为一种想法对另一种想法的"远距离行动"来说明问题。这种将模仿视为心理协调的观点在最近一些研究中得到了强有力的证实，这些研究关注人们倾向于模仿他人的心理过程，甚至关注显而易见的、对他人进行理性思考的能力。正如这类研究的领军人物雅普·德克斯特霍什所言："我们不仅模仿他人显而易见的行为……我们还采用他人心理功能的多个方面，有时甚至是相当复杂的方面。"（Dijksterhuis, 2005）这些研究提出了另一个惊人的见解：模仿可能不是由被模仿的目标人员之在场引发的，而是由这一人员的思想引发的。

相关实验表明，当人们被要求想象一个刻板印象中的群体成员时，他们很容易模仿其认知和情感风格。受试者被要求在短短几分钟之内想象一个"典型的教授"，在一些追求细节类型的问题上，他们比那些没有被要求运用想象力的受试者表现得更好；不过，被要求想象足球流氓的受试者表现得比较差[2]。

这些参加实验的人不太可能在想象教授时变得更加聪明，也不可能在想象足球流氓时变得更加粗野。德克斯特霍什和范克尼彭伯格提出了如下解释。在参与者的头脑中，智力很可能与注意力的集中、各种策略的运用、对自己能力的自信以及谨慎而理性的思考等特征有关联。因此，在通过想象教授而建立起来的心理模式中，这些很可能是突出的元素，因为人们通常都认为教授们智力超群。所以，这项实验的效果就是让参与者在心理上以突出的方式表现出某些相互关联的心

---

[1] Meltzoff, 1985; Meltzoff, 1988。

[2] Dijksterhuis and Knippenberg, 1998，该书借鉴了巴奇等人的早期研究成果。

理特征，然后调动自己的能力去模仿这些特征，这就像我们在模仿运动员跑步时发挥我们跑步的能力一样。在此过程中，受试者通过尝试去模仿榜样所示的水平来锻炼（对他们而言）并不典型的认知努力水平，就像运动员活生生的成功范例会让你在日常锻炼中跑得更加卖力一样。在你压根儿没意识到的情况下，大脑就调整其在各个领域的活动水平，这是你对一个想象中的人深思熟虑的结果，而那个想象中的人在这些方面的水平通常都很高。你在无意识地模仿一个你想象中构建出来的人的特征，这就像你无意识地模仿你周边那些人的身体动作和姿态一样。

只要受试者被要求想象教授或足球流氓，这些实验就会涉及想象力；我们能说这些受试者在实验中开始想象**他们自己**就是教授或足球流氓吗？据我所知，受试者并没有报告说他们有此想象，但我承认，我们有时候想象事物，却并没意识到我们是在想象。尽管如此，我还是怀疑在这些案例中是否存在任何想象中的情况，因为即使很清楚受试者压根儿就没有想象任何东西，也可能获得非常相似的行为学方面的结果。在巴奇与其同事所做的一项实验中（出于其他目的，我在第11章中借鉴了该实验的一种变化形式），那些事先掌握一些与老年人相关的词语的受试者比那些没有掌握这些词语的受试者走得缓慢；同样，在接触了与攻击性或粗暴无礼或礼貌待人相关的词语之后，受试者易于变得更加具有攻击性、更加粗暴无礼或者更加彬彬有礼①。这些相关词语与其他词语混淆在一起，以至于受试者并不知道这些词语中的一小部分是以老年人或礼节为主题的；受试者不太可能故意把自己伪装成或者想象成老年人或粗俗之辈的样子。相反，受试者做出的是无意识的模仿行为，其触发和控制水平过低，因此很难说他们在想象自己的任何事情或者在假装做任何事情②。在"想象一个教授"的案例中，情况可能是这样的，即对某件事物的想象以类似于心理表象

---

① 请参阅 Carver, et al., 1983; Bargh, Chen, and Burrows, 1996。
② 在此我要感谢亨德勒的研究。亨德勒指出："巴奇那些受老年词语启发的受试者认为他们突然之间变成了一群老家伙，需要磨磨蹭蹭，以免过度劳累——这似乎令人难以置信，至少可以这么说。如果说巴奇那些受老年词语启发的受试者**想象**自己老了，或者想象

形成的方式引起了模仿行为，就像德克斯特霍什和范克尼彭伯格所认为的那样。

总之，一般而言，这种模仿与我们对各种语境下叙事之框架效应的理解相关，有些处于有意识的控制之下，有些则不然。某些模仿受想象力引导，就像我想要模仿你时，我会设想自己处于你的境地；而有些则完全由想象力激发，比如在"想象一位教授"的那个案例中。有些模仿与想象毫不相干，比如巴奇的词语启动实验。就我们的目的而言，由想象力激发或有时受想象力引导的模仿才是最具有特殊意义的模仿，因为叙事的一个重要作用就是促使我们去想象林林总总的事物。这不是叙事框架促进模仿的唯一方式；任何有助于激活表达模式，即那些围绕某个人的想法而聚结起来的表达模式，都会产生同样的效果。

需要注意的一点是，想象力似乎很容易激发模仿。德克斯特霍什和范克尼彭伯格的实验没有提供生动具体的范例，如：没有给受试者放映一部电影来展示那些赫赫有名的教授要么在沉思冥想，要么在阐述深奥的思想；也没有给他们提供任何卓有成就的学者的传记细节。他们只是被要求在短短的几分钟之内想象"一位教授"；这是一个非常模糊的要求，没有任何"道具"来激发想象力。更令人意想不到的是，他们的实验居然产生了如此效果。因此，以一篇洋洋洒洒、充满细节的叙事来与一个生动表达且高度个性化的精神系统进行持续且富有想象力的交流，肯定会产生更加强烈、更加细致入微的模仿效果，

某个年老的人，并在如此想象之后，开始在某些方面表现得好像那些想象的内容应该支配他们自己的实际行为，如果这么说的话，听起来就稍微不那么荒谬了。但即便如此，这也是个相当牵强的解释（此外，在精心设计的打乱句子的实验中，受试者并不知道其中预设了某个特定概念）。"（Gendler，2008b：659）亨德勒认为，许多行为都不是从信念的角度，而是用"行为剧目"的激活来解释的。她说这是"天生或习惯性的倾向，以特定的方式对明显的刺激做出反应"（亨德勒称之为 *aliefs*）。复杂表征的无意识形成，然后作为同样无意识模仿的模型，似乎与这一观点密切相关，因为我们可能会认为它们是这些倾向背后的过程之一。但如果说这种倾向总是天生的或习惯性的，那么这种说法就不是真的了；在词语启动实验中，受试者表现出来的行为取决于刺激的偶然性，或许与受试者在别的场合可能表现出的任何行为都截然不同。另请参阅 Gendler，2008a。

我强调过，有时只需要很少一点"认知储备"就能产生框架效应。不过，叙事的框架效应虽然涉及引导性关注和模仿的原始机制，但是在一定程度上也会涉及信仰和想象等更高层次的心理状态。在德克斯特霍什和范克尼彭伯格的实验中，实现效果的机制必须对高层次的输入非常敏感，而且在一定程度上有别于婴儿模仿微笑的原始机制；受试者需要对足球流氓和教授有所了解。这一点在对心理学学生进行的一个类似于猜谜大挑战的实验中得到了生动的体现，这些学生被要求想象"一个神经心理学患者"，然后被要求做一个测试，即汉诺塔测试①，神经心理学患者在这种测试中往往都表现很差②。学生的表现受到了不利影响，因为他们与我们其他人不同，恰好知道这类患者在测试中都表现不佳。这一知识为他们提供了认知能力受损之人的心理表征，导致他们在无意识的状态下将自己的认知努力减少到与其所代表的范例相一致的水平。在这些实验中，我相信，就叙事理解而言，我们看到高级概念能力与低级自动反应的组合效应。在这些实验中，受试者对教授、足球流氓以及神经心理学患者的了解正在创建详细的心理模型，然后对其做出模仿性反应，但没有个人控制，有时甚至没有自觉意识。就叙事来说，读者在阅读的基础上，将大量真实世界中的知识代入，用以构建作者脑海中的那幅画面。但是她对作者思想的模仿性反应可能会将她拉向一个她并没有选择的视角，而对此她可能难以抗拒。

在本章早些时候，我曾指出，非叙事人物与叙述者一样有自己的视角。从那时起，我一直都在关注我们对叙事的反应如何受到我们在作品中看到的那个叙述性人格之兴趣、价值和反应的影响。我们对叙事中人物的反应，也可以有很多类似的论点，这些人物的心理特征可能与作家的人格面貌截然不同。有证据表明，我们倾向于按照想象中

---

① 汉诺塔测试（The Tower of Hanoi Test）是法国数学家爱德华·卢卡斯（François Édouard Anatole Lucas，1842—1891）于1883年发明的一道智力题，心理学实验研究中常用到此题。——译者注

② Turner, et al., 2005。

的足球流氓来塑造我们的思维,这说明我们也容易像模仿富有魅力的人那样去模仿令人憎恶的人。我们很容易去模仿,并且很少意识到我们是在模仿,因此我猜想,假如能以适当的精细度进行实证研究,那么我们将会看到在叙事参与中存在着大量的模仿活动,虽然很少是有意识的活动,但是其中的任何一项都有能力让我们意识到该叙事是多么的扣人心弦、效果显著和富有价值。研发一套理论,说明所有这些不同的模仿可能性对于我们参与叙事的影响,这是需要慢慢进行的事情,我并不打算在这里尝试。我的注意力完全集中在作为叙事框架机制的模仿之上。我简单地概括一下新出现的情况,以此来结束本章。

5.6 标准模式

我们现在有材料来描述我称之为叙事的**标准参与模式**。叙事,因为表达了叙述者的观点,在我们脑海中塑造出一个持有那种观点的人物形象,从而促使我们模仿其突出的方面——尤其是其评价态度和情感反应。在接受这些反应时,我们也因此而全部或部分地接受了该作品的规范框架。这有两个重要的影响。首先,在有利的情况下,接受该框架会有助于我们以有益的方式来调整自己,使我们适应叙事所展现的事件;我们将以叙事旨在鼓励的方式去对故事中的事件做出反应,而这些反应可能与作者的审美、心理和道德目标相一致。其次,我们会感到自己在与作者一道体验和回应这些事件,从而产生一种引导性关注的感觉。我们不必认为这一规范框架总是有意而为的结果;叙事制作者常常通过他们的叙事行为无意识地表达自己,不过经验丰富的叙事艺术大师可能会有意识地利用其作品的表现力。无论是出于有意或是无意,他们塑造了他们的叙事所表现出来的那些人格面貌,而那些人格面貌可能与他们的真实人格并不相符。这不是文学天才才具备的天赋;公式化浪漫小说的制作人可能更擅长表现出其读者最为熟悉的个性。我们也不必认为框架总是具有高度的制约作用。一些叙事表达了一些态度和情感,这些态度和情感包含了或者至少认可了一系列具体的反应,当你产生模棱两可、困惑不已甚至自相矛盾的反应时,当你对相同的特征或行为倍加赞赏和万分痛惜时,你会感到与这些态度和情感极为合拍。另一些叙事似乎确实有点强加于人:狄更斯和特罗洛普就与奥斯汀和亨利·詹姆斯形成了鲜明的对照。

我将此称为标准参与模式,这不是唯一的参与模式。正如我们将更为直接地看到的那样,读者有时候会完全或者在一定程度上抗拒框架。有一些对叙事的解读方法"令人难以接受",不过,正如这一描述所示,它需要克服困难。在另一些案例中,与作品如影随形的框架似乎旨在被人抗拒,不过,并不总是能轻而易举地将其与另外两类情况区分开来:一类是,我们根本看不出其框架的优点何在,很难理解它是如何真正成为某人的框架的;另一类是,明显的框架被微妙的反讽所表达的某个不易察觉的观点破坏。还有一些叙事所具有的情感和其他影响并不是通过我所描述的表达-模仿关系来实现的。蒙·罗·詹姆斯的鬼故事令人毛骨悚然,但是我们对恐惧的体验不是通过模仿作品之作者的人格面貌所表达的任何恐惧而获得的;具有讽刺意味的是,该人格面貌似乎与他所描写的令人生畏的幽灵毫不相干①。这种超脱感从各种不同的方面影响我们自己的反应,不过它通常不会引起一种超然的感觉②。标准模式名副其实,因为它在很多情况下都轻松自如地发挥作用,极少依赖作者一方有意识的交流活动,也极少依赖读者一方有意识的理解活动。

附录:表达及信号的可靠性

在第 2 章的附录中,我概述了一种假说,根据该假说,人类的语言表达能力与人类对叙事的喜好共同进化,后者有助于解决前者引发的关于可靠信号的问题。言下之意是,对动机和行为进行高度叙述化

---

① 蒙·罗·詹姆斯的技巧与爱伦·坡惯常使用的技巧截然不同,坡故意让其叙述者表达他们自己的并且往往是极端的对他们所述事件的情感反应。
② 一种假设是,詹姆斯之作家人格面貌的冷静超然有助于增加读者的焦虑,因为它正好剥夺了我们共同关注式体验的舒适感。

的描述，有利于那些需要获知其潜在合作对象的行为（包括言语行为）是否可靠的人；叙事需要一个持续的、连贯的、在各个方面与证据源保持联系的叙述，因此很难使其可信，除非它是千真万确的或十分逼真的。我们现在可以看到，还有其他一些方式可以判断叙述者之叙述是否可靠。如果有人声称雨在不停地下，那我可能会寻找直接支撑这一说法的证据：譬如湿漉漉的人行道、水淋淋的雨伞等。要不然，除此而外，我还可能寻找证据来证明说此话的人相信雨在不停地下，因为在一般情况下，向你提供消息的人很有可能不相信她告诉你的话，而这种可能性转化一下就是，他们告诉你的很有可能是虚假的。并且，对说话者之诚信的怀疑并没有因为说话者声称自己真实可靠而大幅减少；如果一个说话者表达了她所没有的信念，那么她就是不愿意合作，我们不能通过诉诸一个依赖合作性的机制来测试合作程度。所以我们会寻找其他的迹象。首先，我们认为，对于不可靠性，最为可信的证据来自那些最直接受其影响的人，而不是来自那些间接听闻过它的人。我们不指望受影响方对不可靠性的叙述是对事件和动机的冷静叙述；我们预料到，伴随这一叙述的是对行为的情感反应之显著表达，至少在传闻中的行为是未来不合作的理由这一情况下是这样的。情感表达很难弄虚作假，特别是当它们需要在叙述过程中持续不断时，当它们在叙述过程中随着对不同事件的报道而发生相应的变化时，以及当它们必须具有多模态连贯性时，语调要与面部表情、手势、姿势等相匹配。因此，叙事的表现性方面有望成为证词的一种形式，增加叙事之选择性优势的可靠性。在这种情况下，作为表达观点的工具，叙事并不是文学或艺术形式运用的产物——这正是我们如此热衷于叙事的部分原因。

6 阻 力

在维·索·普里查德的小说《贝伦克尔先生》中，尽管不断强调主人公狭隘的宗教狂热、自私自利、自欺欺人、恃强凌弱、意志薄弱以及其他种种缺点，但在某种程度上他还是被塑造成了一个富有同情心的人。普里查德刹住了我们想要全盘否定贝伦克尔之性格、行为和生活方式的那种自然倾向；通过这样的控制，他帮助我们理解了支撑这种生活的力量。

这样的案例往往涉及笨拙粗劣的框架，在此我们可能会觉得只要能达到目的，就非常值得。但如果叙事的框架效应是为了激励我们以道德上或美学上存在问题的方式去做出反应，并且不会导致前景的扩大，这时就会产生令人不安的感觉。奥斯卡·王尔德曾说，读到小耐尔[①]的死讯而不付之一笑的人，一定是有一副铁石心肠。但笑起来也并不容易；我们大多数人都被狄更斯那么明显想要的反应吸引，不管我们认为他叙述的悲情是多么的廉价[②]。狄更斯成功地让我们做出了有悖于更好的品位或辨别力的反应，这表明框架这个概念对于理解叙事的吸引力是多么的至关重要。

[①] 小耐尔是查尔斯·狄更斯的小说《老古玩店》(*Old Curiosity Shop*, 1890) 中的一个小女孩，其悲惨的命运深深地打动了读者的心。——译者注

[②] "廉价的悲情"是亨利·詹姆斯的话，不过出自对狄更斯的小说《我们共同的朋友》(*Our Mutual Friend*, 1864) 的评论。

6.1 阻力的种类

叙述视角以及该视角试图产生的框架效应可能在很多方面给我们带来问题。就小耐尔这一案例而言，我们可能对过于简单地利用我们的情感反应感到厌恶。就伊夫林·沃[①]而言，我们可能会因为自己那么轻易地以笑声来回应悲剧事件而深感不安。粗俗的种族主义诗歌或颂扬暴力行为的影片都可能使我们无法或不愿顺应其框架效应。即便是一位我们普遍钦佩其观点的作家，有时也会提出我们不太容易去满足的要求，就如在《曼斯菲尔德庄园》中一样，因为读者不愿意赋予坚定不移这一美德那么重要的地位[②]。在此情况下，要做出该作品视角的表达方面所鼓动的那些情感和评价反应，我们就会遇到不同程度的困难。我们就像那些被责令享受日常锻炼的人，肌肉和关节都还没有做好准备，甚或体质上也不太合适——这看起来可能是十分有趣的挑战，可能是毫无意义的刺激，也可能是蓄谋已久的残忍[③]。

---

① 伊夫林·沃（Evelyn Waugh，1903—1966）是英国著名的讽刺小说家。其最优秀的作品包括《衰落与瓦解》（*Decline and Fall*，1928）、《邪恶的肉身》（*Vile Bodies*，1930）、《黑色恶作剧》（*Black Mischief*，1932）、《一抔尘土》（*A Handful of Dust*，1934）、《旧地重游》（*Brideshead Revisited*，1945）以及战争三部曲《荣誉之剑》（*The Sword of Honour*，1952—1961）等。——译者注

② 请参阅 MacIntyre，1981：第 16 章。

③ 在 Currie，2002 中，我认为我们应该认识到一类我称之为"欲望般的想象"的状态。我提出，想象之阻力不是对想象这个或那个的抵抗，而是对拥有某种欲望般的想象的抵抗。虽然我仍然认为我们需要"欲望般的想象"这个概念，但就当前的目的而言，没必要坚持认为它们是想象之阻力的来源。相反，我可以（从因果关系上来讲）顺势转向一组争议较小的东西：小说引发的情感。那些在是否存在欲望般的想象这个问题上与我意见相左的人，或许会赞同我如下的观点，即我们确实难以用叙事框架建议我们采用的方式去对叙事事件做出情感反应。我们不必争论这些情感——如果我们有的话——是否部分产生于我们欲望般的想象这种状态。

其中的一些效应已经在**想象之阻力问题**这一主题之下得到了探讨①。我们往往会问，为什么我们很难把种族主义和虐待狂想象为美好的事物，虽然这似乎就是叙事对我们提出的要求，虽然我们能毫不费力地想象驴会说话或者一个时间旅行者摇身一变成了他自己的祖父？如果我们能想象穿越时光的情形，同时又承认这些情形完全不可能发生，那为什么在想象道德秩序的类似倒置时就会出现障碍呢？而如果是信念引发了争议，那就不成问题；我们大多数人都既不愿意相信种族主义在道德上是正当的，也不愿意相信驴能开口说话。为什么想象是不对称的呢？我们最好忽略想象之阻力问题的某些方面，特别是近来对这一问题的阐述和划分。不过，在一两个案例中，那些关注想象之阻力问题的人对效果予以了解释，而这也正是我想考虑的。例如，塔马·绍博·亨德勒指出，我们发现调整我们的想象以适应似乎需要我们去做的事情不只是困难重重或毫无益处；我们有时会认为这么做是不道德的。亨德勒认为，当我们感到作者方想要"输出"故事的一部分时，就会发生这种情况：比如，想暗示虚构世界中的真实情况（譬如，种族主义是好的）在现实世界中也是真实的。更具体地说，"在引起真正的想象阻力的情况下，读者会觉得自己被要求输出一种看待现实世界的方式，而她不想将这种方式添加在她的概念库中"②。为什么输出的威胁（这涉及试图让人们相信故事的某一部分）会引起想象的阻力？为什么读者，即便是十分敏感的读者，不欣然拒绝那种要他们认可故事内容（即种族主义是好的）之**真实性**的邀请，同时放任自己沉溺于那种显然无害的快乐，即以其被鼓励采用的方式去对故事内容做出**富有想象力**的反应呢③？如果我们认为"看待现实

---

① 休谟曾指出这个问题（请参阅 Hume, 1985），肯德尔·沃尔顿和理查德·莫兰再次提出这个问题（请参阅 Kendall Walton, 1994 和 Richard Moran, 1994）。关于这些问题的详细说明以及拟议的解决方法，请参阅 Gendler, 2000，稍后我将再次提及。韦瑟森的著作（Weatherson, 2004）是对该话题的进一步贡献，它区分了这个问题几种不同的变体，并为所有的变体都提供了不同的解决方案。我在此重点关注他所谓的想象力的不解之谜。

② Gendler, 2000：77。另请参阅 Gendler, 2006b，她在该书中区分了想象障碍问题和想象不当问题（第154页）。

③ 大致相同的观点，请参阅 Weatherson, 2002：12。

世界的方式"包括对各种情形的一系列情感反应，那么就比较容易理解我们为什么抗拒了。

请注意，我们对虚构事物和事件的感受就是我们对它们的**真实**感受；虚构作品将我们置于不同寻常且十分显著的情感状态之中，譬如赞不绝口、怒不可遏和深恶痛绝等①。这可能从两个方面令人反感。首先，我们可能会担心，当我们对想象的情况有如此感觉时，我们可能将自己置于对真实情况也产生如此感觉的危险之中。考虑到虚构暴力对攻击行为和态度产生影响的证据，我认为我们的担心是对的，因为有证据表明激发暴力情绪和受众反应的虚构情况可能促使以暴行来应对真正的暴行。然而，由于这方面的证据需要细致的实证研究来提取，因此尚不清楚这在多大程度上解释了我们为什么在想象我们认为不道德的场景时，会自然而然地倾向于避免引起情感上的波澜②。而且我在想，我们还可以指出其他一些与我们的自然倾向有着根深蒂固的联系的东西。我们不喜欢（在思想上或行为上）接近那些我们强烈反对其世界观或个性的人。尤其是，我们不想对想象的情况有某些感觉（即真正的感觉），因为这会让我们更接近那些毫不费力且自然而然地对那些情况有那种感觉的人，因为这是他们对那种情况的自然态度，无论那是真实的情况还是想象的情况。我们会显示出一种反应，在别人身上，我们会认为这种反应表达的是某种可悲的、不真实的或其他令人不安的东西。因此，抗拒像狄更斯希望的那样去对待小耐尔之死，是因为我们不想与他人——尤其是作家的人格面貌——共享对多愁善感和无拘无束的情感的表达。同样的道理也解释了为什么我们会拒绝模仿我们认为令人愤慨的行为（比如，颇具侮辱性或威胁性的

---

① 肯德尔·沃尔顿认为，我们最好将对虚构作品的反应称为"准情感"而非真实的情感（Walton，1978）。相反的观点，请参阅 Currie and Ravenscroft，2002：第9章，以及 Sainsbury，2009：第1章。不过，这个问题很难在我们对虚构案例的普通思考中浮出水面；在进行哲学反思之前，我们都把自己对虚构作品的反应称为情感化的。

② 请参阅 Hurley，2004b。在所有这一切中，我认为，除了这种抵抗倾向，从对邪恶的迷恋到意志的薄弱，这之间的任何东西都会造成抵消性压力。迈克尔·坦纳在对沃尔顿关于这一主题的原创性论文的评论中强调了这一点（Tanner，1994）。这些倾向的存在并没有使人们怀疑抵抗现象，不过在一些特殊情况下，它们的运作可能会掩盖抵抗现象。

手势），即便这种模仿并不会产生被模仿行为那种令我们愤慨的后果。不留希特勒式的胡子可能部分是出于一种审美方面的选择，但是这种选择也体现了对共享的抗拒。从这个角度来看，想象之阻力是一个更为普遍的现象：它阻止与那些我们希望从广泛评价的基础上与之断绝关系的人共享那些显而易见的，但通常在评价上不偏不倚的特性。

在此背景下自然而然就产生了一种想法，不过这一想法很难以令人满意的方式表达出来，这个想法就是，我们之所以会遇上阻力，在某种程度上是由于我们被要求想象的事物是不可能的或者不连贯的。在此，将不可能性和不连贯性予以区分十分重要，因为有一些不可能的事情看起来不一定就不连贯。我们如果区分以下两个问题，就可以看出这一点：问题（1）根据故事，这是什么？问题（2）我能想象什么？某些不可能的事情，根据某个故事，或许既是有可能的也是可以想象的。说某位数学家以有限的方法证明了算数的一致性，如果这是某位了不起的数学家生平故事的一部分，我愿意接受这一说法，而且认为我们能够想象这一点。然而，在最严格的意义上，这是不可能的。另一方面，格雷厄姆·普里斯特有一个故事，在该故事中，两位准一致主义逻辑学家发现了一个空盒子，里面装着一尊雕像。我愿意接受这是该故事的一部分，但是我不知道该如何去予以想象①。我们能描述一下这类不连贯、不可能、抗拒想象力的想法吗？韦瑟森认为，当我们被要求既要想象某些真实程度很低的事物（在这种情况下，这些事物可算作把握更高程度真实性的理由），也要想象更高程度的真实性未能成立，这时，就会产生一种引起阻力的不连贯性。因此，我们很难想象草是红色的，即便我们也被要求想象草通常看起来是绿色的，而且我们也很难想象在一贫如洗的时候，女婴就应该被通通杀死；显然，根据故事，两者都是如此，而且也能够为此想法提供

---

① Priest，1997。韦瑟森提出了这一点（Weatherson，2004：8）。我认为，很难想象这个故事中声称的真实情况，而这个困难，如丹尼尔·诺兰所言，正是"不可靠叙述者"对故事的解释很诱人的原因之一（Nolan，2007）；就此而言，没有一个装着雕像的空盒子，但是有一位叙述者（即普里斯特）错误地以为有这样一个装着雕像的空盒子。

低层次的理由①。可能还有其他类型的引起阻力的不连贯性，它们可能需要区别对待，我不打算在此谈及它们。因为就我在此感兴趣的这类阻力（即对框架的抗拒）而言，不可能性或不连贯性都不是最至关紧要的。我认为，在关于非白种人智力低下和道德低下的故事中，没有什么是不可能的，当然也没有什么是不连贯的；故事会想方设法地详尽完备，以便使这些判断连贯一致，或者从上下文中可以清楚地看到，我们可以自由地选择方式来填充细节。尽管如此，我们中有许多人仍然会对这类故事产生某种抗拒。在贝伦克尔先生和小耐尔这两个案例中，那种强制性的想象参与或许具有挑战性，或许被视为不值当，或许为人所不齿，但不可能性似乎不是问题所在。

在类似贝伦克尔先生或欧洲优越论之类的案例中，想象这或者想象那通常会给想象者带来某种情感上的影响，记住这一点大有裨益。在一些往往会抑制情感影响的案例中，我们说的不是想象，而是假定或假设，就像我要求你们假定侵略是一种美德一样，以此作为训练的一部分，旨在提高你对道德主张进行推理的能力。在该假定产生影响的情况下，比如我从某个深信侵略是一种美德的人的角度告诉你一个非常令人不快的故事，这时，我们就进入了我们更为自然地称为想象的领域，在此情况下，就很可能会遭遇阻力，部分原因是它产生了令人不舒服的情感分享感。

关于想象阻力之谜的讨论主要集中在虚构案例上——这是很自然的，因为虚构与非虚构案例之间的区别就在于，只有在虚构的情况下，叙事中的事件才被作为可以想象而不是可以相信的事情呈现给我们。因此，虚构案例可以不费吹灰之力地避开由于把抗拒相信与抗拒想象混为一谈而产生的问题。在非虚构的情况下，信念阻力的无问题现象非常明显；我们并不总是相信一部非虚构作品所宣称的内容，如果我们相信了，那么在相信之前可能存在重大疑问。然而，在非虚构

---

① Weatherson，2004。针对这一点，人们可能会问，为什么我们能够想象奥赛罗说出莎士比亚让他说的所有诗句，而不必去想象他就是一位伟大的诗人呢？而任何能够自发地创作这些诗句的人都理当是一位伟大的诗人。（请参阅上文第 3 章第 4 节）

案例中，涉及对一方或者另一方观点的表达时，也可能会发生想象上的阻力：我们并不总是愿意或者能够像一部历史著作所鼓动我们的那样，去想象成吉思汗或者开膛手杰克①的观点。不是因为我们无法想象构成这些人动机内容的观点，而是因为我们被要求在这样一种背景下进行想象，即这些想象会产生我们认为不受欢迎的情感反应。

6.2　能力

我们是否应该说，正如我所描绘的那样，阻力的产生是因为我们不愿意采纳框架，或者是因为我们没有这么做的能力？对于这个问题，没有一个通用的答案。我们是否应该将这一领域的任何特殊情况称为不能或者不愿，这取决于我们对引发阻力的那些条件之虚拟稳健性的评估，以及对高度依赖上下文的稳健性标准的选择。你对何谓道德正确的看法，你面对道德错误时想知道该怎么做的愿望，以及关于你如何在情感上和内心深处对你觉得完全错误的事情做出反应的基本事实——考虑到这些，就可以这么说，你根本**不能**按照其规范框架所建议的那样去富有想象力地参与虐待狂的文学庆典——不过，即便你可以，你也会认为这么做是错误的，而且你并不愿意通过尝试来测试你想象力的边界。如果你有不同的看法、欲望和情感反应，那可能就会是另一回事了，但必要的改变必须达到令人刮目相看的程度。正是这些状态和性情的相对稳健性阻止你参与到叙事之中，在此情况下，"不能"似乎才是正确的描述。在其他情况下，比如《贝伦克尔先生》，所需的改变就不必那么令人吃惊。在这里，有人或许会说，没有接受作品框架之挑战的人是**不愿**接受它的人，而非**不能**接受它的人。我们说阿尔伯特不能富有想象力地阅读《贝伦克尔先生》或者一

---

①　开膛手杰克（Jack the Ripper）是 1888 年 8 月至 11 月之间在伦敦东区一带以残忍手法连续杀害多名妓女的凶手之代称。该凶手始终没有落入法网，至今仍然是欧美文化中最臭名昭著的杀手之一。——译者注

个虐待狂的故事，这在某种意义上是对的，因为他既不会说芬兰语，也不会说火星语。的确，对这两门语言他目前一个字都不懂，不过在虚拟情境下，他不会说火星语远比他不会说芬兰语要稳健得多[1]。

6.3　阻力之进化

或许，我们现在有了一个新的困惑：为什么情感会产生这样的作用？为什么只要不带来后果，我们就能够想象任何事情——包括种族主义和暴力行为的好处？为什么我们在情感上如此地死板僵硬，以至于我们无法像调整想象本身那样去调整想象产生的情感后果？

我想成本与收益是解开这个谜团的关键。灵活应对环境是需要付出代价的，因此，必须要有收益来证明这些成本的合理性[2]。假设想象能力在我们这一物种中得以进化是出于规划之目的。为了卓有成效地规划，我需要想象在各种各样虚拟的情况之下，事情将会如何发展；我需要想象这样或那样的状况，或者这样或那样的行为。关于这些情景，我需要知道的是它们将如何对我产生影响——而那也就意味着，在几乎所有情况下，它们将如何影响我，因为我有自己的基本价值观、兴趣爱好以及其他情绪化的性情。这里不太需要情感反应的灵活性。

规划可能并不是我们这一物种选择想象能力的唯一原因：读懂我们同伴心思的能力可能是确定我们更新世祖先健康与否的一个重要因素。在这里，为了读心之目的，也没有太多的压力需要我们在情感反应方面获得灵活性。以我们的标准来看，那时候的社会群体很小，所接触的人大多是在经历上和志向上都十分相似之人，他们面临着相似的问题；那时，人们在获取财富和文化方面的差异并没有如此地夸大人与人之间的差异。倘若我们的大脑是在一个像《星球大战》中的酒

---

[1] 请参阅 Lewis, 1976。
[2] 论心理复杂性作为对环境的反应，请参阅 Godfrey-Smith, 1996。

吧那样思想多样化的环境里进化而来的，情况或许就会有所不同。

这种向进化过程提出的诉求，其问题就在于，在想象这个或那个时，我们所拥有的灵活性似乎比规划或读心术所需要的要**大**得多。尽管科幻小说与更新世的规划和读心术毫无关联，我们仍然能对科幻小说中极为不真实的场景处之泰然。这里的解决方案就是，对于此类想象，要确保最大的灵活性是成本最低的选择。根据模拟理论，想象能力是通过采用与信念相同的推理系统来运作的；这就比创建两个并行的系统便宜。那么，这样一个两用系统必须对输入的信念状态不敏感；无论该命题是否可信，系统都会以同样的方式运行。任何潜在的信念都能使之运行。所以至少，任何我们可能会相信的事物往往都会变成我们可以想象的事物。这样一来，就有了我们能够想象但是不能相信的事物，比如：我现在死了；世界已经终结了；我相信 P，但 P 是假的。这些例子中的最后一个十分重要，因为承认你自己的信念可能是错的，这一点是非常有用的；因此，一个有用的想象系统应该超越信念的范畴。而且它很有可能会超越。如果有条输入的规则说"只准许那些可能会被相信的事物"，那么就需要一个能够将可信命题与不可信命题区分开来的门户——而这绝非可轻而易举地创造和维护的东西。一旦该创造物获取了一种清晰的语言，对于想象输入的最简单规则就是**准许任何合乎情理的事物**。因此，就其所受到的进化约束而言，对这个或那个的想象完全不同于对想象框架的采用。采用框架的灵活性需要付出相当大的代价，而在相关环境中，框架的高度灵活性所带来的好处却寥寥无几。

6.4　混淆框架与内容

对故事中事件的理解常常受到解释之不确定性的影响：在假设按照故事发生了什么和假设事情没有发生之间，可能没什么可选择的。就表达的内容来说，可能存在同样的不确定性，因此可能存在无法消解的关于框架的分歧。对于什么是故事和什么是框架，或许也存在着不确定性。我们面对的大约就是这么个情况，即事物"有时表现为声明，有时表现为行动纲领或立场公告"①。由于存在诸多的不确定性，难怪叙事制作者通过提供看似是叙事内容或故事元素的东西来迷惑我们，甚至迷惑他们自己，而这些东西，如果理解得当，就相当于框架中的伪装活动。在本章中，我将仔细研究两部杰作，一部是电影作品，而另一部是文学作品，这两部作品皆得益于这种含混不清。它们说明叙事可能迷惑我们——也可能是旨在迷惑我们——让我们分不清什么是内容、什么是框架，并给人以希望，让人觉得这两者之间的关系比它们实际提供的更平衡、更和谐。这些案例也说明了这样一个事实，即我正在研究的那种阻力往往发生在对我们在虚构作品中发现的非评价性主张的回应之中。

　　黑泽明的《罗生门》（1950）是一部影片。在这部影片中，相同的事件由不同的人物来叙述，而他们的叙述则以倒叙的方式转化为图像：根据每一个叙述，我们看到发生了什么。这些叙述在某些重要的方面有所不同，尤其是在对事件的责任划分方面。人们普遍认为，《罗生门》说明了真理的相对性，而我认为有充分的理由说，这就是其意义所在②。不过，我希望我不是唯一一个在这一意图面前感受到阻力的人；这种人生哲理太过平淡无奇，无法给故事增添任何有趣之处，事实上，它有损故事的趣味性。所以，我不喜欢采用叙事本身所建议的框架：该框架要求我看到故事中事件的某种意义。而我宁愿不把那些事件看得那么富有意义。

　　在普鲁斯特的《追忆似水年华》中，马塞尔时不时地感受到记忆片段的浮现，尤其是玛德琳蛋糕事件③。伴随着对这些事件的描述，普鲁斯特通过马塞尔的声音，为我们提供了一个有关时间本质的非常

---

① Heal, 2003: 27. 希尔的构想有利于我的目的，不过它原本是出于另一个目的。
② 不过，请注意里奇做得很好的非相对论解读，请参阅 Richie, 1972。
③ 在《追忆似水年华》（À La Recherche du Temps Perdu）中，叙述者马塞尔去探访母亲，母亲拿出茶和一种叫玛德琳蛋糕的点心招待他。他将蛋糕泡在茶里，然后吃掉，就在这时，他被一阵突如其来、强烈且莫可名状的幸福感所淹没。他推测茶与蛋糕混合在一起的味道不知何故激发了他对一些过往之事的回忆，并好奇自己能不能有意识地将它们一一回想起来。——译者注

冗长繁杂的哲学阐释，这一阐释本应该用那些感受来予以说明，并在某种程度上对那些感受予以解释。这种时间哲学有着诸多的方面，其中一部分似乎与这样一个想法有关，即每个人都有一种伫立于时间之外的本质，从外部来看，该本质历经无数个时间瞬间的融合①。我觉得这个想法太令人难以置信了，它使人疑窦丛生，也肯定不像叙事中对马塞尔经历的叙述所证实的那样。如果没有这个想法，故事看起来会更好一些，我再一次认为有权将其搁置一边。

这些看起来像是对形而上学思想的抗拒②。我对这些形而上学案例的关注，说到底，算不算是道德上的关注呢？或许这些关于真理和时间的主张是我一提到自我放纵哲学就会联想到的主张，而沉迷于哲学可能是一件坏事；如果我们所谈及的形而上学是我坚决反对的，而我又看到它确实有一些值得重视的论据，那我可能就不会那么抵触了③。但这并不是全部的原因。鬼故事里充斥着五花八门的在我看来在认知上无法料想的个体与事件，然而，如果故事的类型合适，我还是很乐于想象它们的存在与发生。诉诸放纵的形而上学思维并不会令我们深入解释我对这些作品的反应。出于相同的原因，放纵的形而上学所面临的困难也不可能使我担心通过想象这些东西我最终就会相信它们。同样的考虑会在我与鬼故事之间筑起一道屏障，而这道屏障其实并不存在。

我反对《罗生门》和普鲁斯特的形而上学思想，与其说是因为其认知上的弱点或形而上学方面的放纵，不如说是因为它们对这些叙事的内容缺乏影响。成功的鬼故事作家总能将其幽灵形而上学牢牢地嵌入故事内容之中。我并不是说这些故事总是阻碍人们对其进行自然主义解读；可以想见，在其中的一些故事中，超自然现象也能解释得

---

① 有关讨论，请参阅 Currie，2004：第 5 章。关于更详细的、具有类似结论的学术分析，请参阅 Dancy，1995。

② 韦瑟森曾指出想象力抗拒形而上学的可能性（Weatherson，2004），不过他的"威金斯世界"案例是未能将某些东西纳入小说内容的一个例子。

③ 关于这一切，即关于相关作品，关于我曾提到的哲学思想的价值，我可能都大错特错了。不过，这都无关紧要。关键在于，这种感觉让我对作品发出的想象邀请产生抵触情绪。毫无疑问，你可以根据自己的经验来说明这一现象。

通。但超自然现象总归是一种实时的解释选项，与特定的事件及其原因和影响有关。而且，当一些作家将此文类拔高到高雅艺术的位置时，这一领域中的成功也并不罕见；鬼是一种很容易融入故事内容的东西，一个人不必是文学天才，就可以把鬼故事写得妙不可言。当然，超自然的想法具有生动性和情感吸引力这些优势。即便是一些普通和抽象的形而上学思想偶尔也会对故事内容产生重大的影响；大卫·刘易斯声称，在一些时空穿越的故事中，一种不断发展的非标准的时间形而上学主导着情节的发展①。相比之下，《罗生门》和普鲁斯特小说中那些心理上和客观上的事件似乎就不受此形而上学思想的影响；要不是马塞尔在那儿没完没了地推测，头脑清醒的读者绝对不会从情节中臆度出普鲁斯特的时间观念。《罗生门》和普鲁斯特的小说（以不同的方式）显示了它们的形而上学主题，但并没有劳神费力去展示形而上学是如何融入故事之中的——而这，我认为，是几乎不可能办到的。因此，它们采用的办法就是将形而上学作为框架：它们暗示我们一些能将素材看得比原本看起来更加意义深远的方法；它们暗示我们一些对这一深层信息做出回应的态度和情绪。② 我们被鼓励以含糊其词的方式将记忆片断视为预兆，对证词采取一种相当了解和优越的态度，并且对质疑扼腕叹息。这就是作为焦虑的形而上学——但不需要付出让令人焦虑的事情变得可信或可见的代价。奥斯卡·王尔德曾说，多愁善感的人就是想享受一种情感而不付出代价的人。在《罗生门》以及普鲁斯特的小说之类的作品中，有一种形而上学就类似于多愁善感的东西：它们诱使我们去欣赏某些令人兴奋的前景，不过它们特意只展示一个遥远并且十分模糊不清的景象，从而避免了对它们希望我们为之感到兴奋的想法进行连贯理解的艰苦工作。它们的表现就如同一个缺乏精细绘画技巧的艺术家的表现，示意我们从远处观看它们的作品，如此一来，其细微之处就不那么显而易见。

---

① 请参阅 Lewis，1976。关于科幻小说与超自然故事之间的关系，请参阅下文第 9 章。

② 巴尼特·纽曼备受嘲讽的书名暗示了一个该作品往往达不到的框架。

就这些叙事而言，这并不意味着结束。普鲁斯特的这套小说富有文学价值和心理学价值，这些价值在他对时间形而上学的拒绝中幸存下来；黑泽明的电影有其优点。事实上，我已经表示过，要是没有在提及时间、记忆和真相时按下情感按钮的框架，这些作品会让人感到更加地扣人心弦、妙趣横生和富有价值。这说明在故事内容和框架之间存在着叙事的不对称。框架在某种程度上似乎是可以选择、可以拆卸，甚或是我们作为读者或观众在某种（可能有限的）权威位置上可以任意处置的东西。而我们在故事内容方面却没有可以与之相比拟的权威。假设我发现《爱玛》中贝茨小姐的某些言论有过于粗俗的特点，那么我就为她塑造一个新的个性，并对文本做出相应的修改。当然，我已经不再参与最初的那个故事，而是将其作为我构建一个自己的新作品的基础。这似乎不如我在《罗生门》和普鲁斯特的案例中做得那么明显。就故事内容而言，作者只是明确指定了即将发生的情况；虽然我们根本没那个义务去富有想象力地参与任何作品，但是我们一旦选择参与其中，就得接受作者的说法。[1] 不接受那样的说法就是不再参与的表现。有了框架，似乎某种东西得以呈现，而观众对这个东西有着某种程度上的自由。

为什么会这样呢？或许答案如下所述。虽然故事内容可以用客观的、独立于观察者的话语来描述，但是框架在本质上却是一个反应问题。在呈现框架时，作者暗示了对内容的一种反应方式。就反应问题而论，我们不轻易接受另一方的绝对权威。有理由认为，作者有能力就如何对故事做出反应提出建议，但是却没有理由认为，他或者她处于绝对可以发号施令的位置。[2]

我对《罗生门》和普鲁斯特的那套小说有如下一些担忧。首先是

---

[1] 或许，除非这样的一些案例，即作者具体说明了一系列情况，但随后又提出了一些我称之为与这些情况不一致的说法。再想想之前的一个例子：如果一位作家告诉我们，在故事的世界里，在通常情况下，视力正常的人看到草是绿色的，然后又坚持认为，在那个世界里，草是红色的，那么我们肯定会对这位作家避而远之。关于这一点，请参阅 Weatherson, 2004。另请参阅上文本章第 1 节。

[2] 我再次发现 Weatherson, 2004 在这里很有用，不过我不是很清楚韦瑟森是否赞同这一观点。另请参阅 Yablo, 2002。

希望的落空：以为所提供的形而上学会被建构到叙事内容中去，可我们实际得到的不过是一个暗示，即通过向故事中的事件投射一种笼而统之并且模糊不清的情感色彩来暗示该如何看待和回应这些事件。然而，即便是这种操练，也几乎没有机会在故事的事件之间建立起耐人寻味的联系，其情感力量取决于我们是否相信形而上学思想的深度比其实际上的要深。

6.5 结论

有时对框架的抗拒是我们努力克服的东西；在其他场合，抗拒似乎是正确的做法。我们可能会抗拒，因为我们没有或者无法召集情感资源来以其所暗示的方式去做出回应，或者因为做出这样的回应，会让我们与一个我们发现其自然情感跟我们格格不入的人走得太近，这令我们感到不安。从进化的角度来看，我们在这方面的僵化死板（即我们缺乏改变情感反应的能力和/或动机）可能是造成这一现象的原因；驾驭这种灵活性的代价是十分高昂的，不值得付出。我们可能对叙事的形而上学背景有一些担忧，这种担忧最好解释为模糊的感觉，即这些形而上学思想与故事内容不太吻合；相反，它们旨在促进框架产生效果，在这个框架中，故事里的那些事件看起来比实际上的更重要。

7　以人物为焦点的叙述

叙述者有其自己的视角，我们已经看到视角的框架效果是多么的强大。不过，我们对故事的兴趣也来自人物的视角。仅仅描绘一个人物干了什么和说了什么，就可以表现出该人物的视角，除此而外，叙述者还可以通过叙述行为来表现人物的视角；叙述可以在某种程度上与人物的视角保持一致，而无需直接交给该人物来做。我将此称为**以人物为焦点的叙述**；这是亨利·詹姆斯后期作品中值得注意的一种技巧。我对此方法的态度有别于叙事理论著作中经常采用的那种态度，那种态度受到了热奈特作品的影响。在第 1 节和第 2 节中，我将说明并且否定热奈特的说法。

我的建议借鉴了前两章的想法，乔伊特翻译的《理想国》中有一段话极好地概括了其主导思想："当诗人以他人的名义讲话时……诗人的叙事可以说是通过模仿来进行的。"[①] 和以往一样，人们认为模仿既包括那种转瞬即逝、时而无意识、时而内在化、对我们眼前或脑海中那个人予以回应的反射，也包括更为自觉有意识并且持续不间断的活动。

[①] 柏拉图：《理想国》(*Republic*)，本杰明·乔伊特译，第 3 卷。"模仿"（imitation）现在被认为是对"摹仿"（mimesis）的一个不太令人满意的翻译。请参见 Halliwell，2002。冈恩提出了一种模仿叙述的处理方法（Gunn，2004），它类似于我自己的方法。冈恩的论述尤其有价值，因为它分析了叙述者在句子空间内如何在模仿和非模仿性叙述之间进行微妙的调节。

7.1 热奈特的区分

热奈特在叙事理论上的创新之一就是将**"谁是那位其视角引导着叙事角度的人物？"**与另一个截然不同的问题**"谁是叙述者？"**区分开来（Genette，1980：168）。热奈特告诉我们，其他叙事理论家都未能区分这两个问题；他们对不同的视角做出了区分，但这些区分与真正的差异并不相符。理论家施坦策尔区分了故事中某个人物（如《白鲸》中以实玛利）的叙述和"以第三人称"但根据某个人物（如《专使》中斯特莱瑟）之视角的叙述。① 但是热奈特说，这在视角上并没有什么区别，因为以实玛利和斯特莱瑟在两个叙事中占据了相同的"焦点位置"（1980：187）。

我不赞同热奈特的这种说法，即在叙述者的身份上可能存在差异，但是在叙述视角上却并无差异。不过，他所举之例有附带特点，最好不要利用这些特点去反驳他。我们可以这么说，既然以实玛利和斯特莱瑟是（不同故事中的）不同的人物，具有不同的视角，那么这两个叙事之间肯定存在着视角上的差异。热奈特本可以用不同的比较来避免这种困难。他与其将《白鲸》与《专使》相比较，倒不如将实际的《专使》与假设的《专使*》做一个对比，这两者之间的区别就在于：《专使》的叙述者是一个根据斯特莱瑟的视角来进行叙述的非人物叙述者，而《专使*》的叙述者则是斯特莱瑟，不然的话，这两者就会极其相似②。而且，热奈特的说法是，这两个叙事在"谁在说话"这一问题上有所不同，因为它们有着不同的叙述者（其实是不同类型的叙述者），但在"谁的视角在引导着叙事角度？"这一问题上却

---

① 热奈特引用了 Stanzel，1971。
② 符合这些描述的两个叙事可能以不同的方式"尽可能地相似"，因此有不同的候选叙事，都享有被视为《专使*》的平等权利。因此，我所说的一切都没有挑选出一个独特的《专使》的假设变体。相反，我挑选出了一类这样的变体，而且应当被善意地理解为：声称该类别的任何成员都符合热奈特的目的，可以与《专使》形成对比。

并没有区别，因为两者的答案皆为"斯特莱瑟的"。在此情况下，热奈特或许会说，就视角而言，这些叙事之间不存在差别。

我们也可以反驳说，《专使》并没有始终如一地根据斯特莱瑟的视角来叙述，例如，在很多情况下，叙述者提到一些斯特莱瑟（尚）不知道的事情①。我们可以认为，这两部作品视角相同的说法仅限于《专使》中叙述者坚持采用斯特莱瑟视角的那些部分。我会争辩说，认为它们相同的看法，即便受到这样的限定，也是错误的。

尽管热奈特坚持认为《白鲸》和《专使》的叙述视角不存在任何差异，但是他并没有告诉我们，在叙事之间的某种比较中，他采取的是什么标准来判定叙述视角是否存在差异。他可以将下面这个作为合理标准，即：如果两个叙述者从不同的视角进行叙述，那就会存在这样的差异。遗憾的是，这一标准无法产生热奈特想要做出的区分。因为热奈特不认为《白鲸》和《专使》（而且，大概也不会认为《专使》和《专使*》）是从同一个视角来叙述的；虽然他毫无争议地说《白鲸》是从以实玛利的视角来叙述的，而且他会再一次毫无争议地说《专使*》是从斯特莱瑟的视角叙述的，但是他并**没有**说《专使》是从斯特莱瑟的视角叙述的。他说，叙述是"根据"或者以斯特莱瑟的视角"为取向的"。**具有**某个视角和**把自己限制在**某个视角上是有区别的；热奈特在术语上的谨小慎微似乎认可了这一点，不过，他并没有意识到这种区别对他的理论来说是致命的。我们已经看到，具有某个视角就是具有一定能力或资源去了解、讲述并大致回应世界。具有某种视角（比如 P）的人，和另一个在讲故事时只限于传达 P 能提供的信息的人，这两者的资源是截然不同的。后者坚持一条原则，即以一种如果她拥有了 P 就会采用的讲述方式来讲故事。而前者呢，其视角是 P，但并不坚持任何这样的原则，其行为虽然受到 P 本身的约束，但是并不受制于任何必须依照 P 来行事的决定。因此，即便假设《专使》的叙述自始至终都受限于斯特莱瑟所知晓的情况，在与视角相关的方面，它也不同于《专使*》的叙述，并且也不同于《白

---

① 请参阅 Tilford, 1958。

鲸》的叙述——在后一种情况下，不仅仅是因为两者有着不同的叙述者。两位叙述者的能力是不同的，无论他们中的一个在行使这些能力时是否选择遵循自我否定的规定①。

因此，施坦策尔认为人物叙述与"根据"人物视角或"以"人物视角为取向的叙述之间的差异就是视角上的差异。在这一点上，他没有错。正如热奈特令人十分困惑地宣称的那样，当布鲁克林和沃伦将人物叙述与全知作者叙述之间的差异当作视角差异时——甚至假设全知作者是在根据人物的视角来进行叙述时——他们也没有错②。

虽然热奈特并没有说叙述者可以从人物的视角进行叙述，但是他对这个简单的构想表现出了一种向往——从他的思想中可以明显看出，他认为《白鲸》和《专使》在叙述视角上没有区别。事实上，从亨利·詹姆斯开始，就出现了朝着这个简单的构想渐渐靠拢的趋势。在《专使》中，詹姆斯本人写道："斯特莱瑟对这些事物的感受，而且唯有斯特莱瑟的感受，才会有助于我把它们描述出来。"③ 更一般地说："如果没有采纳相关的视角，就谈不上处理方式上的干净利落。"④ 理论家比奇和卢伯克很快就从詹姆斯的后期经典以及詹姆斯围绕其经典所做的大量评论中提炼出了一条规则，那就是，行动是展示出来的，而不是讲述出来的。他俩的着重点略有不同：比奇将全知叙述者从一个心理到另一个心理的侵扰性"无礼行为"与詹姆斯"紧密编织的心理组织"进行了对比，认为詹姆斯对幻觉的追求需要"视角的一致性"，这一点他在《专使》中实现得最为彻底⑤；卢伯克则专注于不让斯特莱瑟做叙述者的决定，做此决定将会削弱人们想要的那种感觉，即读者和斯特莱瑟的心理状态之间的直接联系。虽然卢伯克对詹姆斯作品中的效果变化十分敏感，但是其总结及其未经分析的

---

① 在谈到现代艺术学博物馆（MoMA）的一次展览时，阿瑟·丹托提出了一个类似的观点，他指出毕加索的"尚古主义"与影响他的非洲面具制造商在观点上的差异（Danto，1984）。
② 热奈特引用了 Brooks and Warren，1943：589。
③ 《专使》序。
④ 《鸽翼》序。
⑤ 请参阅 Beach，1918：第 5 章。

判断都一再认为故事是从斯特莱瑟的视角讲述的①。这就意味着故事不是由斯特莱瑟讲述的，而是从斯特莱瑟的视角讲述的——这一含义，卢伯克较比奇表达得更清楚一点。

关于《专使》，我还有更多的话要说；它很好地说明了这样一个事实：外部叙述者常常以复杂而微妙的方式调整其叙述，在一个简短的篇幅内（往往不到一个完整的句子）定位于某一视角，以我们跟起来相对轻松的方式往来穿梭于各种言语模式，这一点或许令人惊讶不已。作为从业者和受众，我们似乎很适应这个过程，由此，一个人让另一个人的视角引导着自己的行为。这种叙事调整只是一类行为的一种形式，它包括戏仿、反讽表演以及模仿性学习行为。毫无疑问，模仿将成为我们的指导思想。

总而言之，我们需要认识到与视角相关的两个截然不同的概念。一是从某一视角来叙述；关于这一点需要指出的是，每个人总是从自己的角度来叙述的。二是根据某一视角来叙述。我承认，而我也的确会坚持认为，一个人可以根据自己以外的某一视角来进行叙述，或者，用热奈特的其他说法来说，一个人可以以他人的视角为叙事取向，而这正是《专使》（的某些部分）以及其他一些作品中发生的事情。我们尚不清楚这到底意味着什么，这就是我将在接下来的两节中阐述的内容。但是，无论它是什么，它都不能证明热奈特的这一说法是正确的，即：作品在叙述者的身份方面可能存在差异，但在叙述视角方面却没有差异。

7.2 认知标准

热奈特对于是什么构成了视角差异的判断可能大错特错，不过他将不同的问题予以区分却是正确的：是谁的视角在"引导"叙事？是

---

① 请参阅 Lubbock，1921，尤其是第 161 页（"视点主要是斯特莱瑟的视点"）、第 165 页（"斯特莱瑟的视点仍然占据主导地位"）以及第 167 页（"我们的视点即他的视点"）。

谁在叙述？断定谁是叙述者和断定谁是那位（如果有的话）其视角有助于引导叙事的人物，这二者之间存在着显而易见的差别。那么，通过解释以某个视角为取向的叙事概念，可以说明什么呢？热奈特提出了一个理论，但是这个理论并不令人满意。对热奈特来说，差别就在于信息量的不同：

（1）如果叙述者只说某个人物所知道的事情，那么该人物的视角就在引导叙事。（Genette，1980：189）

在这种情况下，相关人物就是**焦点人物**，我们拥有的就是一个**内聚焦**的叙事，我将在第4节中再次讨论这个概念。让我们把（1）称为**认知标准**。正如热奈特所意识到的那样，叙事不需要自始至终都局限于某一个特定人物的视角；它可以完全偏离内聚焦（就像《专使》经常做的那样），它也可以从一个焦点人物转移到另一个焦点人物。认知标准对我们识别这些转换并没有多大的帮助。它至多能告诉我们，如果叙述者讲述了某个特定人物所不知道的事情，那么该人物就不再是焦点人物了（如果他曾经是的话）。然而，即便叙述者告诉了我们某位人物确实知晓的事情，这一事实也不足以让我们断定该人物**是**焦点人物，假如有焦点人物的话。传统意义上的全知叙述者可能会告诉我们某个或多个人物知晓的事情，而叙述不会突然转向该人物的视角；如果两个或多个人物知道正在讲的事情，那么我们该如何判定哪一位才是焦点人物呢，假如他们中的一位是的话？热奈特可能会答复说，这种模糊性往往会在持续的内聚焦叙述中消失，因为持续的、始终符合某个特定人物之认知的叙述终将使该人物的视角变得异常突出，使我们得以辨识出那个起定位作用的视角。即便这是真的，也忽略了重要的一点：正如我们即将看到的那样，作者能够极其微妙地调整视角，在短暂的时间之内，有时在某个特定的句子之中，在不同的视角之间转换其叙述的方向①。而该认知标准却无助于我们了解这些细微

---

① 热奈特承认这一点："任何单一的聚焦方案并不总是影响整个作品，而是影响一定的叙事部分，该部分可能很短。"（Genette，1980：191）

的调整。

采用人物的视角来"确定"叙事的方向,这不是我们可以用叙述信息与该人物所知信息相一致来予以解释的。这是意料之中的事。我们在第 5 章中看到,具有一个视角不只是知道某些事情而不知道其他事情那么简单。两个人可能知道很多相同的事情,却有着截然不同的视角。我们需要允许叙述以多种方式从某一个视角出发,每一种方式都对应于视角的多种表现形式。主题在认知上是独特的,因此认知是视角的一个重要方面。位置、感知取向、思维习惯和能力,以及情感反应模式等,亦是如此。

不难看出,为了更好地解释为何要以某一视角为取向,材料将从何而来。我已经勾勒出了一个理论,说明叙述者的行为足以表现其视角,我们现在只需调整这一解释,以适应目前的情况。

7.3　表达

叙述者有时候会描述其人物的视角。在多萝西·利·塞耶斯①的作品《贝娄娜俱乐部的不快事件》(1928)中,帕克侦探正在询问一名嫌疑人:

"见鬼,干吗我就该记得?"
帕克不喜欢说脏话的女人,不过他极力不让自己因此而怀有偏见。

这让我们了解到帕克视角的某些情况,但并没有产生任何可以合理地称得上**根据**该视角来叙述的东西,因为在这段话中,塞耶斯的叙

---

① 多萝西·利·塞耶斯(Dorothy Leigh Sayers,1893—1957),英国推理小说家,代表作品有《谁的尸体?》(*Whose Body?*,1923)、《证言疑云》(*Clouds of Witness*,1926)、《贝娄娜俱乐部的不快事件》(*The Unpleasantness at the Bellona Club*,1928)等。——译者注

述者保持了其平常的、相当客观的风格。在描述帕克的视角这一方面时，塞耶斯没有做出任何足以表现出该视角的事情。

关于视角的表达我已经做了颇为详尽的讨论。但此处仍需要更多的东西。我们的兴趣不在于叙述者做一些表达他或她自己的视角的事情。我们需要一种机制，通过这种机制，一个人可以做一些表达**另一人**视角的事情。这个机制就是模仿；正如读者可以模仿叙述者的反应和评价一样，叙述者也可以模仿其人物的反应和评价。这就是以人物视角为取向所涉及的内容。**不**涉及的是叙述者对该视角的接受和占据。

如何模仿视角呢？我们看到了一种宣告视角主体性的趋势，它诱使我们说，被模仿的是在私人意识范围内发生的事情，即视角之行为主体的内在心理活动①。但是，没有一种合适的、纯粹现象学的办法来将世界置于其中并聚焦视角本身的主体性。正如我一贯坚持的那样，我们最好把视角视为一种应对世界的方式。而告诉我们故事世界中的事情和事件的那位叙述者，可能会以模仿对那个世界的反应的方式来告诉我们，这些反应就是所讨论视角的特征。

请记住，我们不能将注意力局限于直接的行为模仿。行为模仿一般出现在我模仿你的某些具体行为之时——比如你刚才说那句话的方式，比如你昨天摔盘子的样子。为了理解何谓以某个视角为取向，我们需要一种模仿感，例如，我说出了一句你从来没有说过的话，但是我说话的方式让人想起了你特有的说话方式。通过模仿某人行为的某些方面——比如我们常说的"风格"——我可以设法办到一些表达其视角的事情。我所模仿的是行为，如果他们真的参与其中，就会表达出他们自己的视角。根据某一视角来叙述的叙述者就像一个虽然并不悲伤，但却通过采取某种姿态、某种面部表情以及某种声调来表现出悲伤的人。这样的人可以说是在模仿某个悲伤的人，他们通过模仿该行为来表达导致这种行为的悲伤。就我想理解的模仿而论，它可能包含漫画的元素，比如我夸大你的步态或着装方式或语言风格的某些方

---

① 请参阅上文第 5 章第 1 节。

面，同时设法以一眼就能看出是你的特点的方式将其表现出来；夸张可能是让我的模仿变得突出的手段。我们将看到，以人物视角为取向的叙述也可能涉及夸张。

有人可能会说，我们只表达属于自己的东西；从字面上讲，当我们不悲伤时，我们无法表达悲伤，因为表达是一个因果概念：要表达一种状态或倾向，行为必须由该状态或倾向引起[①]。我们无需在这个问题上争个输赢。即便你认为表达是有前因后果的，你仍然可以允许在我模仿另一个人时，做出一些非常类似于表达那个人状态的事情：我可以用一种生动而感人的方式把它虚构出来，来表达那种状态。我的行为会表现出对那种状态的表达，就像演员的动作会表现出打人的样子。我在此说的关于通过模仿来表达的话，可以换一种说法，对那些想换一种说法的人而言，可以用虚构的方式来表达，或者让人们表达的内容成为虚构，管它是一种状态还是一种偏好。甚至那些想要区分的人也会赞同，我们用以识别和回应真实表达的机制与我们用以识别和回应虚构自己表达了某事物这一行为的机制是一模一样的。

现在，让我们回到热奈特以人物为焦点的叙述之重要示例。《专使》的叙述者并没有从斯特莱瑟的视角进行叙述，但在有的时候，他的确是根据其视角来叙述的，因为他所做的一些事能够表现出斯特莱瑟应对世界的独特方式，即其视角。那他是怎么做到的呢？首先是通过模仿：模仿其言语模式，正如我们所看到的，那是典型的斯特莱瑟模式。在文学叙事中，叙述者只有语言，任何被模仿的东西都必须用语言来模仿。通过模仿那些言语模式，他表达了斯特莱瑟思考、回应或对待这个世界的方式。以这样的模式说话，叙述者的行为就表现出斯特莱瑟言语背后的特点，因为我们可以用一个人特有的犹犹豫豫或者充满愤怒的说话方式来表达出其犹豫不决或怒不可遏的心态。伊恩·瓦特在描述《专使》的开篇时指出，

前4句中有6个"不"或"不是"；4个含蓄否定的表述，

[①] 相关讨论，请参阅 Vermazen, 1986。

即"延期""没有失望""最糟糕的情况下""几乎不怎么担心";还有 2 个修饰肯定积极性的条件,即"不完全"和"在一定程度上"。大量的负面因素……表现出了斯特莱瑟犹豫不决、顾虑重重的性情。(Watt,1960:259)

而且,"'他们[即斯特莱瑟和韦马什]在最糟糕的情况下会一块儿吃饭'这一令人安慰的感想"之后紧跟着"几乎不怎么担心在续篇中他们会看不见对方",这时,我们发现詹姆斯在模仿一种(斯特莱瑟自己的)说话风格,这种风格要求"将公开的声明遮掩于正式否定的暗影之中"[1]。

在以这种方式叙述时,叙述者究竟在模仿什么呢?我曾说过,这种模仿无需复制人物的言语或思想(就如我们即将看到的那样,当模仿不是直接复制时,它往往更有效果)。可能叙述者所言并不是很像斯特莱瑟说过的话。但是,如果说话的**风格**对了,它就可能传达出我们认为斯特莱瑟所具有的心态或对待世界的态度。事实上,如果我们假设叙述者的模仿行为迫使我们去想象与人物完全对应的一些想法或话语,那么这会给我们对作品心理现实主义的认识带来压力。我们不必假设斯特莱瑟认为,与韦马什会面的延期"并非令人难以接受";叙述者的表达方式可能只反映了斯特莱瑟思考此类问题的一种倾向,或者是斯特莱瑟情感反应的一种模拟,而斯特莱瑟对此却一无所知[2]。

詹姆斯在采取斯特莱瑟的风格时也有一种夸张的成分——可能比斯特莱瑟更犹豫不定,更拐弯抹角,但同时也表明我们即将遇到的是一个什么样的个性。这标志着詹姆斯的讲解具有讽刺意味:他假装这种程度的踌躇和含蓄是一种适当的交流方式,而事实上,正如目光敏

---

[1] 同上,265。本着同样的精神,我们可以指出詹姆斯提供的"大量预示性的顾虑"(同上,263)。

[2] 在电影中很难实现视点定位,至少在不需要采用视点镜头的情况下是这样的。值得注意的尝试包括在《西尔维亚》中使用光滑、冷色和令人不舒服的镜头角度来表达西尔维娅·普拉斯的精神状态(Jeffs,2003)。结果,作为普拉斯情绪的表达,很难与叙述本身所传达的情绪区分开来。另见 Wilson,1986:第 5 章中关于"间接或反映的主体性"的讨论。

锐且专心致志的读者所看到的那样，这些比喻所表达的斯特莱瑟视角的各个方面正是其某些问题的根源①。不过以人物为焦点的叙述无需借助夸张也可以产生讽喻的效果。下面这个例子来自詹姆斯——这次是蒙·罗·詹姆斯。丹尼斯顿正在教堂里工作：

> 将近五点了；白昼逐渐变短，教堂开始充满了阴影，而那些奇奇怪怪的噪音，即那些一整天都能察觉到的隐隐约约的脚步声和依稀可辨的说话声，似乎变得更加频繁且持续不断，毫无疑问，这是光线减弱以及听觉由此而变得更加敏锐之故。②

读者不会认为叙述者对各种噪音及其与暮色之间关系的评论代表了故事的真相；有太多的理由让人想到真正的原因有多么的令人毛骨悚然。但从光线减弱和感觉越发敏锐的角度来予以解释，这对丹尼斯顿先生极具吸引力，他是詹姆斯笔下典型的学者，此刻正紧张地完成对教堂的检视。詹姆斯的叙述者只是暂且模仿了丹尼斯顿观察问题的角度，给人的感觉是，他以为（而显然他是多么错误地以为）使这些令人不安的噪音明显增加的原因可能并不危险。叙述者本可以直截了当地说，丹尼斯顿告诉自己原因并不可怕。但那样的话，他就不会如此生动形象地传达出丹尼斯顿先生思想上的压力，也不会激励我们去想象自己处于丹尼斯顿的境地，被这种不切实际的想法所安慰。我将在第6节中详细介绍以人物为焦点的叙述所产生的移情效应。

---

① 另一位作者，他本人不太喜欢含蓄委婉，在他身上，讽刺意味就会更加明显。瓦特的分析清楚地表明，詹姆斯"制定"的斯特莱瑟视点的各个方面是与他自己的视点相吻合的。例如，瓦特展示了在同样的第一段中，"物理事件的优雅变化和语法从属关系"如何表达了"詹姆斯在抽象分类的层面上呈现人物和行为的普遍倾向"（Watt, 1960：259）。的确，视点并不总是可以区分的。瓦特指出，"在其后期的小说中……我们不太清楚一段话中的隐含意识是叙述者的或是其人物的。由于叙述者的意识和斯特莱瑟的意识同时存在，我们往往不知道在特定情况下涉及的是谁的心理活动和评价判断"（同上，261）。叙述者自己的视点在第二段中占主导地位。关于讽刺作为一种假装形式，请参阅下文第8章。

② 《卡农·阿伯里克的剪贴簿》（"Canon Alberic's Scrap-book"），载《蒙·罗·詹姆斯的鬼故事集》，伦敦：爱德华·阿诺德出版社，1931：18。

先前我曾指出，人们认为非故意的行为是最具表现力的行为。但是，当我们与一个用言语行为来表达他人视角的叙述者打交道时，虽然这可能是对言语方面的犹豫不决或者直接陈述方面的躲躲闪闪等非故意行为的模仿，我们难道不是在考虑故意的行为吗？我认为，我们有必要为这样一种观点留出空间，即以人物的视角为叙事取向的叙述者可能没有完全意识到——在某些情况下可能完全没有意识到——这就是事实。一个人行为方式的各个方面不必都是有意的。叙事的文体特征可归因于说话者或作者，而无需我们来判断养成这种语言风格的有意程度。正如我们在第 5 章中看到的那样，有足够的证据表明，我们只需单纯地想到某人或某类人，就会发现我们自己在无意中模仿其举止、态度，甚至智力①。这种情况可能发生在作者身上，也可能发生在读者身上。不过，有些特殊类型的以人物为焦点的叙述，只有在我们将其理解为故意为之的时候，才会起作用。蒙·罗·詹姆斯对教堂场景的讽喻性叙述就是如此；我们在下一章中将看到，只有在似乎故意产生反讽效果的时候，才能起到反讽效果。

以人物的视角为取向的叙述思想是否有以人物的视角为取向的程度之分呢？如果我们不能摆脱以人物为焦点的叙述必须是从某个人物的视角出发的叙述这个想法，那我们的答案就是否定的：虽然根据这个想法，叙述者可以在不同的视角之间转换，但是在特定的某个时刻，他或者她要么具有那样一个视角，要么就不具有那样一个视角。把我们从这个念头中解放出来，就不再有或多或少的思想障碍了。在下面这段文字中，斯特莱瑟正回想高斯特丽小姐在晚宴上的着装效果及其与另一位女士的装束之间的关系：

---

① 叙述者的活动可能（而且也确实经常）表达他人的视点，这一观点对于判断叙述者何时"不爱出风头"很重要。评论家（如卢伯克、查特曼和斯滕伯格等）对詹姆斯本人重视观赏而非炫耀印象深刻。他们相信詹姆斯的风格淡化了叙述者本人。但是，正如理查德·阿克塞尔所指出的那样，当我们将注意力从叙述者所言（这当然与特罗洛普那些叙述性声明形成了鲜明对比）转移到其所言的表达性方面时，这一观点是不合理的："正是在其（即叙述）因自己的灵活性而骄傲地咆哮之处，无论是否有'明确的自我提及'，叙述者都是最突出的。"（Aczel，1998：471）

> 纽瑟姆太太的衣服从来就没有"剪裁合身"过,她也从来没有在其脖子上戴上一条宽大的红天鹅绒围巾;而且,如果她这么做了,那会不会就像他现在几乎感觉到的那样,有助于继续或复杂化他的想象呢?①

这句话的第一部分可被看成是对斯特莱瑟思想的一种或多或少较为直接的表达,然而,其第二部分,"就像他现在几乎感觉到的那样",虽然没有彻底放弃斯特莱瑟视角的影响,但与之也不是那么的完全一致。对于态度的模仿性解释就顾及了这一点;一个人的行为可以或多或少地模仿他人的行为,或多或少地表达他人的视角。我可以模仿某个人的整个行走方式,或仅仅模仿其步伐或手臂动作,同时还带上一个表现这番举动的假装性质的面部表情。在上一段引文中,詹姆斯的叙述者正在限制其模仿的彻底性。而在下面这段引自屠格涅夫的文字中,叙述者则很有保留地以人物视角为取向:

> 别尔森耶夫又开始阐述他对教授职业以及他自己未来职业的看法。他踱步到埃琳娜的身旁,笨拙地移动着,笨拙地挽着她的手臂,时而与她挨肩擦膀,一次也没有看向她,但他的谈话,即使不是完全地自由自在,也越来越轻松流畅;他说话质朴而真诚;当他们慢慢悠悠地徘徊在树干间,漫步在沙径上以及草地上时,他的眼里洋溢着丰富而内敛的激情,从他舒缓的声音中能听到一个男人的喜悦,他觉得自己正成功地向一个他特别珍爱的人表达自己。埃琳娜非常专注地听他说话,身子半转向他,目光一直没有从他变得有些苍白的脸上移开,没有从他温柔而深情的双眸移开,尽管那双眼睛躲闪着避免与她的目光相遇。她的灵魂舒展开来;一种温柔、圣洁、美好的东西似乎一半沉入她的心里,一半从她的心里

---

① 《专使》,第 2 卷,第 1 章。约兰·罗斯霍尔姆注意到此处对程度的需要(Rossholm, 2004: 241)。

冒了出来。①

一方面，为了反映别尔森耶夫和埃琳娜他们自己对此情此景之意义的感受，叙述者的描述性用语都经过了精心的选择；另一方面，其用语之丰富却令人感到叙述者不太可能与他人分享的一种自鸣得意，"觉得"和"似乎"又进一步削弱了人物自己的看法。在这种时候谈论"根据"或"取向于"人物视角的叙述就不再是恰如其分的比喻。詹姆斯和屠格涅夫要求我们根据叙述者视角和人物视角之间复杂且多维的关系来思考，它们之间可能存在着（高阶的）张力关系。这些复杂性将不得不另觅他处来得以解决。

无可否认，目前这个解释的另一个优点就是它将问题简单化了，使我们得以区分以人物视角为取向的叙述和仅仅是与该视角相一致的叙述。经常发生的一种情况是，叙述者似乎和一个或另一个主要人物有着非常相似的视角②。塞西尔·戴－刘易斯以尼古拉斯·布莱克这一身份写作③，著有多部以学者型业余侦探奈杰尔·斯特兰奇韦斯为主角的侦探小说。这些小说中的叙述者（一个外部叙述者）在视角上与斯特兰奇韦斯有很多共同之处，而后者恰好是以威·休·奥登④为原型的。但是，没有人想说叙述是以斯特兰奇韦斯的视角为取向的。相反，人们得到的印象是，布莱克（即戴－刘易斯）为其叙述者和男主角都塑造了人格面貌，而他俩的人格面貌并没有太大的不同。我们

---

① 屠格涅夫：《前夜》（*On the Eve*），第4章。正如我们所发现的那样，这两个人物有着截然不同的视点。随着这段话的发展，叙述者从别尔森耶夫的视点转向了埃琳娜的视点。但我认为，除此之外，还明显转向了一个（假定的）视点，这是一个他们两人共同的视点。

② 我说"相似"而不是完全相同，因为如果叙述者是外部的，就不能说他们在知识方面是一致的。我认为，这表明在评判视点的相似性时，总体来说，知识的重要性微乎其微。

③ 塞西尔·戴－刘易斯（Cecil Day-Lewis，1904—1972），英国诗人、小说家。尼古拉斯·布莱克（Nicholas Blake）是刘易斯发表以神秘谋杀为主题的小说时使用的笔名。——译者注

④ 威·休·奥登（W. H. Auden，1907—1973），英裔美国诗人、剧作家、文学评论家。——译者注

没有感到叙述者是在模仿斯特兰奇韦斯的风格,就好像没有特殊的理由时,我们不会认为两个非常相似的人是在彼此模仿对方一样。

7.4　聚焦

我采用了"以人物为焦点的叙述"来命名本章的主题。热奈特引入了一个后来逐渐发展出其自身特色的术语:"聚焦"①。叙事学家现在更倾向于谈论聚焦而不是视点;我们应该问一问,这个新术语及其使用方式是否反映了一种概念上的创新,能够解释在我所解释的以人物为焦点的叙事理念之外的事物。在引入这些术语时,热奈特表示,这只是"视点"之外的另一种选择,它能避免"具体的视觉内涵"②。热奈特区分了内聚焦和外聚焦。在**内聚焦**的叙事中,叙述者只说出某个特定人物所知晓的事物。我曾建议,从模仿和表达的角度来解释以人物为焦点的叙事,这比采用内聚焦叙事这个概念来解释效果更好。据说,在**外聚焦**的叙事中,叙述者说的内容比人物知道的少③。由于已经给出的原因,这是不尽如人意的——叙述者所说的关于人物所知的内容,并没有告诉我们叙述与人物视角之间的关系。热奈特所举的例子(即达希尔·哈米特④的那些小说、海明威的《凶手》和《白象似的群山》)说明,该类别旨在挑选那些将我们的注意力集中在人物视角的叙事,在我们的脑海中提出关于人物动机的问题,而不采用我上文说明的那些模仿和表达技巧,让读者感受到那是一种什么样的视角。这是一种真正有趣的叙事类别(尽管我不打算在此研究它),但

---

① 请参阅 Genette,1981:189。针对其中的一些拓展,热奈特在 Genette,1988:第 12 章中提出了抗议。
② 热奈特认可布鲁克斯和沃伦早前对"叙事焦点"的使用(Genette,1981:186)。
③ 同上,189。令人困惑的是,热奈特将其等同于"主角在我们面前表演而我们却不可以知道其想法或感受"的叙事(同上,190)。叙述者在说他所知道的事情时,可能会说得比人物所知道的少——事实上,没有哪个叙述者能声称说出了一个人物所知道的**一切**。
④ 达希尔·哈米特(Dashiell Hammett,1894—1961),美国侦探小说家。——译者注

将"聚焦"一词既用于这一类型也用于以人物为焦点的叙事,这种用法表明二者之间的关系比实际存在的更为密切。这两种形式采用了截然不同的技巧,产生了大相径庭的结果。一旦我们放弃了"关于人物知识的信息量"这一涵盖二者的概念,我们就可以放弃想要对它们进行统一说明的计划。

"聚焦"已经被其他人接受,这些人的论述使得"聚焦"一词越来越偏离我们目前所关注的问题。根据某些人的说法,每当有人告诉我们别的某个人看见了什么,我们就有了聚焦;那个在观看的人物就是聚焦者①。而叙述者也可以聚焦,正如老皮普聚焦于《远大前程》的"意识形态"(Rimmon-Kenan,1983:82)。根据米克·巴尔的说法,对任何"可感知"事实的陈述都涉及聚焦,指定了一个外部聚焦者来进行感知(Bal,1997:157)。所有的观看皆是聚焦,而且很可能所有形式的感官和认知接触也是聚焦。西摩·查特曼反对过度使用"聚焦",敦促我们放弃使用任何单一术语(即"聚焦"或"视点"),而改用这两个术语:"偏向"和"滤镜",前者对应于叙述者的观点,后者对应于相对突出显示的人物的观点(Chatman,1990:第9章)。而我则恰恰相反,我看不出保留"视点"有何不妥之处,尤其因为它正是叙述者和人物都有的。我们在这里需要一个区分,而我已经给出了这个区分,即从某个——总是而且必然是叙述者的——角度的叙述与以某个人物的视角为导向的叙述之间的区分。

查特曼认为,避免使用像"视点"这样的单一术语是有原因的,因为叙述者并没有看见他们所叙述的事件(同上,142)。既然叙述者可以是内部的,也可以是外部的,那么此处的正确说法就应该是有些叙述者看见了(譬如沃森就看见了他所讲述的大部分事情),而有些则没有。然后,我们需要更多的术语来区分看见了的叙述者和没有看见的叙述者。这些都不是必不可少的。正如我所解释的那样,视点是

---

① Bal,1997:143;Rimmon-Kenan,1983:72。因此,"聚焦"这个热奈特原本希望用来阻止对视觉效果过度强调的术语,被用于表示这样一种观点,即人物的视点在很大程度上或完全是根据人物所看到的来描述的(Bal,1997:142)。

一个多方面的概念，没有任何叙事能够突出显示某个特定人员观察事物的全部甚或大部分角度；我们所得到的不过是其某些方面。在某些情况下，对某些人物或某些叙述者而言，这会是一个视力角度，但在另一些情况下则不然。只要我们知道我们在谈论的是谁的视点，那个人目前正在履行什么样的职能（叙述者？人物？），以及涉及该视点的哪一个方面，我们就不会感到困惑①。

7.5 语境转换

文学虚构中，叙述者的模仿技巧都是通过对语言的使用来获取的。不可能一一列出叙述者使用语言来表达人物视点的全部方式；那些方式都是开放式的，对语境具有高度的依赖性。不过，也有一些文学叙述的模仿技巧很容易产生表达上的效果。我就讨论两个，对第一个的讨论相当简短。

劳里·卡尔图宁曾认为，"告诉"的功能有两种，取决于它接的是一个疑问句形式的宾语（如"她告诉他们钱在哪里"）还是一个陈述句形式的宾语（如"她告诉他们钱在保险箱里"），前者需要她告诉

---

① 查特曼提出了另一个观点：无论叙述者看见与否，叙述行为都不是观看行为（Chatman, 1990: 142）。这是不可否认的，但很难看出这与视野是否是叙述者视点的一个方面这一问题之间有何关系。叙述者的叙述（当然不是一种观看行为）可以告诉我们很多他所看到的或曾经看到过的事情，而在了解这一点的过程中，我们可能会知道一些有关他或者她的视点的有趣之处。叙述者所见可能与人物所见一样，都是一种视点特征。不过，查特曼对这个问题的讨论令人费解，我不确定我是否理解。例如，他在叙述不是"看"这一说法和叙述者不是通过看来获取信息的另一个说法之间摇摆不定（请看这段话："说故事是'通过'叙述者的感知来讲述的，这种说法毫无意义……我认为，认为这位无所不知的叙述者是以亲眼目睹的方式来'获取'这些信息的，这种观点太过天真。"[同上]）就沃森这样的内部叙述者而言，后一种说法并不总是正确的。无论如何，应当区分开关于叙述来源的说法和关于叙述行为的说法。稍后一点，查特曼又说，有时候叙述者**确实**看见了故事中的事件，就像康拉德的《黑暗的心》（*Heart of Darkness*）之叙述者看到（和听到）马洛一样。但是，查特曼说，叙述者在"话语世界中"看到了这些事情（同上，144）。这是一种什么样的观看，它如何影响叙述者观点的视觉方面，目前都尚不清楚。关于查特曼的一些有用评论，请参阅 Levinson, 1996。

的是事实，而后者则不必讲真话（Karttunen，1977）。人们对此表示怀疑，理由是下面这种说法也讲得通：

约翰告诉选民们，一旦当选，他将为他们做些什么，然而，和往常一样，他是在说谎。（Tsohatzidis，1993）

正如理查德·霍尔顿指出的那样，上例是一种相当"文学"的结构，不过我们可能偶尔会自觉地在谈话中使用这种结构。按理说，上例在任何直接意义上都不是卡尔图宁论点的反面论据，因为在其第一部分中，说话者并没有描述事情是怎样的，或者她以为事情是怎样的，这是断言的标准模式。相反，她使用的词语暗示了被约翰的谎言欺骗的人可能会如何描述情况，对那些人来说，约翰似乎在告诉他们他将为他们做些什么；说话者的描述就是以那样一个人的视角为导向的。卡尔图宁的这种规则适用于标准断言模式，在像上例之类的案例中却行不通，这并不是对该规则的批评，正如指出类似文学结构的可接受性并非对"知道"是事实这一说法的批评，如"弗洛伦斯心里知道，纵然苏联有诸多的不足之处（如缺乏灵活性、效率低下，以及壁垒森严——当然，这并不是出于邪恶的意图），它本质上是世界上的一支有益力量"[①]。

有一种在语法上更复杂的形式是自由间接话语[②]，它将我们引向动作发出者的视点。假设比阿特丽丝，一个故事中的人物，这样说道或想道：

[①] 参阅 Holton, 1997。有人认为，此处的"知道"是不真实的，如"我不知道我会允许这么做"（Tsohatzidis, 1997）。即使考虑到一个不真实的"知道"，这个例子的绝对力量（如果没有这种力量，它将是站不住脚的）也要求此处的"知道"是为了反映一个视角，即弗洛伦斯的视角，根据这个视角，她确实知道这一点。这句话出自伊恩·麦克尤恩的《切西尔海滩上》(On Chesil Beach)，是作者和娜塔莎·沃尔特斯之间短暂争论的主题，后者将这句话概括为和平活动家的"无望的天真"（《卫报》[Guardian]，3月至4月，2007）。

[②] 这种形式的其他术语包括"描述性思想和言论"（Banfield, 1982）以及"叙述性独白"（Cohn, 1966）。

（1）明天是星期一，而我仍旧会待在这个糟糕透顶的地方。

叙述者可能会选择用自由间接话语来报道：

（2）明天是星期一，而她仍旧会待在这个糟糕透顶的地方。

为了理解这一案例中究竟发生了什么，我们需要注意一些词语的语义取决于语境。"我""这儿""现在"等指索词就显然如此。通常，这些词语的词义要根据话语语境来评估：比如，在（1）中，"我"指的是比阿特丽丝，因为比阿特丽丝在话语语境中称自己为"我"。但有些时候，则需要与另一个语境关联起来评价，比如我给你打电话时，听到你的电话答录机说："我这会儿不在。"我理解"这会儿"是指我打电话的时间，而不是你录下该句话的时间。① 历史学家有时会改变评估语境，鼓励我们想象自己处于行动的时间和地点，就像内米尔这段话里的那样：

令人沮丧、耻辱的失败已经改变了公众舆论，下议院决心减少损失，放弃斗争；一切都结束了；诺斯勋爵的政府已经倒台；国王正考虑退位。②

从这一想象的角度来看，失败已然成为过去，即便要退位，也是发生在未来，而下议院的决心和国王的考虑则被视为现在。

自由间接话语利用这种契机来进行语境转换，但只转换**某些**词语而不是其他词语的评估语境。在（2）中，时态和代词的评估语境被转换为叙述者的话语语境，而其他指索词则必须根据比阿特丽丝的话语或思想语境来予以评判。如此一来，对"明天"的使用是以比阿

---

① 关于此类案例更广泛含义的讨论，请参阅 Predelli, 1998。
② Namier, 1962。纳米尔大概以为这是一种陌生的技巧，他开始说"让我们将自己放在 1782 年 3 月"。

特丽丝的视角为导向的，指的是句中所报告的其思考行为后的第二天。但是对于叙述者来说，这个明天已经过去了，因为现在时被认为是叙述者后来讲话的时间；而且，"她"并不以比阿特丽丝的视角为导向，比阿特丽丝不会称自己为"她"。①

我认为，自由间接话语是一种切实有效的模仿手段，易于产生表现人物视点的效果。这与评论家们的普遍观点相左，他们通常认为对自由间接话语的使用在某种程度上"取代"了叙述者的位置②。幸运的是，丹尼尔·冈恩已经表明，这种解释并没有弄清自由间接话语之实际文学用途的细节，尤其是它在简·奥斯汀手中的模仿用途。冈恩指出，在《爱玛》中，"自由间接话语被视为……一种叙事**模拟**，类似于我们在非正式演说和说明文中对他人话语的灵活模仿"（Gunn，2004：35）③。

难道叙述者就没有一种更加明显、更加系统（因而也就更加有效）的模仿形式，比如直接的（逐字逐句的）言语记录吗？如果有一

---

① 请参阅 Doron，1991。自由间接话语的一个变体出现在引自蒙·罗·詹姆斯的一段话中。在该段话中，叙述者描述了人物绝望的反应。此处的代词，而非时态，需要与叙述者的语境相关联来进行评判。到目前为止，叙述者已把故事中的事件描述为与其叙述行为相关的过去。但现在他说："他知道，医生会说他疯了，警察会嘲笑他。"《马格努斯伯爵》["Count Magnus"］叙述无需显示上述所有特征也可以算作自由间接话语。在简·奥斯汀的《诺桑觉寺》（*Northanger Abbey*）中，凯瑟琳·莫兰的话是这么说的："她确信，蒂尔尼小姐永远不会将她放在他（亨利·蒂尔尼）所描述的那样一个房间里！她一点也不害怕。"（第 5 章第 2 节）在此，我们将时态和代词与自由间接话语联系起来，用"她确信"替代"我确信"。但没有其他指索词来显示自由间接话语的所有对策。我认为，我们之所以觉得这是自由间接话语，是因为它自然会产生"尽管如此，她希望明天能看到这样一个房间"这样一种想象中的叙述延伸。

② 这种观点分为两大类：一类认为人物的声音与叙述者的声音相竞争，在某些情况下取代了叙述者的声音；另一类认为，自由间接话语结构产生一种客观的、无叙述者的话语。关于对这些观点的批判性讨论，请参阅 Gunn，2004。

③ 正如冈恩所指出的那样，在简·奥斯汀的《爱玛》（*Emma*）中，用自由间接话语进行的叙事模拟情节与爱玛自己用它来对其他人物进行的模仿相吻合，比如她对贝茨小姐的模仿："他怎么能忍受贝茨小姐属于他呢？——让她在修道院里流连忘返，整天感谢他娶简的这番好意？——'那么善良和乐于助人？——但他一直是一个非常友好善良的邻居！'然后，话说到一半，又转到她母亲的旧衬裙上。'也不是说这是一条很旧的衬裙——因为它仍然可以穿很久——而且，的确，她必须谢天谢地地说，她们的衬裙都很结实。'"（Gunn，2004：44）

种**更为**效力强大的手段来做到这一点，并且其处理成本又比自由间接话语所需要的低，那就很难说自由间接话语受到重视是由于它是一种效力强大的模仿或表达策略；这是因为对自由间接话语中文字表征的判断，需要将语义值与两个不同的语境相关联，而不像在直接言语记录中那样只需要关联一个语境。可是直接言语记录并不是一个比自由间接话语效果更强大的模仿手段。虽然自由间接话语不像直接言语记录那样是人物话语或思想的**复制品**，但是它更像一种模仿，至少在直接言语记录发生于书面语而非口头语语境中时，情况就是如此[1]。这是因为，为了将某个东西理解为模仿，我们必须对模仿者的存在有着非常强烈的感觉，而页面上对某个人物话语的简单重复，给我们的则是尽可能微弱的叙事存在感。另一方面，就自由间接话语来说，我们感到这是叙述者在说话，不过其说话方式高度受限于其所刻画之人物在讲话时的措词、语调以及说话方式等：作为一种叙述模式，自由间接话语有点言过其实，这很难不让人认为说话者是在模仿他人[2]。当巴尔吉斯说"巴尔吉斯乐意"时，我可能这样叙述："巴尔吉斯说他愿意"或"巴尔吉斯说'巴尔吉斯乐意'"，这两种说法都不会让人觉得是在刻意模仿他那奇怪的用词，不过，后者肯定会引起人们的注意[3]。如果我说"巴尔吉斯曾经乐意"，那我就在叙述中添加了一种独特的模仿元素。

然而，很难获得语法形式与模仿效果程度之间的精确相关性。有时，当话语被放在了正确的语境之中，对我们说出某个人物确实说过的话**的确**会达到模仿效果。蒙·罗·詹姆斯在其某个故事的结尾之处，让叙述者说出了我们可以合理认为是该人物确实说过的话，而不是直接言语记录这种传统方法所表达的话：

---

[1] 请参阅 Genette, 1980：169。

[2] 冈恩写道："（'自由间接话语'中）对第三人称的提及，表明了叙述者的持续存在——这一点至关重要，因为模仿的声音不可避免地调整和修改它所模仿的语言。"（Gunn, 2004：36）热奈特认为，"叙事中没有模仿的地方"（Genette, 1988：43）。他的论点是，叙事要么是对事件的描述，要么是对言论的"转录"；这完全没有将自由间接话语纳入考虑，不过，正如我在接下来的文本中继续论证的那样，即使转录有时也可以算作模仿。

[3] 查尔斯·狄更斯：《大卫·科波菲尔》（*David Copperfield*），第5章。

去年在贝尔尚圣保罗，人们仍旧还记得，退回去好多年的八月份的一个夜晚，咋样来了一位陌生的先生，就在第二天早上他咋样被人发现死亡，然后进行了审讯；观看尸体的陪审团晕倒了，他们中的七人晕倒了，而且他们中没有人愿意就其所见到的情况讲话，裁决是上帝的眷顾；人们咋样在同一周内被赶出那幢房子并离开那个地方。但他们不知道的是，我认为，任何一丝光亮都曾经或可能会使疑案变得清晰一些。①

"退回去好多年"和"观看尸体的陪审团"听起来不太像出自我们一直以来所接触的那位受过良好教育的叙述者，听到一个一个的"咋样"时，我们意识到叙述者已经在充当起一个工匠兼证人的角色，在那里回忆发生在其社区里的事件。随着下一句话（"但他们不知道……"），我们又听到了那位受过良好教育的叙述者的声音。通过在一个简短的篇幅里插入证人的声音来凸显其正在进行的表演，叙述者强调了该人物的视角，而仅仅像直接言语记录中那样去展示人物的话语，则无法达到此等效果。在此，模仿的目的特别错综复杂。它在一定程度上起到了反讽证人观点的作用：未受过良好教育的言谈，加上对恐怖事件的描述中有点惯常的故弄玄虚，这都令人对其描述的真实性产生了些许怀疑。与此同时，对事件的叙述给人一种活灵活现、身临其境的感觉，而这一点是叙述者无法合情合理地从第一人称角度去描述的。这两种效果相互矛盾，对这些问题进行非常理性的思考可能会导致它们相互降低对方的效果。不过，詹姆斯可以指望我们不会那么深思熟虑地做出反应。

这个例子表明，直接引语和直接言语记录等语法类别在帮助我们

---

① 《马格努斯伯爵》，载《蒙·罗·詹姆斯鬼故事集》，伦敦：爱德华·阿诺德出版社，1931：119。历史学家偶尔也会取得模仿的效果，在这个例子中是通过表面上的间接报道来达到模仿效果："维恩太太，她的丈夫是一名训练有素的乐队长……她坐在邻居的商店里一边哭一边忧心忡忡地搓着双手。她确信下议院被包围了，她的丈夫有被杀的危险。"（Wedgewood, 1958：32）

描述叙事声音之主要特色方面的用处有限。热奈特曾经说过："在自由间接谈话中，叙述者采用了该人物的说话方式……在直接言语中，叙述者被抹去了，取而代之的是人物。"（Geneete，1981：174）事实上，说话方式和叙事之间没有如此简单的关系。叙事的主要区别就是以人物为焦点的叙述和不以人物为焦点的叙述之间的区别；语法范畴并不能精准地探究这种区别。虽然讽刺性叙述有时候能达到以人物为焦点的目的，但它并不总是与以人物为焦点的叙述保持一致。在第3节引自《卡农·阿伯里克的剪贴簿》的一段话中，我们看到一个带有反讽意味的、以人物为焦点的叙述；然而，对某个人物之观点的讽刺性描绘如果用力过猛，往往就破坏了原以为与人物视角保持一致的那些印象。在下面这段话中，乔治·艾略特踩在反讽踏板上的脚就用力太猛，以至于她自己的视点完全遮挡住了格莱格夫人的视点：

> 格莱格夫人位于圣奥格的住宅美轮美奂，有一个前厅和一个后厅，这样她就有两个观测点来观测同胞们的弱点，并因为自己非凡的精神力量而倍感欣慰。从屋子前面的窗户，她可以俯瞰通往圣奥格之外的托夫顿路，看见那些尚未从业界退休的男人的妻子越来越喜欢"四处闲逛"，还养成了穿棉质针织长筒袜的习惯，这给下一代人打开了一个令人沮丧的前景。①

毫无疑问，在叙事中，语境就是一切。那些在某个语境中或某种强调程度上对以人物为焦点的叙事事业有推进作用的技巧，在语境和重点被改变的情况下却并非总是如此。

---

① 乔治·艾略特：《弗洛斯河上的磨坊》（*The Mill on the Floss*），第1卷，第12章。莫妮卡·弗鲁德尼克对这段话持完全不同的看法，她说叙述者"完全支持格莱格夫人的思维模式和观点"（Fludernick，1991）。

7.6 移情

像自由间接话语之类的表达方法，通常用于将叙述导向某个人物的视点，它们也可能有助于激发读者与人物之间的共鸣。这种移情关系不见得就是对该人物的同情，不过它确实让我们对该人物之处境感同身受。正如多里斯·科恩指出的那样，在引自萨特的一段词严义正、凛若冰霜的自由间接话语中，"无论画面多么具有毁灭性，这种叙事情境中隐含的移情尝试都并没有被彻底消除，而且故事给人留下了一种从'由内而外'地理解了该类型的感觉"（Cohn, 1966: 112）。简·奥斯汀通过对视点的表达，在这种略带温和的移情活动中，让我们感受到了爱玛对自己在哈丽雅特和埃尔顿先生的灾难性婚姻中负有责任的反思：

> 哈丽雅特怎么会放肆到想高攀奈特利先生呢！——她怎么敢在事情尚无眉目之前就异想天开地以为自己被这样的一个男人看中了呢！——但哈丽雅特没有以往那样的谦卑，也没有以往那么多的顾忌。——她似乎丝毫感觉不到自己出身低下、头脑浅薄。——过去，她好像明白埃尔顿先生跟她结婚是一种屈尊纡贵，而现在她似乎就不太明白奈特利娶她也是一种屈尊纡贵——唉！这难道不是她自己的所作所为造成的吗？除了她自己，还有谁煞费苦心地给哈丽雅特灌输这种自视甚高的念头呢？——除了她自己，还有谁教导哈丽雅特要抓住机会往上爬，肯定其攀龙附凤的愿望是了不起的呢？——如果说哈丽雅特从卑躬屈膝变得自命不凡，那也是她一手造成的。（《爱玛》，第3卷，第11章）

这里首先要注意的是——此处再次涉及风格这个话题——我们不必将这段话看成是对爱玛思想过程的文字记录，即便有文字记录这样的事情，它也只是对爱玛那些想法的"理性重构"，如此的表述让注意力在某种程度上（略微牵强地）从哈丽雅特的责任转移到爱玛自身的责任上来，这使我们能与爱玛一道感受她的内心是多么的负疚。被模仿的恰恰是爱玛的思维方式，而这就足以使叙述表达她的观点。

然而，以人物为导向的叙述，其移情效应却并非总是如此。在以人物为导向的叙述中使用自由间接话语也可能让我们不是与所模仿的那个人物而是与可能成为其关注对象的另一个人物产生共鸣。这就产生了一个重要的结果：以人物为导向的叙述并非总是凸显该人物的观点，它也有凸显另一个（即那个我们与之共情的）人物之视角的效应。在下文中，埃尔顿先生正在马车上向爱玛求婚：

> 表达了谅必已人人皆知的感情，希望——害怕——爱慕——做好了赴死的准备，假如拒绝他的话；不过他自认为他对她难舍难分的依恋、无与伦比的爱慕、前所未有的激情，一定会产生一些效果，简而言之，他决意要尽快得到严肃认真的接受。①

在上述这一段文字中，奥斯汀利用了自由间接话语所给予的自由，没有机械地逐字逐句记录埃尔顿先生之所言。我们当然会认为这段叙述中所采用的措辞（在自由间接话语的转换下）与埃尔顿先生所采用的措辞相一致。可是我们不会以为埃尔顿先生正分毫不差地说着由这段话转换过去的直接引语。叙述者提供给我们的是原话浓缩之后的一个版本，在原话中，"希望""恐惧""爱慕"出现的地方与其在叙述者版本中出现的地方有所不同，相距甚远。这有助于弥补爱玛和读者在处境上的差异，否则会令人很难与她产生共鸣。毕竟，爱玛被困在一辆封闭的马车里，与一位头脑不甚清醒的求婚者待在一起，对她来说，埃尔顿先生说出的是一连串令人震惊的话。自由间接话语对言语的浓缩在某种程度上为我们提供了一个取代她处境的想象中的替代

---

① 上述引文出自《爱玛》，第1卷，第15章。——译者注

品，同时也保留了埃尔顿先生倾诉爱情的花言巧语与相当务实的结束语之间的鲜明对照，表明他正在做着某种预测。这种老谋深算的感觉很可能是我们以某种方式听到这些话语的结果。我们可以认为，这种方式与爱玛自己接受这些话语的方式大致相同，我们由此得出的结论也与爱玛得出的结论几乎一样。我们感受到的是爱玛的感受，而不是埃尔顿的感受。

7.7　结论

热奈特坚持认为，叙述者可以根据某个人物的视点来引导叙述，这个看法是没错的。但是这一特点以及显示出该特点的那些叙事并不说明我们可以将某个人物叙述的故事与以该人物的视点为导向来叙述的故事相提并论。叙述者总是从其本人的角度进行叙述，倘若他们根据另一人的视点来叙述，那就是关于叙述的另一个且与此不相干的事实。我认为，根据另一人之视点来叙述的叙述者是通过表达该视点的行为方式来进行叙述的，而叙述者表达该视点的方法就是模仿该人物之言谈及思想方式。我已尽可能地展示这种富有表现力的叙述的一些处理方法，看它们如何帮助我们理解以人物为焦点的叙述；并且，我还对这些方法产生的反讽和移情效果给予了阐释。

8 反讽：一个假装的视点

我们已经看到，叙述者以某个人物的视点为导向来叙述，可能会带有一点反讽的意味。对于我们恰如其分地理解叙述来说，反讽至关重要。本章和下一章将重点讨论反讽。本章介绍我称之为**表征性反讽**的一般特征，回应对这一提法的某些反对意见，并说明表征性反讽在叙事和对话中的作用。下一章乃反讽叙述的案例研究，正如我们即将看到的那样，反讽叙述与在叙事中使用反讽不一样。为了增加更多的复杂性，我从另一种反讽开始。

8.1 反讽情景

人们称各种各样的事物为反讽，我们需要对它们有所区别。下面就是一些**情景反讽**的例子：

警方路障 警车撞上了写有"警察：请勿靠近"的路障。

防锈剂 没法使用防锈剂，因为其容器已经锈得拧不开了。

在劫难逃的探险者 要是探险队员再往前多走半英里路，就会到达安全地带：他们在他们以为离基地很远的地方扎营。

上述情景涉及允许或预期或希望或相信的情况与实际情况之间形成的一种反差。并非所有此类与现实相悖的情况都可以被称为反讽；倘若防锈剂不过是彻底失效了，那就不成其为一个反讽的情景。就**防锈剂和警方路障**来说，其讽刺意味似乎与同这种情况紧密相关的因果结构有关：恰恰是该预防措施旨在阻止的事情阻止了预防措施的实施；警方最终没有达到自己想要让车辆远离障碍物的目的。就**在劫难逃的探险者**而言，其讽刺意味似乎既与差之毫厘的误差有关，也与失之千里的结果有关；如果其错误只是导致他们迟一天返回，又或者，如果灾难的发生是由于他们误以为目标处于截然相反的方向，那就不那么具有讽刺意味了。案例之间的这些差异并没有直接表明一种方法，将它们聚集在一个单一的规范之下，说明何谓具有反讽意味的情景。我不会在此给出一个这样的规范。我只是诉诸直觉。

我适才所谈的都是对反讽的表征，对具有反讽意味的情景的描绘。然而，对反讽的表征并非总是讽刺性的表征。依我看，我所举之例没有一个具有讽刺之意，也没有一个看起来是讽刺性的。叙事视点的反讽首先是一个具有反讽意味的表征。这通常被称为言语反讽，不过，这是一个很不恰当的称呼。语言是一种表征形式，但不是唯一的一种，其他形式也可以具有反讽意味。某些图片就有反讽之意，比如辛迪·舍曼①的《无题电影剧照 6 号》，其主题是舍曼本人，她摆出一种滑稽可笑的姿势。就照片而言，我们尤其需要注意具有反讽意味的表征（即图片是讽刺性的）和对反讽的表征（即这是一张反讽情景的照片）之间的区别②。锈迹斑斑的防锈剂罐是一幅反讽情景的画面，但不见得就是一幅具有讽刺意味的画面。另一方面，《无题电影

---

① 辛迪·舍曼（Cindy Sherman，1954—），美国知名摄影师、行为艺术家、电影导演，以其本人亲自担当其所有摄影作品的主角而闻名。1977 至 1980 年间，她用戏剧表演手法，将自己塑造成多种多样的角色，拍摄了《无题电影剧照》（*Complete Untitled Film Stills*）这一系列摄影作品。——译者注

② 比利亚娜·斯科特对舍曼一些照片中的反讽进行了分析，她采用了施佩贝尔－威尔逊反讽回声理论（Scott，2004）。关于回声理论的批评，请参阅 Currie，2006。

剧照 6 号》是一个具有反讽意味的表征，却不是对于反讽情景的表征[①]。要了解这些判断的基础，我们就需要一个关于表征性反讽的理论。

8.2　表征性反讽

首先，我们要注意只有某些类型的表征形式可以具有讽刺意味。或许，去年夏天雨水连绵不断就具有讽刺意味——之前的整个冬天我们都在节约用水，为干旱做准备，却因此而忽略了对洪水的防御。在此情况下，树干的横截面就表现出某种反讽的意味，因为它显示出这一年夏天额外的生长，由此也显示出额外的降雨量。但是树干并不能成为反讽的表征形式。只有人为的表征形式才能成为反讽的表征形式，因为对反讽的表征是一种言语行为，其创作者在表征的过程中做了一些令表征形式具有讽刺意味的事情。那么，其创作者需要做些什么呢？我的答案是：作为反讽的利用者，我们需要做的就是装模作样。我们假装祝贺，假装赞同，假装钦佩，有时候也假装批评和痛惜[②]。对那些可能选择在一部长篇作品中自始至终都保持反讽语气的作者和叙述者来说是如此，对那些会话中的非正式参与者也是如此。

[①]　至少在我看来不是；如果舍曼，比方说，是被人诱导而摆出了那个姿势，那这就会是或者可能是对反讽情景的一个表征。此外，值得一提的是，对于舍曼照片中表征性反讽的程度和类型，人们的看法不尽相同。我以此为例来说明一幅画面，对它进行讽刺性的解释（即将其视为表征性反讽而非对反讽情景的表征）最初是说得通的，至少在第一轮的辩论中是成立的。我并不认为我赢得了对这张照片的最佳诠释奖。另请参阅下文第 159—160 页。

[②]　关于反讽之假装理论的各种版本，请参阅下列文献：Clark and Gerring, 1984；Walton, 1990；Kumon-Nakamura, Glucksberg, and Brown, 1995（对他们来说，假装是"务实的虚伪"；这将使施佩贝尔和威尔逊的回声理论成为假装理论）；Clark, 1996；Recanati, 2000，特别是第 48 页。在一次非常简短的讨论中，格赖斯回到之前的一个观点，说"讽刺就是假装"（Grice, 1989：54）。长久以来，肯德尔·沃尔顿一直认为假装在语言及其他行为的诸多方面都起着重要的作用。史蒂夫·巴克可能是语言现象假装理论最为极端的倡导者；他认为：句子意义不是命题，而是言语行为类型，复合性要求我们借助假装来解释我们如何从简单的言语行为类型中得到复杂的言语行为（Barker, 2004）。

如果反讽就是假装，那么并非所有的假装都含有讽刺之意；我需要谈一谈反讽涉及的那种假装。在此过程中，我会区分假装理论和某些限制性假定：反讽本质上是交际性的，本质上是语言性的，本质上也是批判性的。

表征性反讽是一种假装，这一观点并没有得到普遍的认可；它经常被解释为说一件事却意味着截然相反的另一件事这种情况。西塞罗说反讽是"你之所言与你之所悟完全不同"，昆体良称反讽为"所说的与所理解的判然不同的某种东西"——这也是约翰逊[1]以及韦伯斯特[2]的词典中均保留的一种观点。[3] 当代的说法与之相似：反讽乃"通过断言其对立面来表达事情的真相"[4]。在反思苏格拉底的反讽时，格雷戈里·弗拉斯托斯表示这一见解"经受住了时间的考验"（Vlastos，1991：21）。

就一个已存在如此之久的理论而言，这一说法并没有解释清楚什么[5]。问题也可以具有讽刺意味，比如"你获得诺贝尔奖了吗？"这句话提出了在某些方面与所言之意截然相反的什么问题呢？其实没有人在真正地提出问题；说话者不过是在假装问对方是否获得了诺贝尔奖。或许有人会说，问题或其中的一些问题存在着预设，而被否定的恰好是问题中的预设[6]。也许这个问题预设的是，我之获奖是在值得讨论的可能性范围内，而这恰恰是被否定的对象。否定人人都知道的错误有什么好处呢[7]? 对一个确实学识渊博却过度热衷于传道授业的人说"你肯定知道很多"，倘若这是在断言他其实所知甚少，那么对

---

[1] 塞缪尔·约翰逊（Samuel Johnson，1709—1784），英国诗人、散文家、传记家，编纂出版了《英语大辞典》（*A Dictionary of the English Language*，1755）。——译者注

[2] 诺亚·韦伯斯特（Noah Webster，1758—1843），美国政论家、编辑和辞典编纂者，编纂出版了《韦氏词典》（*Webster Dictionary*，1828）。——译者注

[3] 昆体良的《雄辩术原理》（*Instituio Oratorica*），转引自 Vlastos，1991：21。西塞罗的《论雄辩家》（*De Oratore*），转引自 Vlastos，1991：28，注 24。正如约翰·法拉利指出的那样，弗拉斯托斯简单地提出了讽刺就是假装这个想法（请参阅 Ferrari，2008：3）。

[4] Ong，1978：13。另请参阅 Livingston，2005：149。

[5] Sperber and Wilson，1981。

[6] 在此我要感谢本斯·纳瑙伊。

[7] 请参阅 Sperber and Wilson，1995：240。

其行为来说，这句话就是一句徒劳无益的评论。弗拉斯托斯以一个苏格拉底式反讽为例：

（1）可敬的人哪，请您更为温和地教导我，这样我就不会逃离您的学校。（《高尔吉亚篇》，489d）

倘若我们得知苏格拉底其实是在劝说卡里克勒斯**不要**更为温和地教导他，那么这句话就毫无意义①。

我不认为那位问我是否获得了诺贝尔奖的反讽者是在否定我有可能获奖这一预设。但预设确实在产生讽刺效果方面发挥了作用。在假装认真地提出这个问题的过程中，你假装表现出对该预设的信念，而这恰恰说明你的观点存在着缺陷——而且是很大的缺陷。针对遵循传统者，我之前曾问道，否认我获得诺贝尔奖是一种千真万确的可能性，那么如果每个头脑清醒的人都否认我有此可能的话，这种否认又有什么意义呢？反过来，有人也许会问我，既然人人都知道该预设是错的，那干吗还要假装相信这个预设呢？答案便是，假装实现了一本正经的断言或否定所不能实现，或不容易实现，或不具有相同效果的事情。假装某个对荒谬之事深信不疑的人，会（以一种微妙的方式）生动地显现出该观点的问题所在②。这一点超越了严格意义上的讽刺。直接告诉你残忍极不道德，可能不会让你明白些什么；生动地上演对残忍的模仿，或许会更有效果。

传统的观点认为，反讽即说一件事而意味着截然相反的另一件事。鉴于这一观点是极其错误的观点，它能盛行两千多年就令人十分费解。吉诺维瓦·马蒂提出了一种解释：传统观点的拥护者将反讽置于（正如我们现在所说的）语义与说话者本意的对比之中。这种做法是不对的。反讽本质上不是说一件事却意味着另一件事。但确实有一

---

① 关于弗拉斯托斯对苏格拉底式讽刺的论述，请参阅 Nehamas, 1998。另请参阅 Ferrari, 2008 中从假装理论的角度对苏格拉底式讽刺进行的精彩绝伦的重新评价。

② 请参阅 Walton, 1990：222。

种对比，而且很难不与之混淆，那就是一个人想从其讽刺性话语中获得的**效果**与一个人严肃认真地说话时可能产生的效果之间的对比。就（1）而言，以一种严肃认真而不是装腔作势的方式来说话的人会被认为是想通过奉承对方来避免来自对方的羞辱。事实上，我们认为苏格拉底的意图恰恰相反：以假装的方式，通过对卡里克勒斯那言过其实的智力和修辞能力发表看法来羞辱卡里克勒斯。或许，此种混淆揭示了为什么传统理论的陈述往往会（突如其来地）陷入听起来很像是假装理论的种种说法之中。西塞罗说，苏格拉底总是"假装愚昧无知，对其同伴的智慧崇拜得五体投地"；昆体良说，苏格拉底"扮演一个对他人的智慧感到惊奇万分的无知之人"。而弗拉斯托斯则将苏格拉底描述为"把自己塑造成卡里克勒斯的学生"这么一个人①。

正如我所指出的那样，表征性反讽无需语言，假装理论为其提供了绰绰有余的方便。在舍曼的《无题电影剧照 6 号》中，我们看到了一幅似乎吸引了某种注意力的画面：有那么一点性感撩人，也许还外加一些哀婉动人和矫揉造作的成分；所以，制作这张照片的目的或许就是让人们如此来看待它。不过，种种迹象表明，这一假设是错误的。首先，这是舍曼本人的照片，也是她本人亲自拍摄的照片。考虑到舍曼本人高调的艺术形象，至少可以说，这张照片不太可能是其表面看起来最直接显示的那一种；相反，它极有可能是对激发或体验这种掺杂着情色、悲情和戏剧效果之趣味的某种负面评价，而照片本身所记载的不过是（部分）为了引起这种关注而制作一张照片（没错，就是那张照片）的假装行为。如果不了解外在的情形，就不可能从照片本身直接推断出这一切，但所有合乎常规的艺术诠释都是如此②。按照我们所知的情况以及我们对这张照片合乎情理的解析，我们有理

---

① 请参阅西塞罗：《论雄辩家》，第 1 部，第 ×××页；昆体良：《雄辩术原理》，ix，2.44—53；Vlastos, 1991: 26。在其他古老的构想中也有假装理论的迹象，比如《亚历山大修辞学》（*Rhetoric to Alexander*）中这句曾被认为是亚里士多德的话："埃罗尼亚要么是（a），即口是心非；要么是（b），即指东说西。"（转引自 Vlastos, 1991: 26）(a) 看起来更合适，无论如何，比（b）好。但这并不完全正确；反讽者往往假装说了什么，但其实并**没有**说什么。

② 关于理解的语境依赖性，请参阅 Walton, 1970 和 Currie, 1993。

由参与到制作该照片的装腔作势中来，想象该照片的构图和拍摄意图就是为了将其作为某种色情照片来欣赏。通过对假装的参与，我们可以生动地了解一些激励这种活动的视角的局限性。

图 8.1　《无题电影剧照 6 号》

反讽是不是至少需要某种外在的表征手段，比如文字、图片或其他表征性活动的痕迹？不需要；该活动本身就可以提供其所需要的一切。当我面对一个清雅宜人的宋代花瓶时，我可能会假装厌恶地往后趔趄，讽刺性地表达我对你苛刻的审美标准的拒绝。

有时候，有人说反讽需要观众，或至少说话者相信有观众①；有时候，有人说与观众进行讽刺性交流必须完全不带欺骗性②。这两种说法都不成立。托利党人因为笛福《对付异端的捷径》③一书中的讽

---

① 请参阅 Clark and Gerrig，1984。
② Vlastos，1991：27。
③ 《对付异端的捷径》（*The Shortest Way with Dissenters*）是英国作家丹尼尔·笛福（Daniel Defoe，1660—1731）于 1702 年出版的一部政治论著，该书用反语讽刺英国政府的宗教歧视政策。——译者注

刺意味及其关于消灭卫理公会教徒的论点而感到非常恼火。因为"一读之下，会让人觉得一个极端的托利党人似乎并非不可能提出这样的观点"（Booth，1983：319）。关于交流的观点，可以换一种说法，只为确保观众有一个理解它的机会。然而，这是徒劳无益的。我们可以有观众并不想理解的讽刺，譬如，一个战败的囚徒可能不得不独自品尝其忏悔之中蕴含的讽刺意味。事实上，在没有任何观众或没有任何说话者的信念可依的情况下，也可以产生反讽。譬如，当我外出不带雨伞却遭遇滂沱大雨之时，我脱口而出的那句"棒极了"就只是针对我个人失误的讽刺性评论。

表征性反讽是一种表达形式①。在讽刺性的言语、描绘或一举一动中，一个人通过假装行为表达了对某件事的态度。表达可以有交际作用，就好比一个厌恶的面部表情旨在向他人传达自己的厌恶之情。但反讽的本质是表达，而不是交际。也就是说，那些对反讽在叙事中的作用感兴趣的人，如果把反讽视为一种交际手段，也不会有太大的失误。作者或叙述者（或就此而言，对另一人物说话的某个人物）通常都出于交际目的而采取讽刺行为，旨在表达他们对某个人或某件事的态度，而且往往都是否定的态度。由于它有一个基本的表达目的，所以反讽通常不会传达任何真实的信息。对话式反讽引人注目的地方就在于它只是重复了我们在表达过程中已经知晓的事物："我期待另一个下雨天"并没有告诉你任何你尚且不知的英国夏季天气。不过，反讽可以严肃且持续地向我们通报事物的消息——但是，我所理解的"通报"是广义上的，包括对事实的叙述和对虚构故事的讲述。这里（一个非虚构案例），约翰·朱丽叶斯·诺威奇描述了朱利安皇帝之死：

据说，他是被圣默库里乌斯杀害的，那是他处决的一名基督

---

① 讽刺的话语嵌入其中："如果艾伯特要给我们做一次他那令人愉悦的布道，我就离开。"这引发了关于表现主义的争论中常见的问题。我不能在此探讨这些问题；开始此类探讨的好地方是 Blackburn，1984：第6章第2节。

教民兵军官，圣母玛利亚为此目的让其暂时复活了——这一事实随后被与其同时代的圣巴兹尔所证实，巴兹尔在梦中得到命令前往殉道者墓地，他在那里发现了血迹斑斑的长矛。
(Nowich，1988：98n)

诺威奇只是假装说圣巴兹尔证明了朱利安是被圣默库里乌斯杀死的，由此表达了对早期基督徒信仰的看法。不过他也设法给我们提供了一些有关其中某个信仰的准确信息。

刚才引用的这段话代表了对反讽的一个瞬间转向，总体而言，这并不是一个讽刺性叙事。我们将看到，叙事中的反讽可以发挥作用，使我们能够将叙事本身称为语气上的讽刺。在这种情况下，我们不仅有一种观点上的讽刺，而且有一种讽刺的观点。接下来的两节将探讨反讽和观点之间的关系。

8.3 观点

反讽者的假装通常都需要说上一些大谬不然或至少明显错误的话。然而，仅仅对显而易见的谬误予以肯定还不足以构成反讽。正如丹·施佩贝尔指出的那样，仅仅假装肯定 2 加 2 等于 5、月亮是由奶酪制成的，或其他一系列"明显愚昧或不明智"的事情，这并不等于说了什么具有讽刺意味的话（Sperber，1984：131）。除此而外，我们还需要想到，假装会将人们的注意力引向我们可能称之为**目标**的事物。假设 A 因其没完没了且荒诞无稽的瞎话而妇孺皆知；每每看到 A 朝我们走来，我就说"2 加 2 等于 5、月亮是由绿色的奶酪制成的……"以这种方式搞上一段时间。这就是反讽，因为它所针对的目标就是 A 的极端不可靠。我假装提供自信不疑但并不可靠的意见，以此来表达我对某个人的怀疑，而这个人——我们知道或相信——确实提供了其自信不疑但并不可靠的意见。

在说这些话时，我不**仅仅**是在假装肯定它们。这些话，倘若真的得到了肯定，那么旁观者自然就会以为它们表达了某种观点，从这种观点来看，说这些话是自然且恰当的。说到底，反讽者的假装就是假装有某种立场、视角或观点——尽管在这种情况下确实相当地不可靠。反讽者假装对世界或某部分世界的认知有限或认知有误。苏格拉底假装恳求卡利克勒斯不要在才智方面对他如此粗暴；苏格拉底这样做，是在假装把卡利克勒斯看作一个具有可怕智力和修辞能力的人：如果有观点，那也是一种有缺陷的观点。当爱玛·伍德豪斯说"尤其是这两人之一竟然是一个如此异想天开、令人生厌的家伙！"[①] 时，她假装赞同奈特利先生（心照不宣）的观点，即爱玛是一个令人讨厌的家伙。爱玛这么做，是在假装采纳某个视她为令人生厌的家伙的观点——由此使自己与这种观点脱开干系。

在众多反讽的案例中，反讽者假装其目标和观点一致。为了引起人们注意某一观点的缺陷，叙述者往往会假装自己持有这种观点，同时生动地表明倘若真的有此观点，那会是多么的荒谬绝伦——比如苏格拉底对卡利克勒斯的讽刺性恳求。不过还有一些更为错综复杂的案例。在这些案例中，反讽者假装持有某种观点，以便引起人们注意**另外**某个观点的缺陷。当我通过说 2 加 2 等于 5 来讽刺一个不可靠的说话者之观点时，我所采用的观点比我正在嘲讽的观点更不可靠。它可以朝着截然相反的方向发展。让我们来看一看下面这段对话：

（2）母亲：任何人都会以为我是一个食人魔，而我的同伴则
　　　　　是一个殉道者。
　　儿子：母亲，我想这可能是对这一地位的一种看法。[②]

在此，儿子假装采用一种比其母亲的观点稍微**不那么**荒诞不经的观点，以此来提请人们注意母亲之观点的缺陷，儿子的观点至少承认了

[①] 简·奥斯汀：《爱玛》，第 1 卷，第 1 章。
[②] 艾维·康普顿－伯内特：《母与子》（Mother and Song），伦敦：维克多·戈兰茨（Victor Gollancz）出版社，1955年。

从母亲自己的角度来看令人难以置信的一种可能。面对倾盆大雨，我感叹道"英国的天气真好呀"，此时此刻我所针对的目标并非某个愚蠢到以为倾盆大雨是好天气的人；人们（似乎）普遍倾向于对英国没完没了的糟糕天气持积极正面的态度①。所针对的观点与所表达的观点之间是否存在着一些先验约束呢？我对此不是很确定，但以下是一条还算不错的经验法则，即：所表达的观点必须与所针对的目标有着紧密相关的相似性。在（2）康普顿-伯内特的对话中，儿子假装对母亲的行为持有某种看法——认为它可能会遭遇到一些批评。他假装有一种看待世界的方式，这种方式含含糊糊地承认我们大多数人都看得清清楚楚而其母亲却浑然不知的对他人所负有的某些义务。他假装出来的观点与她的观点相似，这种相似就好比一个视力很差之人的光感与一个完全失明之人的光感之间的相似②。

所以，重点在于反讽者的话要表明他或者她是在假装持有 F 这么一个狭隘或错误的观点、视角或立场，这么做的目的就是让我们联想到某种（与 F 相同或只是相似的）观点、视角或立场，而那才是讽刺性评论所针对的目标③。观点可以多种多样，也可以针对任何事物。但是我认为，反讽的局限性就在于它只针对某一类型的观点：那些我们可以采用合理性标准的观点。如果假装所针对的只是最字面意义上的观点之局限性，譬如失明，那么这并不构成反讽，即便我这么做的目的是引起人们对另一个人的盲目性的注意。就反讽而言，倾向于以某种方式去相信或渴望，或者具有某些情绪反应——这都是可供嘲讽的对象，即使在所针对之人的观点无可挑剔的情况下，也是如

---

① 费拉里谈到克拉克和格利戈提供的一个类似的例子。克拉克和格利戈说，这种情况下的假装就是假装认为恶劣的天气很好（Clark and Gerrig, 1984: 122）。费拉里问道，为什么有人要表现出如此愚蠢之人的观点？因为这样的观点太过荒谬，以至于从对它的嘲笑中得不到一丁点儿好处（Ferrari, 2008: 5）。我的意见是，这种假的的确是在假装认为恶劣的天气很好，不过该讽刺性假装所针对的却是对英国天气持乐观态度这一不那么明显荒谬的倾向。

② 请参阅 Sperber and Wilson, 1995: 228-229。正如这个例子所示，这种相似性高度依赖于语境；在盲人的世界里，视力很差的人可能会让我们想起视力极好的人。

③ 也许更严格地说，所针对的是某人确实具有这种观点，或者一群人的某种倾向，或者具有这种观点或被这种观点吸引的一般人。

此。倘若火星人并不像我们那样容易情绪爆发，他们可能会讽刺性地评论我们的弱点，假装有我们这样的一个群体特征，会在情绪上很不理性，但却并不由此而暗示我们每个人都可以做得更好。也许他们错了，由于我们不同的境遇，我们的情绪反应可能比他们的更为理性或者跟他们的一样理性。那样的话，他们的讽刺性评论就会缺乏正当理由；重点在于，反讽意味着——并可能因此而错误地意味着——其所针对的目标在某种程度上是不合理的，或至少没有达到某种显而易见的合理性标准。或许——回到先前的例子上来——爱玛判断奈特利先生对她的看法大错特错，而她的这一判断是错误的。在那种情形下，奈特利先生并没有违反任何合理规范；他所违反的不过是爱玛视为合理评估的标准。在某种程度上，爱玛的反讽存在着缺陷，或者说，要不是她讲话时的戏谑语气让人觉得似乎很有可能是她自己弄错了，她的反讽就会有缺陷。反讽可能会变得异常错综复杂。

8.4　回应批评

考虑到这一特征，我们可以对假装理论的批评予以回应。想象一下，比尔喜欢说：

（3）我是一个非常有耐心的人。

作为对比尔暴躁脾气的回应，朱迪冷嘲道：

（4）比尔就是一个如此有耐心的人。

正如丹·施佩贝尔所指出的那样（Sperber，1984），朱迪不能假装**是**比尔，因为比尔不会说出像（4）这样的话。这并不是对我所理解的假装理论的批评。该理论认为，朱迪假装采用了一种观点来表达与之适当相关的观点（如，比尔持有的那个观点）的某些方面。在假装肯定（4）的过程中，朱迪表明她不过是在假装持有某个观点，而根据该观点，比尔是一个有耐心的人，如此一来，人们注意到比尔总是这么看待自己，虽然其说法有可能不同。也许比尔压根儿就没说过像（3）那样的话，不过我们都怀疑他是这么想的。但这无关紧要——朱迪的讽刺性评论所针对的是观点，而不是任何特定话语或表达方法。朱迪做出了一番表演，假装她在做某事（即声言比尔是一个有耐心的人），我们由此而受到激励去胡乱猜想她的行为。但是其表演所针对的目标却并非比尔所做的那件事情。

施佩贝尔提出的另一个批评则需要更多的背景知识。我们需要区分有讽刺意图的假装者所做之事和我们称为所做之事**假装的内容**，即假装范围内的行为部分。假装的内容往往与表演本身关系密切。具有讽刺意味的是，当我说"这是多么美好的一天"时，鉴于我们正在遭受雨水的肆虐，你可能会误以为我是在认真（且可笑）地做此断言，尽管你知道我其实并没有这么做。有时，假装的内容会以更为复杂和微妙的方式与表演本身的性质相关。这是一种非常普遍的假装。芭蕾舞演员假装是一只天鹅；她假装的是一只跳舞的天鹅、一只身着短裙的天鹅吗？非也，我们需要想象她是一只天鹅，而非她是一只身着短裙跳舞的天鹅，尽管她身着短裙跳舞是假装天鹅的行为中不可或缺的部分。剧院中的舞台和化装方面通常都高度程式化，我们并不总是要去想象人物的面部表情或着装与舞台上演员的表情或着装一模一样①。假装行为有时需要我们做出复杂并且富有想象力的反应，这种反应在表演元素之间进行挑选，这种反应有时甚至会添加一些仅仅是表演所暗示而非明示的元素。

考虑到这一点，我们可以评估施佩贝尔的进一步批评。他声言，假装理论与反讽语气相矛盾，因为使用反讽语气的话语是一种"让任何假装都难以产生的话语。任何受众（无论真实的还是虚构的）都不会觉察不到这种贬损态度以及由此而传达的讽刺之意"（Sperber,

---

① 艺术家们有时提倡极简主义的舞台表演，这正是因为它鼓励以创造性的方式运用想象；参见卡罗尔对哈里的评论（Carroll, 1993）。

1984：135）。施佩贝尔不妨说，戏剧永远都不会在显然人为的舞台布景中有效地上演；毕竟，没有哪位观众会意识不到场景的欺骗性。但是舞台表演的实例表明，我们轻易就能将假装给予我们的元素排除在脑海之外。正如身着短裙的舞蹈演员可以假装天鹅而不必假装身着短裙的天鹅一样，以反讽语气说出含有讽刺意味的话语 P，也不必等同于假装［以反讽语气一本正经地说出 P］。相反，反讽者往往采用反讽语气来假装［一本正经地肯定 P］①。

在此插入一句关于反讽语气的话。我们可能会采用某种语气来表示反讽，但那种语气并非总是必不可少，即使我们想要别人理解我们的反讽之意。为什么反讽与反讽语气之间的关系并不对称呢？反讽者假装其观点狭隘，假装正说着或做着一件只有某个不能以生动且富有感染力的方式去看见某些事实或价值的人才会说出或做出的事情。然而，我们不能指望在何谓狭隘的观点上达成普遍共识，而且我们也常常会遇见这样的人，其观点在我们看来确实很狭隘。因此，如果你的话只是出于（在我看来）如此狭隘的一个观点，那并不能保证你就是在说具有反讽意味的话。这就是为什么有时我们需要一个反讽的语气，而当与那些在某些细节上同我们观点相同的人以及那些我们认为对哪怕是细微的视角变化都十分敏感的人在一起时，我们通常都会放弃这种语气②。

关注假装内容的精确界定，则回应了施佩贝尔对假装理论的另一种批评。让我们想一想下面这句话中的讽刺之意：

（5）琼斯，这个杀人犯，这个小偷，这个骗子，确实是个品格高尚的人。

施佩贝尔说，没有哪一位说话者会非常认真地说出这种完全自相矛盾

---

① 请参阅沃尔顿关于被出卖的假装的评论（Walton, 1990：381）。
② 对于是否存在反讽语气，格赖斯表示怀疑，不过他认为"至少对简单的例子来说"，显示负面情绪的语气是必不可少的。

的话，也没有哪一位听话者会对此话表示赞同（Sperber，1984：133）。需要指出的一点是，施佩贝尔这是在鼓动我们去思考一个错误的问题。问是否存在这样的一个说话者或听话者，这是个完全不相关的问题。相关的问题是我们能否**假装**有这样的一个说话者和这样的一个听话者。我们能假装林林总总的荒诞无稽之事，并且常常以此为乐，为什么我们就不能假装这个呢？还需要指出的一点是，想象某人正在说着或者正在想着某件荒诞无稽之事其实并不比想象荒诞无稽之事本身更加困难。

也就是说，反讽也可能以微妙的方式交织在我们的行为中。在上一章讨论的某些自由间接话语案例中，反讽是单个句子中一个可以识别的元素，单句的其余部分则以非反讽的方式发挥作用。我们之所以能听出（5）中的反讽，是因为我们将（5）分成了一个讽刺的部分：

（5a）琼斯确实是个品格高尚的人。

和一个提供信息的部分，根据该信息，（5）的严肃断言将是荒诞无稽的：

（5b）琼斯是个杀人犯、小偷和骗子[①]。

就（5）而言，哪一种说法是正确的呢？我们对一种荒谬的严肃话语的想象，即（5）本身，或者我们对非本质性荒谬话语的想象，即（5a），会因为假设（5b）是背景知识而变得格格不入吗？这一问题的答案可能取决于语境的精确细节、说话的语气，也可能取决于听者以

[①] 这种对假装范畴内与假装范畴外事物之间区别的描述，与克拉克和格利戈他们所说的"演示"的描述性方面与其他方面之间的区别相对应。他们进一步将这些方面划分为支持性、注释性和附带性方面（Clark and Gerrig, 1990: 678）。我上述方法的先例可以在对其他语言现象的处理中找到。一种貌似合理的关于表征词语的理论认为，表征词语有助于产生与话语相关的论点的双重性。因此，当一个人说："院长说他会来参加会议，但那个白痴忘记了"时，这句话可以说是传达了（1）院长说他会来参加会议，但是他忘记了，以及（2）院长是个白痴；请参见 Corazza, 2005。

各自的不同方式做出的回应。我们需要说的是，任何基于假装的反讽理论都应当承认，在表演的整体性和假装的内容之间可能存在着非常错综复杂且难以协调的关系。

8.5　方式上的假装

反讽意味着观点之间的某种相似性，这一看法说明了为什么讽刺性言论可以采取多种多样的形式：有讽刺性断言、问题、命令以及侮辱，也有讽刺性手势和面部表情。任何有助于表明一个人正假装持有某种观点的东西都会奏效。甚至还有讽刺性的假装。假设艾伯特是个狂热的战争游戏玩家。在欢迎客人们共进午餐时，我说道：

（6）抱歉，艾伯特要迟到一会儿。他正在外面为自己的生命而战。

我说这一番话的时候，并不是对艾伯特或任何人认为艾伯特在为其生命而战的看法持保留意见；没有人（包括艾伯特本人）相信他是在为其生命而战。相反，我在（6）中的假装肯定是为了提请人们体谅艾伯特正全神贯注地——并且也相当愚蠢可笑地——假装在为自己的生命而战。就（6）而言，我真的在假装艾伯特正为其生命而战。而且我也假装在**以一种非常投入的方式**假装肯定这一点；我假装以饱满的热情全心全意地假装参与到艾伯特自己的假装之中。

小说的作者有时也有如此错综复杂的假装，他们的言论就是为了让我们想象各种各样的事物而假装出来的断言。在《劝导》一书中，简·奥斯汀在介绍安妮·埃利奥特时说道：

（7）［沃尔特爵士的］另外两个孩子一无是处。

显然，这一描述与奥斯汀期望我们如何去想象安妮风马牛不相及，倒是对应上了我们该如何去想象沃尔特爵士印象中的安妮及其妹妹。奥斯汀在假装对一个名为"安妮·埃利奥特"的人发表看法，但其假装却并不那么直白；我们不能用她说的话来对应我们该如何去想象安妮。奥斯汀在假装以一种直白的方式假装，而实际上她的假装是含有讽刺意味的，所针对的是沃尔特对其孩子以及孩子功过的错误看法。所以奥斯汀的假装颇为委婉复杂。就像小说家们惯常做的那样，她假装告诉我们一些事情，并且假装以直白的方式假装，然而事实却并非如此。

在（6）和（7）这两个案例中，我们看到了**方式上的假装**。说话者假装以某种方式假装，但其实他或者她却并没有以那种方式假装，不过，他或者她肯定是在假装。这种方式上的假装为反讽提供了一种可能性，那就是，人们可以以讽刺的口吻说出一个断言，并同时真的明确肯定它[①]。我以下面这个斯蒂芬·巴克提供的句子为例。你和我刚刚乘坐一架飞往墨尔本和安克雷奇的航班。我们从飞机上一下来，就有明显的迹象（比如周边的温度）表明我们已经到了墨尔本。你没反应过来，问我们在哪儿。我用讽刺的口吻说：

（8）哦，我们要么是在墨尔本，要么是在安克雷奇。

假装理论必须否认我在明确肯定（8）中的话吗？如果是，那它就会陷入困境；毕竟，（8）讲的是事实，我相信这一事实，而且我想让你也相信它，因为你对它的相信将有助于你从温度上判断出我们已经在墨尔本了。但一种基于假装的、对（8）之反讽意味的解释却可以与我真的在明确肯定地说出（8）这一假设相契合。值得注意的是，我**不只是**在明确肯定地说出（8）。我假意说出（8）也不见得就是我在

[①] 也就是说，为相同的观众明确地肯定 P，因为这句话的本意是讽刺性的。毫无疑问，反讽和谎言可以在同一场表演中并存，在此表演中，某一观者应明白其中的寓意，而另一观者则会上当受骗。弗兰克·丘吉尔就是这样。他关于开窗危险的言论本应得到伍德豪斯先生的重视和爱玛讽刺性的对待。弗兰克认为爱玛是他欺骗伍德豪斯先生的同谋，这是他性格上的一个重要标志。（请参阅下文本章第 6 节）

假意肯定它。我可以万分真诚地肯定它，但同时又假装对它有着我们通常对选言命题所持有的那种兴趣，也就是说，如果有更多的信息（以 A 或者 B 的形式，而非 A 的形式）出现，那它就成了我们推断的基础；所以才出现了 B，所以我们才得出一个关于我们在哪儿的确切结论。用弗兰克·杰克逊的话来说，我假装选言命题对其每一个选言肢来说，都是信心十足的[①]。我所针对的是你对第一个选言肢之真实性的不确定，而环顾四周你就会发现它是真实可靠的。

这两个例子有助于解决一个普遍的问题。让我们理解短语"以 Ψ 的方式来做 Φ"指的是这样一种假装行为：一个人真的做了 Φ，但却假装以 Ψ 的方式来做。所以，假装以 Ψ 的方式来做 Φ，与假装做 Φ 截然不同，后者意味着没有真的做 Φ。我们最初可能把具有反讽能力的假装种类看成了假装做 Φ 这一种类，因此，对假装本身就是变量 Φ 的一个潜在值这一观点持怀疑态度。因为假装在假装到底是什么啊？这在逻辑上行得通吗？如果行得通，这是我们在心理上能够办到的吗？对于最后两个问题中的任何一个回答"不"，都意味着假装不可能成为反讽的对象。但是，无论我们从假装在假装这个概念中看到什么样的困难，我们都不应当得出这样的结论。因为反讽也可以由假装以 Ψ 的方式来做 Φ 这一种类产生，这确实可以让假装成为 Φ 的潜在值，而无需我们对假装在假装表示赞同[②]。

8.6　反讽叙述

当简·奥斯汀告诉我们沃尔特·埃利奥特爵士的另外两个孩子一无是处时，她说的是反话。她选择的叙述方式是模仿沃尔特爵士本人的观点，由此观点来看，这么说，或者至少这么想，并且是郑重其事

[①] 请参阅 Jackson，1987：22—23。

[②] 将此与这一论点进行比较：尽管法兰克福自愿吸毒并不是其吸毒的原因，但是她得为自愿吸毒负责。（请参阅 Fara，2008：858—859）

的，似乎完全合乎情理。她在讽刺性地叙述。不过，我们在奥斯汀、梅瑞狄斯、屠格涅夫以及后来一些作家的作品中发现，讽刺性地叙述和我所谓的**反讽叙述**之间存在着区别。反讽叙述会涉及讽刺性地叙述，不过它也涉及其他一些东西。叙述者可能会暂时假装采取另一种观点，并以一种具有讽刺意味的方式去这么做，其目的就在于突出该观点的缺陷。这就是一个讽刺性地叙述的例子，但它不一定就让他们的叙述在整体上具有讽刺意味。这有一个来自《雾都孤儿》的例子，我不会将其称为反讽叙述。狄更斯谈到人群聚集在一起，等待费金被处决：

> 从黄昏直到差不多午夜，人们三五成群地来到接待室门口，神色焦虑地打听有没有接到什么缓期执行的命令。得到的回答是否定的，人们又将这个大快人心的消息传给了大街上一簇一簇的人群。（《雾都孤儿》，第 52 章）

虽然"神色焦虑"会让我们以为缓刑令对这些围观者来说是一个好消息，然而事实证明，引起人们焦虑的却是另一码事①。狄更斯没有假装赞同那些人的观点，那些人因为不愿意失去看热闹的机会而不喜欢看到缓期执行的命令；他假装持一种观点，即认为许多人宁愿看热闹而不喜欢看到缓期执行的命令这一事实不足为奇——这不过是一种值得注意而非抱怨的偏好。在有些地方，说话者假装持有的观点并不是反讽所针对的目标，但是却与目标密切相关，足以告诉我们目标在哪个方向，而此处就是这样的一个地方。

除此而外，在该小说的其他许多地方，狄更斯也采用了反讽。但我不太愿意将他的叙事风格称为反讽——这是一个程度问题，而不是性质问题。他对反讽的运用十分巧妙，有效地服务于光明正大的道德原则，这些道德原则并非其反讽的对象。另外，从他所付出的代价来看，表达反讽之意也轻而易举。要想有一个明确的反讽叙述，我们需

---

① 关于反讽和"欺骗性"话语，请参阅 Sperber and Wilson, 1995：242。

要的可能不只是表征性反讽实例的累积。反讽叙述是从反讽的角度进行的叙述，仅仅将反讽作为一种手段来用，未必就意味着这种角度在起作用；有时，反讽也被一些毫无讽刺意图的人利用。更确切地说，我们在寻找一种叙事，它表达了一种持续且自然的倾向，即重视、欣赏和实施构成反讽的那套策略，以及与之密切相关的其他策略。让我们回顾一下表征性反讽的主要特征：它是一种针对观点之缺陷的假装形式，通常不需要明确肯定任何相反的立场。因此，反讽叙述的特点，除了对反讽本身的使用，还表现为对表达的趣味性趋之若鹜，以及对明确表态支持某些理论或原则避之不及。在下一章中，我们将看到一个体现这些特征的叙事范例。在像奥斯汀这样有讽刺意图的叙述者那里，我们看到了这些特征，也看到了频繁指向某个人物观点的叙述，其作用就是让该人物观点的缺陷生动形象地展现出来。即使最讨作者喜爱的人物也未能得到豁免。在《曼斯菲尔德庄园》中，叙述讽刺性地指向了范妮·普赖斯对朴茨茅斯和曼斯菲尔德庄园比较的反思方式——考虑到她所经历的一切，这是一种有缺陷的方式："在曼斯菲尔德，从来就没有听到过争吵的声音，没有粗声大气，没有突如其来的情绪，没有暴力的蛛丝马迹；一切都在那么令人愉悦的氛围中有条不紊地进行着；每一个人都有其应有的重要性；每一个人的感受都得到了考虑。"[①] 而且，当叙述者的反讽不合时宜时，奥斯汀往往会通过最值得赞扬的人物之口来说明具有讽刺意味的思想转变之价值所在，比如伊丽莎白·贝内特对她自己（真实且有凭有据的）幸福的评价："我是世界上最幸福的家伙。也许以前也有人这么说过，但没人说得有我这么理所当然。"[②] 从爱玛和奈特利先生充满讽刺意味的对

[①] 简·奥斯汀：《曼斯菲尔德庄园》(*Mansfield Park*)，第3卷，第8章。爱玛·伍德豪斯是这种讽刺性视角取向的天然目标，奥斯汀一直都充分利用了自己的权利，比如"她应当指望什么呢？什么也不指望，只是为了变得更配得上他，因为他的意图和判断比她自己的要高明得多。什么也不指望，只要她从过去的愚蠢中获得的教训能让她在未来变得谦卑和谨慎"（《爱玛》，第3卷，第18章）。

[②] 《傲慢与偏见》(*Pride and Prejudice*)，第3卷，第38章。另请参阅亨利·蒂尔尼关于阅读《犹多尔福》(*Udolpho*) 的评论（《诺桑觉寺》，第1卷，第14章）。

话中就可以看到他俩对事物的理解其实很相似，即便在意见相左之时①。反讽意味着要有富于想象地接受他人观点的能力，即使你可能认为该观点存在问题；缺乏这种能力是这些人物一个常见的特征，他们的问题，无论大小，都源于他们总以为人人都得以他们的方式来看待世界②。

下一章将探讨如何应用表征性反讽元素来创作反讽叙述，它会将我们远远带离简·奥斯汀笔下的世界。

---

① 请参阅《爱玛》；请尤其参阅第1卷第12章开篇之处的对话；另见上文本章第162页注释①和第169页注释①及正文中的相关文字。讽刺行为有时会掩盖人物的邪恶本性：见威廉·埃利奥特对安妮·埃利奥特坚称自己不懂意大利语的讽刺性评论（《劝导》[*Persuasion*]，第20章）。

② 对于凯瑟琳·莫兰来说，这种缺乏只会导致一种倾向，即认为动机过于可信："对你来说，这不是，这样的人怎么会受影响呢？……但是，我该如何受影响，我这样做的动机是什么？"（《诺桑觉寺》，第2卷，第1章）虽然奥斯汀以琐碎的方式玩弄这个概念，即"他[伍德豪斯先生]自己的胃消化不了油腻的食物，便永远不会相信别人跟他自己有什么不同"（《爱玛》，第1卷，第2章），她清楚地认为，想象力的理解广度对道德行为至关重要。显然，这正是埃利诺·达什伍德所拥有的。（相关讨论，请参阅 Stohr, 2006）

9 去除阐释

本章将进一步拓展我之前谈到的一些概念，如以人物为焦点的叙述、反讽叙述、内视角与外视角的区别等。选择的示例——希区柯克的影片《鸟》（1963）——将扩大我们对大众传播媒介的讨论，在大众传播媒介中，叙事制作者可以使用讽刺的表达方式。电影还没有得到应有的关注；另外，我还要考虑声音的作用。我希望这番讨论不只是说明一些总体特征；如果进展顺利，它将有助于更好地理解这部影片的叙事风格和类型。而那就需要我们把目光投向迄今为止所建立的理论框架之外的一些事物。

我举的第一个例子是《鸟》中的一段表征性反讽——这是电影中比较罕见的一个现象。我将由此往后拉开距离，以便获得更大的视野，让大家注意到影片中的一些事物；虽然根据我对反讽（也许比较狭隘）的定义，这些事物算不上严格意义上的反讽示例，但是它们在某些方面与反讽相关，而且其关联方式使整个特征体系成了一种创建叙述视点的手段，而不只是采用表征性反讽这一个手段。通过对反讽元素进行富有想象力的重新组合，它展现出一种我们可以称之为讽刺性鉴赏力的东西。这就意味着我们应该对该影片受到的一些雄心勃勃的心理解读保持警惕。解读《鸟》在很大程度上是一场竞技赛，看看谁能从中发现最为重要的意义——或者将最为重要的意义投射到其中[①]。我的目的不是要增添另一层意义。我希望我在《鸟》中发现的意义比之前任何人发现的都少，而且要少很多。鉴于此，针对我们该

---

① 请参阅 Paglia, 1998。

如何重新构建我们对希区柯克一些作品的理解，我提出了一个建议。最后，我评论了超自然（或起码是反自然）小说与那些至少保留着伪科学背景的小说之间的关系。

9.1　图像中的反讽

在关注该影片的细节之前，我首先要谈一谈图像媒介中的表征性反讽，电影艺术至少部分上是一种图像媒介。反讽在图像媒介中比在语言媒介中更难以驾驭，我们对电影中什么是反讽叙述和什么不是反讽叙述的判断肯定与文学中盛行的标准不同。电影表现形式的描绘性意味着影片中没有一系列微妙的、对讽刺效果很重要的表征性调整方案可用；这也使得作品本身很难体现出对故事事件一定程度的评论，除非采用一些技巧，可是这些技巧又往往力度太大，不能有效地实施反讽。这有一个例子，它有点像先前引自《雾都孤儿》的例子；它来自《米德尔马契》："布尔斯特罗德太太与普莱梅尔太太有着天长日久的亲密关系。她俩在丝绸、瓷器、内衣式样以及神职人员等方面的偏好几乎一模一样。"[①] 我们在此看到了情景反讽的表现：布尔斯特罗德太太和普莱梅尔太太未能达到她们所宣称的价值观，因为（这里隐含）她们经常议论和思考内衣式样，就像她们经常议论和思考牧师一样。不过，由此也能看出反讽的表现形式；通过排除所有的评论，叙述者表明正在假装从某个视角进行叙述，从该视角来看，把对内衣的偏好与对牧师的偏好大致等同对待并没有什么不妥。艾略特没有暗示这种态度有什么令人愤慨之处，或者有什么确实值得议论的地方；她只是指出，这些问题得到的关注度不相上下。不过，艾略特煞费苦心地组织自己的描述，以便让内衣与牧师形成对比，其效果十分显著。这种组织方式很可能事出有因，而这个原因极有可能就是，她想让我们认识到布尔斯特罗德太太和普莱梅尔太太的感受能力存在着瑕疵；

---

① 乔治·艾略特：《米德尔马契》，第31章。

169 通过不予评论，她只是假装有一个对这些瑕疵视若无睹的观察角度，从而把该视角的不足之处生动形象地展现出来。

在电影艺术中很难取得与此类似的微妙效果。我们可以添加一个小插曲，比如，两位女士在谈话中从内衣式样谈到了神职人员。但很难看到该表现形式本身有什么反讽之处；它还不如被说成是对一种情景的直接描述，这是一种令人愤慨的情景，也许很有趣，也许是一种情景反讽——考虑到该术语之弹性，很难让人完全拒绝这样的描述。我认为，这算不上是一种表征性反讽。艾略特的描述中缺乏明确的评论，这恰好是领悟她对会话主题讽刺的关键，因为在语言中很容易将描述与评论结合起来，因此缺少评论就会很显而易见。但在电影中，如果不借助像画外音之类的本质上非电影艺术的手段，就根本不可能有明确的评论，因而，在此情况下，人们不会注意到评论的缺失。当插入评论易如反掌时，人们很容易通过避免评论来表达一种观点；而当插入评论难于登天或者完全不可能时，则无法取得这样的效果。

总的来说，较之作家，电影制作者更难办到所谓"假装有某种观点"的事情。但这种假装恰恰是讽刺效果的关键所在。因此，在电影艺术中，我们不得不寻找那些罕见的、有时候模棱两可的、表明表征性反讽在起作用的迹象——尽管在电影中对反讽情景的表征是频繁且不起眼的。正是在这种有限的调色板背景之下，我们才应该判断一部电影究竟在多大程度上获得了讽刺的色调。

9.2　视点镜头

我曾说过，表征性反讽不一定涉及语言：我可以在观看某一类型的影片时说上一句"多么棒的一部电影啊"，以此来表达我对该类影片的蔑视。或者，我可能会在观看这类影片时，极为夸张地做出种种情绪激动的表情，明显地假装为影片之魅力所征服。我还可以通过拍影片来做到这一点，并在制作影片的过程中采取一些措施，让其就像讽刺性的评论"多么棒的一部电影啊"一样，明显是在假装某种类型的电影制作很有价值。作为一名电影制作者，我甚至可以设计出一个目睹事件在其眼前发生的人物，其脸上带着我适才提到的那种与讽刺性观者有关的夸张表情。

在影片《鸟》中，有许多与梅拉尼·丹尼尔斯相关的视点镜头，梅拉尼是旧金山的一位社交名媛，她来到博迪加湾的时候正遇上鸟群开始发起攻击。其中的几个镜头是，在一次鸟类袭击的过程中，躲在酒店的人们惊恐地看着汽油被火柴意外点燃；一名男子在爆炸中丧生。接下来，大火随着汽油的流动而蔓延，造成了进一步的破坏。当大火蔓延时，我们看到了一系列成双成对的镜头：一边是火焰行进的镜头，一边是梅拉尼盯着大火看时的那张面孔①。在这些镜头之中，梅拉尼的脸既是静态的，又构成了一种奇怪而夸张的表情，四帧图像中的每一帧都是同一个矫揉造作的惊恐表情的变体。通常，反应镜头②的作用就是激发观众的情感。给予梅拉尼那张如此**缺乏**表现力的脸（即对情感的拙劣模仿）的那些镜头，不太可能让观众更多地参与到这些混乱的场景中。为什么将这些镜头呈现给我们？我认为，这些镜头通过记录一张（显然）无法通过情感逼真性测试的脸，表达了电影制作者对调动观众情绪这一企图的讽刺态度。对于注意到并且认真思考这一表情的人来说，它可能意味着一个完全被这些事件牵制的人的立场在此受到了嘲讽。这些镜头假装出自一种严肃对待恐怖片制作的观点，其目的在于向观众灌输一种适当的对恐惧的反应——其实却表达了对这一观点或目的之不足（或至少是局限性）的认识。它们构成了制作者希区柯克为那些对反讽敏感的观众提供的一个模板：这是你（偶尔）想看这部电影的一种方式；或者，也许这是一种你在观看该影片时需要牢记在心的观赏方式。

---

① 从梅拉尼的角度，我们看不到熊熊燃烧的汽油，但是从近一点和低一点的角度就能看到，所以有人或许会反驳这些是视点镜头的说法，尽管镜头切换的速度使这一点很不明显。偏离严格意义上的主人公视点，可能是因为从一个比梅拉尼所处位置更近的有利位置看去，移动的火焰看起来更令人印象深刻。不管怎样，我很乐意将它们当作视点镜头。

② 反应镜头是影视镜头语言的一种形式，本质上归属于"叙事镜头"，是表现人物对上一个镜头或者上一组镜头所交代的人物或事件做出相应"反应"的镜头。——译者注

9.3 反讽叙述

我不认为这段情节对我们理解《鸟》有多大的帮助，无可否认，这段情节在影片故事这一更大的背景之下是相当孤立的。我建议将它作为一个阐释活动的起点，将我所发现的那种反讽从概念上扩展到与反讽密切相关的各种叙事比喻。在我说明它们在该影片中的表现之前，让我先来说一说我脑海中它们的特征及其与反讽之间的关系。

其一，我曾说过，反讽就是一种假装，是虚假断言替代真实断言的一种形式。因此，我们可能会希冀在叙事的其他地方看到对戏弄、假装，以及以虚假替代真实等概念的强调。其二，叙述中的反讽，由于表达了对叙述本身的某种态度而引起人们对叙事制作行为的注意，也让人们注意到故事世界与其所基于的现实世界之间的界限，而这是在经典电影制作中通常保持隐性的东西。其三，作为一种表现性的假装形式，反讽避免直接表达看法或断言，它是一种回避**表态**的方式，自然地与缺乏真诚、信念、解释性原则或理论，以及公开的说教目的等联系在一起。让我们来看一看这些与反讽相关的特征是如何在该影片中发挥作用的。

首先，我们看到与假装和仿真特效相关的主题早早确立。在第一个场景中，在高度人为的环境下，在一家挤满了笼中之鸟的商店里，米奇假装以为梅拉尼是一名店员，而梅拉尼也假装自己是一名店员；后来，梅拉尼给了米奇一个简直令人难以置信的谎言，说她在博迪加湾拜访米奇的一位老友安妮。而在这两个事件之间，我们看到镜头中的梅拉尼驱车前往博迪加湾，车内一对显然是仿真的、关在笼子里的鸳鸯正滑稽可笑地顺着汽车转弯的方向东倒西歪。这一镜头无助于对叙事的推动，可能会被解读为对后来鸟类袭击场景中出现的有时显得不真实的效果的一种预料性评论——在生日聚会的现场，一只看起来有些机械的海鸥在富有节奏地啄食一个跌倒在地的孩子，一个小孩带着一只显然是仿真的小鸟在奔跑。在这部影片更震撼人心的场景中，这种仿真特效可能被忽略掉，而在平淡无奇的时刻见到的那两只在车内东倒西歪的鸟儿则为后来的这些瑕疵埋下了的伏笔。似乎是为了强调这一点，鸟类的第一次袭击（即一只海鸥向梅拉尼迎面扑来）是以先前鸟儿在车内东倒西歪的奇怪镜像开始的。在一个面部大特写中，梅拉尼的头以一种矫揉造作的姿势向左倾斜，而且这次采取的是奇奇怪怪的像鸟一样的期待姿势。

也许该影片中最值得注意的仿真特效是对声音的运用；我认为，通过让我们弄不清电影世界与制造谎言的世界之间的界限何在，它在一定程度上强调了叙事制作者的活动①。因此，对声音的运用佐证了我所说的第二点，即特别强调叙述者对故事世界的闯入。虽然希区柯克的长期合作者伯纳德·赫尔曼担任了《鸟》的"声音顾问"，但是这部影片却并没有配乐。相反，我们听到的是一系列电子制造的噪音，先是在片头字幕播放的过程中，继而是在鸟类袭击期间，间或是在其他时刻听到这些声音。这些声音旨在唤起对鸟叫声和翅膀拍打声的联想，当然也就类似于鸟类发出的声音（其中也确实混杂着真的鸟声），但并不是真正的鸟的声音，具有令人不安的空洞且机械的音色②。在片头字幕滚动的时候，对鸟叫声的人工模仿从影片一开始就得到了强调。字幕叠映在黑白分明的一群群鸟儿飞翔的图像上；起初，鸟儿们一律向右飞行，而后，从左右两个方向飞来。值得注意的是，此时鸟的鸣叫声与具体的鸟之间并没有任何关联；我们只是看到一群群的鸟，听到一阵阵类似鸟鸣的声音，而这两者之间并没有什么有意的联系。因此，此处的声音不再是追踪单个物体的一种方式，声音本身成了人们关注的对象，它那不同寻常的音质得到了进一步的凸显。

这些声音在某种程度上突出了影片的仿真特效，就像剧院里特别矫揉造作的表演风格或特别不现实的舞台布景选择所起到的作用一

---

① 有关《鸟》中声音的运用之详细介绍，请参阅 Weis, 1978。
② 有人认为，"从中看出"这个原本被用于解释描述的概念，可以在各种模式中推广，包括"从中听出"。也许人们可以从影片机械的配音中听出鸟的存在。

样。它们也突出了内视角与外视角的差别，因为音质模糊了这两者之间的界限。值得注意的是，这种声音的独特性似乎并没有给故事世界留下任何印象：影片中似乎没有人留意到这一点，当然也没有人对该音质发表评论，不过其他行为偏差，比如布伦纳家的鸡不再进食，却得到了详细周到的论述，并且那位女鸟类学家（我们会再次听到她的高见）肯定已觉察到鸟叫声的微妙变化。虽然我们可以认为鸟儿发出的声音会被影片中的人物听到，在观众与电影世界的分界线上，鸟叫声那奇怪的音质似乎处于我们这一边。因此，我们不像平时那么确定故事中发生的事情和创造电影表现形式的活动之间的界限，这些电影表现形式让我们可以看到这个故事①。

　　我说过，反讽叙述一般都与解释性原则和说教目的保持着距离。早期电影中对人类面临威胁的刻画，如《原子怪兽》（Lourié，1953）② 和《它们》（Douglas，1954）③ 倾向于以说教为中心的主题，如核试验的威胁。在最近一些影片中，人类被形形色色的物种征服；这些影片表明，作为一种潜在的形而上学，这些影片对片中事件的解释是对道德失衡的纠正，它本身就是人类轻率且过度开发自然的结

---

① 希区柯克在《鸟》中对声音的运用与图尼耶的《猫人》（*Cat People*，1942）中一个著名的场景有着十分有趣的联系。在那个场景中，艾丽斯（简·伦道夫饰）走在一条黑暗的街道上，尾随其后的大概是伊连娜（西蒙·西蒙娜饰），我们相信，伊连娜随时都可能摇身一变，成为一只食肉的美洲豹。在这场戏的高潮之处，在艾丽斯很可能会遭到袭击之时，我们突然听到一声巨大且颇具威慑力的嘶嘶声——结果却发现这是公交车停靠时空气制动器发出的声音。在这两个案例中，我们都听到了电影音效，其目的是再现某种特定动物（比如一只大型猫科动物或者一只鸟）的声音，不过这个声音与其模仿的对象并不完全相似，这是故意的。在《猫人》中，我们已经做好了听到大型猫科动物嘶吼的准备，就在这时，我们听到公交车停靠时空气制动器的声音，我们会感到那么一刹那的困惑，以为这其实是一只大型猫科动物的声音；更确切地说，这是故事世界里的一种声音。这个声音不太像大型猫科动物的声音，不管是对我们观众来说，还是对听到这个声音的那个人物来说，都不太像，尽管艾丽斯像我们一样满脑子想的都是大型猫科动物，起初也和我们一样被这个声音给蒙骗了。所以，《猫人》与《鸟》的不同之处就在于：声音的机械音质渗透进了《猫人》的世界；我们可以假设，艾丽斯听到的声音在音质上与我们听到的别无二致。

② 欧仁·卢里耶（Eugène Lourié，1903—1991），法国电影导演、演员、编剧、制片人，是影片《原子怪兽》（*The Beast from 20000 Fathoms*）的导演兼编剧。——译者注

③ 戈登·道格拉斯（Gordon Douglas，1907—1993），美国电影导演、演员、编剧和制片人。《它们》（*Them*）是道格拉斯执导的一部科幻恐怖片。——译者注

果。在影片《鸟》中，在道德问题上的这种高姿态遭到了无情的嘲讽，首先是中央广播公司一位醉醺醺的爱尔兰人反反复复、一板一眼地宣称"这是世界末日"。不久之后，我们就看到了一根正好掉在地上的火柴，在加油站事件中，这一根火柴落到了一个脾气暴躁的人手中，他之前就在餐厅里一再敦促人们"把它们［鸟儿］从地球上抹去"——这是对大自然报复力量的一次非常草率的点头致意。餐厅里的那位女鸟类学家质疑梅拉尼对袭击事件的描述，她开始了一场专题演说，该演说似乎要将我们带到对自然的榨取这个思路上去，根据这个思路，鸟类"为这个世界带来了美丽，而人类却——"正在此时，女服务员的一声唱单"三只炸鸡一份"打断了她的演说：这是一种替代性的作者介入，表达了对这种空洞无物的思维方式的不耐烦①。虽然人们一直对鸟类袭击感到迷惑不解，而且（该鸟类学家又再次）强调鸟类规划或物种间群集在科学上是不可能发生的，然而，无论是科学的还是其他类型的解释，在影片中都一直没有得到详尽的解释。正如最后时刻广播中说的那样："似乎原因尚不明确。"在布伦纳家第一次遭到袭击的次日早上，梅拉尼和米奇半开玩笑半当真地阐述了鸟类反抗人类的一种理论——这一镜头后来被剪辑掉了。事实上，该影片煞费苦心地让人们完全不清楚鸟类袭击的范围；电台的报道只描述了索诺马县的事件，原本计划拍摄的最后一个镜头——金门大桥被鸟类覆盖——也没有拍摄②。米奇和其他人能够在攻击的间歇期穿过鸟群而逃走，就像人们会利用风暴的间歇期一样——这一事实表明，无论这些鸟有多么恶毒或疯狂，它们都没有任何理性③。与这部影片在理

---

① 请参阅 O'Donnell，2006 对这一场景所做的相当不错的分析，不过，我不太赞同其结论，即《鸟》"将现代主体性的形成描绘为对主体性的攻击，或者更准确地说，是受到自身攻击的主体性"(O'Donnell, 2006: 58)。编剧埃文·亨特声称，虽然他和希区柯克都一致认为不应该对鸟的行为做出任何解释，但应该包含一个场景，在此场景中，人们对鸟为什么攻击感到诧异——于是，就有了餐厅里人们议论纷纷的那一幕。

② 她们离开布伦纳家后驱车穿过博迪加湾时的最后一幕满目疮痍，这是有脚本和故事板的，但也没有拍摄。利文斯顿讨论了这类证据，即避免做某事的证据，或者一旦完成就避免将其纳入完成后的作品中的证据，他关注的是**原画再现**（Livingstone, 2003）。

③ 至少在这方面，我与罗宾·伍德意见一致。根据他的说法，"鸟类……是任意性和不可预测性的具体体现"(Wood, 1989: 154)。

论上和解释上的极简主义形成反差的是它对特殊性的强调，比如刚才提到的米奇从鸟群中缓慢穿行的那一幕，在一些与主题无关的场景中也能看到这种强调，比如，在博迪加湾商店或邮局内的场景中，那些堆积如山、令人眼花缭乱的鲜蓝色和鲜红色物品。

还有一件事让影片《鸟》的叙述充满了讽刺意味。之前，我曾区分过讽刺性表征和对反讽的表征；对某一情景的描绘或刻画可以将该情景描绘为或刻画为具有讽刺意味，而不必因此而成为表征性反讽的实例，相反，它可以是一种对该情景"直截了当的"描绘或刻画，但它会使情景反讽变得一目了然。不过，虽然情景反讽和表征性反讽具有鲜明的特点，但叙述者仍倾向于采用使反讽变得彰明较著的方式来描述情景，在我看来，这进一步表明了一种本身就很有讽刺意味的叙事视点，在这种情况下，它通过对情景反讽明显的敏感性来表现其反讽性质。这一点在虚构的案例中尤其明显。在虚构作品中，叙事不仅使情景中的反讽更加突出，而且还创造出一种情景，我们通常可以假定这就是为了强调其讽刺之意而创造的[①]。《鸟》的剧情中有一个基本且明显的反讽：无拘无束的城市姑娘梅拉尼·丹尼尔前往博迪加湾，那里似乎是旧金山律师米奇·布伦纳的周末静居之处。梅拉尼此行就是为了送一对无害的鸳鸯，结果却发现自己陷入了一场由鸟类引发的毁灭的噩梦[②]。此处情景反讽的表征对反讽叙述的意义做出了**独立**的贡献；该贡献与这种表征在多大程度上具有讽刺意味无关。

9.4　鸟类和心理：内视角与外视角

到目前为止，我想在《鸟》中寻找的极简主义是解释性的极简主义。这与观众对这部影片的认可大体一致，即影片在其他诸多方

[①] 为了避免更为复杂的情况，我在此假定情景的讽刺意味就是情景本身的一种特点，而非其表现的假象。有关对这一假定的质疑，请参阅 Currie, forthcoming。

[②] 那对鸳鸯确实于人无害；事实上，在影片结尾之处，当人们最终离开布伦纳农场时，他们带着这对鸳鸯乘车而去。

面——比如心理方面——都十分令人满意。总体说来，对《鸟》的解读正是聚焦于这一类的内容。许多人认为，虽然影片中鸟类自身的因果作用尚不清楚，或许也不重要，但其作为心理过程标志的象征作用却非常值得注意。这类解读往往都声称鸟类及其行为与人类世界中的人与事有着象征关系，由此揭示了这些人与事的某些心理方面。于是，涌现出了大量从心理分析或其他心理动力学角度的解读，它们探讨女性犯罪、失落与焦虑、凝视、视力与失明，以及其他解释上常见的疑难问题。

这些研究有赖于我所谓的外视角。在故事世界里，鸟类并不是任何事物的象征，而且即便是——譬如假设故事的一个组成部分就是博迪加湾的居民将鸟类视为宗教象征——那也不会使它们成为与此处意义相关的象征。如果说这些鸟象征着（比方说）莉迪亚的焦虑，那就是说这些鸟与莉迪亚及其焦虑有着某种外在的联系——这种联系不是通过观察故事本身来解释的，而是通过从外部强加给鸟类的意义来解释的。因此，该影片运用声音来突出外视角，这可以被认为是对鸟类确实具有象征意义这一观点的诠释。有人或许会说，影片中安排的一些小插曲正好说明了这种意图，从而证实了鸟类的象征作用：譬如，莉迪亚那显而易见的敌意，米奇和梅拉尼在儿童聚会上对"母爱"之重要性的探讨，莉迪亚在车上对梅拉尼的最后一次拥抱，以及其他一些令人难以抗拒的精神奢侈品的诱惑。的确，（刚才描述的）情节的基本讽刺性使这一点更具吸引力；一个精心构建的情节反讽应该是指向某种更深层意义的指针，不是吗？

可我却并没有被说服。我认为影片的极简主义不仅是解释性的极简主义；它是阐释意义层面上的极简主义。鸟类没有意义，它们只是原因。具有心理动力学意义的指标的放置——当然是故意的——可以被更好地解释为加油站火灾镜头中的那种假装，那种假装现在仿佛具有要探索深层心理主题的潜质。我承认，人物之间的关系网在实现影片的艺术目标和娱乐目标方面至少发挥了适度的作用。它有助于维持一个人类互动的故事，这个故事与令人费解的鸟类袭击相似，并为叙事提供了一种基础和连贯性，否则我们看到的将会是一连串互不相干的暴力事件。虽然，就像希区柯克的影片时有发生的情况那样，这部影片中的人物并不十分完美、富有同情心或引发共鸣，但我们需要体验的是鸟类构成的威胁，这种威胁往往会破坏甚至终结一系列必须迅速建立的人际关系[①]。在这种情况下，就需要强有力的心理标记，于是制片人（尤其是这一位制片人）很容易就想到了在心理上引发共鸣的主题。不过，它需要一些特殊的理由来让我们相信，有必要通过关联鸟类自身的象征作用或其他非因果作用来阐述这些人际关系。据我所知，还没人给出这种特殊的理由。标准的做法仅仅是肯定鸟类的某种象征作用；然而，仅仅声明鸟类"是家庭关系基本失调的体现"或者"鸟类袭击主要是莉迪亚歇斯底里恐惧的延伸，她害怕失去她的儿子米奇"，这是远远不够的——人们经常做出这样的声明，似乎很明显这些声明有助于我们对影片的理解[②]。

  人们认为，当我们说这个东西是那个东西的象征时，我们就在解释方面取得了进展。这种想法令我感到很困惑。让我来提出一个友好的建议，谈一谈在某些情况下，对象征的搜寻如何在促进我们更好地理解和欣赏电影的活动中发挥作用。在我看来，这取决于对两种关系的利用。第一种是表达关系，心理动力学理论通常会诉诸这种关系来解释异常行为或其他明显的非理性行为。其策略是说，这种行为表达了某种隐秘的、或许尚未得到认可的欲望或心理紧张；因此，嫉妒可以产生行为，虽然这种行为算不上对嫉妒者处境的理性反应，但是可以通过参考该嫉妒状态来予以解释——以弗洛伊德自己举的那个小孩的例子为例：小孩往陶器外面扔东西，以此来表达他想要摆脱弟弟的

  [①] 《鸟》中缺少富有同情的描绘与希区柯克在《疑云》（*Shadow of a Doubt*，1943）中对家庭动态（顺便说一下，也是在索诺马县）的另一种处理形成了鲜明的对比。

  [②] 分别引自 Zizek，1992：99 和 Horwitz，1986：279。霍维茨将这些鸟描述为一种"延伸"，并进而称其为"莉迪亚嫉妒的表现"（280）。目前尚不清楚这两种关系之间是否存在任何区别。理查德·艾伦对《鸟》的心理动力学做了一种新的解读，他引用了一位不太为人所知的心理学权威哈里·冈特利普的观点。艾伦认为，冈特利普的对象关系心理学可能对这部影片的编剧埃文·亨特产生了一定的影响。这一理论强调与他人产生亲密关系的欲望，而非具体的性欲。因此，"鸟群代表了一种由情绪上的孤独感和被遗弃感所引发的防御性愤怒"。它们集中体现了"影片中的人类由于情绪上的孤独感而威胁要成为的那种非人化和无反应的他者"（Allen，2002：288）。

愿望①。在这里，状态与行为之间应该存在一种因果关系，实际上是心理上的因果关系，在某种意义上，这种关系使该行为可以被理解为对嫉妒的反应，而不直接将其合理化。在理解这种关系时，主体本身或许可以通过干预来改变行为；这种关系不应该是一种赤裸裸的因果关系，不是只能通过药物或外科手术才能改变的关系。

  通过这种方式，一种心理理论被用来从某一行为（也许是言语行为）中提取某种潜在的需求或欲望，该行为随后被视为对这种需求或欲望的表达，据说莉迪亚在影片《鸟》中的行为就表达了她对梅拉尼的恐惧，以及对她可能破坏家庭关系的恐惧。这是对第一种关系的利用。接下来就是更为棘手的部分，即：人们在这种行为的表现状态与行为主体（在此案例中为鸟群）的活动之间发现了一些联系，行为主体的活动被称为"概括""表达""代表"或"体现"了该状态。不过在这里，据说鸟类的行为是状态本身的表现，其表现方式与行为主体表现状态的行为大不相同。虽然我们可以认为该行为主体的行为是状态的**征兆**，就像莉迪亚的敌意是其妒嫉和不安的征兆，也就是说，是由其嫉妒和不安所引起的，但是鸟类的行为则更像是状态的一种**因果类比**，因为鸟类的行为可以被视为具有某种因果结构，这种结构在某些相关方面（当然也只是部分地）类似于并且揭示了状态本身②。因此，虽然人们确实可以从这两种行为中了解到一些相关状态的信息，但是在这两种情况之下，人们所了解到的信息是不同的。以行为主体（即莉迪亚）的行为为例，人们通过我们所说的那种心理学理论认可的解释方法，从中得知行为主体处于这样一种状态。以鸟类为例，人们通过观察其行为的因果结构来了解其心理状态的因果结构。

  我们还可以再深入一点。鸟类的行为也可被看成是通过隐喻联想的方式提供关于相关状态的**现象学**信息，即：处于那样一种状态是一种什么样的感觉，或者与处于那种状态的人打交道是一种什么样的感

---

  ① Strachey, 1953—1975：xvii, 146—156。
  ② 这里再次出现了《鸟》与《猫人》之间的对比；对比中，黑豹（也许，作为一种隐喻性的表现）反映了伊连娜的内心状态。

觉。在任何具体情况下都很难知道这两种选择（即因果结构和现象结构）中哪一种最为适用，在某些情况下这两种信息都可以被提取。在我们目前考虑的这个案例中，询问是否可以提取两种或其中一种信息，都是合情合理的。

这种理解象征关系的方式有赖于叙事的动态特征，很难在静态的媒介（比如绘画）中得以实现。虽然有一些绘画具有无可否认的叙事元素，但是单个描述性作品在时间上表现因果互动细节的能力极其有限。目前的建议，如果可行的话，将适用于能丰富地表现叙事之时空特殊性特征的媒介。电影当然是这类媒介之一，这可能部分解释了为何心理动力学阐释方法在电影研究中颇为流行①。

该如何将这种一般特征运用到《鸟》这一具体案例之中呢？在布伦纳家中，米奇、梅拉尼、莉迪亚和卡西都焦虑不安地坐在那里，等待着鸟儿的袭击，屋子里突然涌入一大群顺着烟囱而下的鸟儿。随之而来的就是一片混乱，混乱之中，米奇率先奋力驱赶这些鸟，而梅拉尼则把莉迪亚和卡西推搡到了屋外，来到一个似乎（有点让人感到反常的）更为安全的环境之中。在这里，想要弄明白疯狂的（尽管这次并不是特别有害的）鸟类侵袭是否给我们提供了某种东西，让我们能借以解释群体内部隐含的心理上的紧张关系，这样的想法不是毫无道理的。第二天傍晚在楼上的房间里，梅拉尼遭遇到了更加危险的袭击，这可能是莉迪亚对其恶意的某种表现，我们可以从中探讨类似的关系。

我们该如何看待这一批判性/解释性方案呢？虽说想当然地排除这种建议是不太明智的做法，但在我看来，就眼下这一具体案例而言，这个建议几乎没有任何价值。一旦我们说了影片中的两组紧张关系——人际关系和鸟类造成的紧张关系——对观众的注意力和情绪状态有着普遍的相互强化的影响，那么关于它们之间详细的相似之处就没有什么好说的了。特别是，从鸟类袭击的因果结构中几乎了解不到

---

① 虽然对《鸟》的心理动力学阐释并没有这么说，但至少有一些阐释似乎在暗示，探索情绪状态和鸟类袭击之间的因果相似之处会有很多的收获；请参阅 Smith, 2000: 139 "梅拉尼顺着墙壁转来转去的画面以及她蜷缩在沙发上'一无所有'的画面，都增强了她受到自己情绪而非任何外力攻击的［那种］感觉。"

任何有关人物之间情绪紧张的因果结构的信息。虽然认为鸟类"象征"了各种精神力量这一提议听起来相当不错，但是任何想说明从中可以具体了解到什么的尝试都会在第一步就跌跌撞撞。鸟类的行为虽然在宏观层面上看起来协调一致，但却没有复杂且系统的结构，其组成部分或者其中的关系可以被视为与人物关系的各个方面相关；麻雀袭击布伦纳家的场景特别混乱，当然这场袭击发生在人物关系极其紧张的时刻，鸟儿们歪歪斜斜地飞来飞去，但没做任何特别的事情。鸟类的行为无助于揭示我们想要了解的、莉迪亚和其他人正在经历的内在心理过程。企图在这里看到因果过程，看到可以揭示连接那几个久坐不动之人心理状态的因果过程，这种企图没有希望。

这类插曲中或许结构最为严密的一幕也发生在布伦纳家，次日晚上，我们看到个别鸟类袭击梅拉尼的高度具体的实例。即使在这里，也很难看到可靠的相似之处来阐明梅拉尼或其他任何人状态的因果结构。更为明显的是，从现象学的角度来看，这两个情况之间几乎毫无共同之处。莉迪亚或者梅拉尼的焦虑感和威胁感在什么意义上**觉得像是被鸟类袭击**？人物状态对彼此的影响与影片所描绘的遭受鸟类袭击的经历，这两者之间是否有明显的相似之处？对这些问题的肯定回答似乎非常勉强。

为了论证，我接受了这样一种观点，即该方法所依据的第一组关系——行为与潜在心理状态之间的解释关系——既真实又具有解释性，是证明该方法的必要条件。就这一点而言，我的阐述是讨人喜欢的。我的主张很简单，就是通过对第二组关系（即所谓鸟类活动表达、表现或体现人物心理状态的那些关系）的调查，无法取得对潜在状态更为深入的了解。然而，要举反证，也是困难重重的，我可能还没找到方法来追踪耐人寻味的结构相似性。我希望（至少）已对倾向于心理动力学的批评家们提出了挑战，我建议，暂且满足于此物象征着彼物这类模棱两可的说法；只有当这些说法能进一步阐明其涉及的心理过程时，它们才会有意义，而我已经提出了一种可以让它们做到这一点的方法。

这不应该让我们否认鸟类与人性之间存在着至少具有某种解释意义的外部关系。鸟类的行为和人类的心理状态可能没有太多的共同点，或者可能不会相互揭示任何东西，但是这两个群体所引发的截然不同的焦虑至少是相互强化的，它使观众处于持续不断的紧张状态，这一状态鸟类自己也无法应对，除非它们不再受欢迎。事情之所以如此安排，是有原因的，而且原因并不在电影世界的因果结构之外——这当然是真的。除了这种相当缺乏新意的观察，很难断言鸟类和人性之间存在着合理且信息丰富的联系。

如果大家接受我的上述结论，那么这些结论就增强了对《鸟》的极简主义解读：目前，我发现的解释性极简主义与鸟类没有任何重要的象征作用这一点正相吻合。这是不是令人感到失望？解读者总是在寻觅意义——除此而外，解读者还能干些什么呢？但是解读工作不是为了让每一个空间都塞满意义；它是为了让我们理解原本就在那儿的意义，或者是可以以某种方式投射到作品上从而阐明其品质的意义。有时，最好的解读者就恰如最好的作曲家和作家一样，所需要做的就是克制，接受最好什么都不做。好的解读需要敏感地知道在哪一点上堆砌意义并非好事。

9.5 反讽与恐惧：传统

我强调讽刺性假装在希区柯克风格中的作用，以及内容的极简主义，这表明了一种看待其作品或部分作品的方式，认为它们属于英国恐怖叙事中的某种微观类型，我在蒙·罗·詹姆斯的鬼故事中发现了这种类型的代表[1]。虽然詹姆斯并不缺乏崇拜者，但是很少有人会认

---

[1] 20世纪的前几十年里，詹姆斯在写作；我不知道希区柯克是否受到了他的直接影响，不过詹姆斯的故事于1960年左右出现在某些（名义上）由希区柯克选编的恐怖故事选集之中。要将二者进行对比，就很容易扯得太远，但我注意到了如下几点：詹姆斯一些故事的电影般的特质（例如，《闹鬼的玩偶之家》）；詹姆斯作品的一些场景，比如《汉弗莱先生及其遗产》（"Mr. Humphrey and His Inheritance"）开篇时那尴尬但幽默的对话，希区柯克自然会采用一种善解人意的风格来拍摄这些场景；詹姆斯笔下一些较为阴险的人物与希区柯克刻画的人物极其相似：比较《卢恩魔咒》（"Casting the Runes"）中的卡斯韦尔和《三十九级台阶》(*The Thirty Nine Steps*) 中的乔丹教授（戈弗雷·蒂尔饰）或者《破坏者》(*Saboteur*) 中的查尔斯·托宾（奥托·克鲁格饰）。另请参阅 Ackroyd, 2002。

为他的作品考察了人际关系的深层面。相反，他的故事往往以其微雕艺术般的精湛、表达上的简练、对张力的准确构建、（尤其是）对不动声色的反讽之坚持而闻名遐迩，其反讽如此有效地与故事的恐怖内容形成了强烈反差。虽然人物之间有时存在着紧张关系，但是认为其所刻画的幽灵和怪物就是这些紧张关系及其心理原因的"表达"或"延伸"，那就完完全全地不得要领了。

詹姆斯的风格与其同时代一些同行（尤其是阿尔杰农·布莱克伍德）的风格形成了鲜明的对照。布莱克伍德的故事有一种致命的形而上学解释倾向。在其最受推崇的故事《柳树》中，叙述者刚好就有那么一位虽然笨头笨脑却时不时地有先见之明的同伴，不知何故，这位同伴总是能未卜先知他们奇怪经历的缘由，并且滔滔不绝地阐释他们所对抗的强大生物之本性以及他们必须采取什么样的措施来战胜这些生物[①]。没有什么比这更偏离詹姆斯的方法了，詹姆斯的叙事永远不会让位于理论[②]。他笔下的幽灵和怪物对不理解的冒犯行为进行了令人恐怖的报复，然后就消失了，极少予以解释，而且往往无从推断。受害者或其他人物通常都感到不可思议的恐惧，至多模模糊糊地意识到他们贸然闯入了一个他们不应该进入的领域。通常情况下，所涉及的幽灵鬼怪除了表现出些许的恶意，几乎毫无理性可言，就像《噢，

[①] 阿尔杰农·布莱克伍德：《柳树，及其他离奇故事》(*The Willows, and Other Queer Tales*, 1934)。布莱克伍德笔下另一个令人生厌的人物，约翰·西伦斯，也喜欢这样的阐释。洛夫克拉夫特是另一位拥护者，而弗农·李的《惊魂记》(*Hauntings*, 1890)则表明他是一位反理论家。在电影中，这种理论与反理论的分歧也显而易见，尽管大量素材落入了一个模糊不清的中间地带。尼古拉斯·罗格的《现在别看》(*Don't Look Now*, 1973)是迪·莫里耶的另一部改编作品，与《鸟》一样倾向于关注那些并非总是与叙事相关的细节，仿佛故意消耗那些本可以用在解释上的时间。罗伯特·怀斯的《幽灵》(*The Haunting*, 1963)采用了理论家的手法，即让一位科学家来解释事件；约翰·霍夫的《地狱屋传奇》(*The Legend of Hell House*, 1973)在这方面更加乏味。

[②] 写完这一句，我很高兴从詹姆斯本人那里发现了以下内容：最好的鬼故事会让读者"对其情节机制的工作原理一无所知。我们不想看到它们关于超自然现象的理论精髓"（转引自 Cox, 1986: 32）。

小伙子,你一吹哨,我就会来到你身边》① 中的那个家伙一样,它沿着防波堤来来回回盲目地追逐帕金教授,如此地令人不安——有人或许会认为这种行为模式与影片《鸟》中反映的行为模式非常相似。

詹姆斯明白,他在他的故事中慢慢形成的那些思想处理起来需要格外地小心谨慎,以免显得矫揉造作或怪诞不经,而这恰恰是当理论的聚光灯照射到这些思想上时它们易于产生的效果。唯有通过由章节连接起来的简短而生动的活动片段,通过那些(至少我们知道)稳步走向一场人们忙于否认或视而不见且不甚理解的灾难的章节,这些思想才能够以叙事的形式呈现出来,而这个时候,它们才能保持自己的力量。

至少在《鸟》中,希区柯克遵循了一个类似的处理方式②。他关注的是当地的和特殊的事情——我们永远不知道博迪加湾之外发生了什么,关注的是能够在不脱离世俗的情况下(恰好)吸引我们注意力的人类互动,关注的是鸟类越来越充满暴力并且协调一致地发起进攻的可怕细节,关注的是(最后)从引发灾难的大量鸟群中辗转来到汽车面前的那段缓慢且可怕的徒步穿行。在最后这一幕中,希区柯克的方法尤其具有启发性。所有的注意力都集中在米奇如何动作缓慢地穿过鸟群,小心翼翼地挪动脚步,生怕惊扰到它们,与此同时,这些鸟本身并没有表现出要**集体**发起攻击的倾向,奇怪的是它们对米奇的靠近无动于衷,其反应仅限于偶尔啄上他那么一两下,这一两下有助于保持紧张,但并没有明显地加剧紧张。米奇必须在不激怒鸟儿的情况下发动汽车引擎,而且梅拉尼必须上车,她走在米奇及其母亲之间,这一场景再现了影片《声名狼藉》的最后一幕。总而言之,这些元素(即人与人的互动中不时穿插着令人无法解释的残酷)表现出对节奏

---

① 《噢,小伙子,你一吹哨,我就会来到你身边》是蒙·罗·詹姆斯于 1904 年发表的一个短篇鬼故事,出自其撰写的《古董商的鬼故事》(*Ghost Stories of an Antiquary*)一书。——译者注

② 《惊魂记》(*Psycho*)是另一种情况,其中有太多的心理学解释。《鸟》在很多方面都不是希区柯克作品的典型代表,不过对情节所依赖的惯例进行讽刺,却在很多影片中出现过。

和气氛的掌握，再加上一些令人惊讶的、在另外一个人手中可能会毁掉整部作品的讽刺时刻，提供了丰富的美学体验和情感体验，而这些体验并不会从援用大型主题（如因果、象征或任何其他类型的主题）来解释正在发生的事情这种做法中受益。

9.6　科学和超自然

最后，我将厚颜推测一下我们刚才讨论的一个问题，即在某些类型的叙述中什么有效，什么无效。大家普遍感兴趣的一个问题是：作为人类认知结构的组成部分，科学态度和对待超自然现象的态度在多大程度上有所不同？对超自然现象的信念是否与（比方说）对希格斯玻色子的信念属于同一心理空间？帕斯卡尔·博耶指出，虽然人们想对某些类型的事物做出解释，但是他们对解释的愿望是非常不均衡的：屋顶坍塌这一事实需要一个解释，我们可能从女巫的恶意中获得解释（Boyer, 2001）。不过，那些提供此类解释的人往往不会寻求对巫术本身或巫术中显示出来的特殊力量的解释。超自然现象似乎伴随着一组便于操作的指令进入了认知系统：用来解释，但不寻求解释。这种倾向深入到了我们平常的、不自觉的超自然思维之中，正如奥利夫·钱塞勒认为维莲娜·塔兰特是"创造性力量的一种绝妙奇想"，关于这一奇想"或多或少有一些难以解释的地方，那都无关紧要"①。当然，在我们从学术神学中发现的那种系统性反思中，这种阻止解释的既定规则并没有得到很好的遵循，它试图对上帝的意志、神的干预以及撒旦的恶行等提供某种解释基础。但我认为，博耶以及其他人类学作家会将这种高度精练的宗教推动力归为与人们在这一领域中的自然倾向背道而驰的种类。而且我们有可能相信，神学传统在试图进行此类解释时，并没有始终如一地让自己笼罩在荣耀之中——当然，这与科学解释的成功形成了鲜明的对比。

---

①　亨利·詹姆斯：《波士顿人》(*The Bostonians*)，第15章。

我承认,现在谈的这些与文学和电影中的恐怖故事相去甚远。不过,这里确实有一些值得注意的地方。总体而言,我们并不认为解释是超自然恐惧给我们的一揽子交易的一部分,而且我至少已明确地肯定,这种解释企图是与该体裁格格不入的。另一方面,科幻恐怖看起来更适合这个想法,在某些情况下,它似乎或多或少是强制性的。因此,赫·乔·韦尔斯笔下的隐身人花了大量的时间来告诉我们他得以隐身的机制——所有这些都至少表现出了一种科学上的尊重[1]。当然了,这些解释都是假的,可能顶多算得上是对令人印象深刻的术语的一种战略布局。但是我们努力过了,观众也觉得更加轻松。或许——仅仅是或许——这可以从我们接受科学和反科学思想的不同进化史来解释。

---

[1] 赫·乔·韦尔斯:《隐身人》(*The Invisible Man*),第19章。

10　叙事与性格

在其对詹姆斯二世统治时期的描述接近尾声之际，在一段标有"他的性格"的文字中，休谟说：

> 他在公款上厉行节约，不同寻常；他日理万机，堪称典范；他在海军事务中殚精毕力，卓有成效；他促进贸易，目光远大；他珍惜国家荣誉，值得颂扬。那么，要成为一位优秀的君主他还缺什么呢？还缺的是对其国家的宗教和宪法给予应有的尊重和热爱。倘若他具备了这一基本素质，再加上如此多美德的助力，纵然他才能平平，其统治也会令人交口称赞，使人幸福安乐。①

最近，诸多历史书写都通过避免关注个人来避免性格问题。然而，在历史学家确实考虑个人对事件的促成作用时，他们显然很难完全放弃性格观念，不过他们现在并没有以休谟式风格来给出一个信心十足的概括。也许在历史著作中，性格观念还在继续发挥作用，因为性格是事件的重要决定因素，历史学家如果没有了它，很可能会令人失望。不过，最近的社会心理学对性格和个性这些观念并不那么友好，这些观念越来越像迷信过去的残留。对性格的热衷也和叙事激励我们根据

---

① 大卫·休谟：《英国史》（*The History of England*），共6卷（1754—1762），第6卷，第520页。虽然休谟在此谈到了"基本素质"，但如上文所述，其属性列表中通常包含的项目似乎只概括了行为主体在相当有限的领域中的行为，比如在海军事务中投入精力。在这种程度上，休谟对性格的诉求比最初看起来的更为有限。

个人性格来界定个人作用的方式有关吗？

叙事的表征性特征强调因果关系史和时间关系的特殊性，这无疑使其特别适合表征经验、决定、行动及其对更广阔世界的影响。我们通过在更广泛的叙事中嵌入对人们行为的描述来理解人们的行为，这样的叙事重视先前的、合理化的原因，这些原因期待预期的、通常是实际的效果。跨越了时间、文化、体裁和风格的叙事往往是对动机和行动的叙事。叙事通过讲述思维控制世界的方式，激励我们去理解世界。也许叙事激励我们去想象思维比实际情况更有条不紊、更井然有序、更强劲有力地控制着客观环境。

在本章中，我力图证明性格与叙事是相辅相成的，我为以人物为中心的文学批评辩护。在下一章（即最后一章）中，我会更具批判性：我对那些质疑性格是一个心理学范畴的论点表示同情。我确实为作为叙事手段的性格进行了辩护，但我也提出了不信任该论点的理由。

10.1 开场白

我们说叙事中的 characters，指的是故事中的行为主体。在本章中，"character" 一词通常指的是另一种东西，即一个人独特的心理特征，倘若他或者她有的话[①]。说一个 character "有一个 character"，这听起来很令人困惑。我们应该把作为人的 character 与作为人之属性的 character 区分开来。故事中的 characters（即人物）可能有也可能没有刻画得十分清晰或者十分有趣的 character（即性格），也有一些有 characters（人物）的故事，我们不会称其为 narratives of character（性格叙事）。所谓性格叙事，我指的是对性格这一概念起

[①] 英文单词 "character" 既有 "人物" 之意，也有 "性格" 之意。本段文字不仅涉及这两种含义，而且说明了如何在之后的使用中予以区分。鉴于此，本段的前一部分保留英文单词 "character"，待作者说明了如何区别使用之后，再按照其区别来翻译。——译者注

到某种解释性作用的叙事。我在此感兴趣的正是性格作为人之属性、作为行动之内在源泉、作为某种与个性和气质相关的东西这一概念。当我表达这一概念时，我会大写其首字母 C（即 Character）。我会用其小写形式（即 character）来表示《爱玛》中的爱玛·伍德豪斯、《奥赛罗》中的伊阿古，以及（不过这种用法不太常见）休谟的《英国史》中的詹姆斯二世等。这三位人物中的前两位都具有十分有趣的性格，或者更确切地说，他们具有性格是他们各自故事的组成部分，这是对一个虚构人物的最高评价。詹姆斯二世是否具有性格，如果有，那又是一种什么样的性格，此乃实证研究的问题，不过，他具有性格正是休谟叙事中故事的一部分。有时候，我不会说"一个人物的性格"，而会像刚才那样谈论"人们"有性格。请记住，我所说的人们往往就像爱玛和伊阿古一样，在现实生活中并不存在。

10.2　关于性格的一些说法

作者可以在其故事中刻画人物的性格，但这并不构成性格小说或性格戏剧或性格发展史；要构成性格小说或性格戏剧或性格发展史，我们需要将性格表现为与故事中的行为和事件有因果关系。性格有时会得到描述，不过通常都部分来自我们从描述中推断出来的东西，即行为和事件。那样的话，关于性格的故事就需要我们在行为、意图和性格之间来来回回地转换。我们判断行为出自某种意图，判断该意图是（或者不是）某种性格特征的表现。我们的判断在很大程度上取决于整个画面的连贯性：人有多大可能性会按照这个意图来行事取决于我们对其性格的了解，性格使得有这种意图的可能性或者多或者少。他们有多大可能会具有这样的性格特征取决于我们认为他们具有另外哪一些特征，取决于我们所谈论的特征与最有可能解释这种行为的意图之间的契合程度。经过来来回回几番周折之后，我们陷入了一种相对稳定的归因模式，不过叙事后来所揭示的出人意料的行为可能会令我们大吃一惊。因此，许多叙事都有一种掩饰某人性格的能力，这为人们创造了惊奇的机会。

吉尔伯特·哈曼表示，性格特征是"以独特方式行事的、比较长期稳定的倾向"（Harman，1999：317）。我们是否应该觉得倾向性解释太不容置疑并且仅凭借行动规律来辨识性格？就民间的性格观念来说，这是毫无事实根据的，其原因与因果法则的争论很相似。人们认为，关于性格的断言应该支持反事实推论。如果有个性的人处于那样一种情况，那他或者她就（很可能）会采取这样一种行为；仅凭行为规律是无法支撑这一点的。据说性格足以解释行为，而史密斯经常做 X 事这一事实并不能解释他在某个特定场合做 X 事。对性格特征的倾向性解释是否太不容置疑？行为倾向会产生关于意图/行为的反事实，不过它们解释不了太多；仅仅是倾向于破碎，就无法解释为什么东西会破碎；更好的办法是为该倾向提供一个归类的基础，比如玻璃的晶体结构是玻璃杯易于破碎的基础。然后，我们可以将性格视为我们动机与行为倾向的**基础**。但如果有人想坚持倾向的解释价值，执着于对性格的倾向性解释，那么这种分歧就不会在此处的讨论中浮现出来①。

在可能受到赞扬或责备的情况下，我们最容易援引性格；我们往往用性格来解释从熊熊燃烧的建筑中救出孩子的决定，却不诉诸性格来解释对菜单的选择，除非这是一个非常克己忘我的选择。人们的性格或好或坏、或强或弱，这些差异并不是均衡对称的。坚强的性格可好可坏，而软弱的性格在某种程度上就是坏的。如果一个人不能应对行为不端的挑战，我们就不会认为他是一个软弱而善良的人。软弱意味着容易受到诱惑，我们不认为善良是诱人的。坚强的性格是道德高尚之必要但不充分的条件。

我们对性格的解释性和评价性使用表明，我们认为性格特征的分布极其不均匀。当我们思考一般的好战倾向或其他行为时，我们偶尔会假定一种广义的人性。但如果假设每个人都具有相同或者非常相似

---

① 关于性格特征倾向性解释的不足，请参阅 Adams，2006：121。亚当斯为德性伦理辩护，反对我将在下一章中描述的社会心理攻击。

的性格特征，我们就无法通过诉诸性格来解释人们行为上的差异，而我们确实提供了这样的解释。我们认为，我们选择朋友，部分是因为他们的性格，但如果性格并不能区分人，这就说不通了。

所有（经常反映在性格叙事中的）这些，都是我们通常认为性格之组成部分。我并不是说这些对这个概念来说都是必不可少的，但我们越是仔细地研究，就越不倾向于认为性格是一个有用的概念。

10.3　叙事对性格的作用

叙事适合于表征性格。它能以别的表征形式无可比拟的方式来表征动机、决策和环境之间非常个性化的时间关系和因果关系。它提供了一个空间，从中我们可以看到一个人的性格逐渐显现出来，或许还会随着事件和其他人的行为而逐渐变化。

既然我们在现实生活中与人的接触提供了同样的机会，那为什么我们就应该认为叙事对于揭示性格特别重要呢？因为叙事为性格属性提供了一个特别良性的环境。现实生活中的人，其行为很少以告诉我们其性格为目的；当他们确实这样做的时候，通常都是因为他们希望歪曲事实。甚至那些相信性格之功效的人也赞同，许多行为要么是性格中立的，要么就是反指示性的；我们承认，很多行为都不是由性格引起的，当我们诉诸性格时，它有时会令我们非常失望。所以，我们获取性格信息的渠道十分嘈杂，很难从中推断出性格。就叙事中的人而言，情况也差不多；他们通常不会为了展示其性格而行动，除非他们希望在这方面误导我们。不过，这里有一个区别。叙事中人物的行为是由叙事来表征的，而叙事是一件人工制品，是被有意制作成目前这个样子的表征形式。如果我们相信（或者怀疑）该叙事是一个性格叙事，那么该叙事中表征的行为通常都可以作为推断性格的理性基础，这只是因为它们在其中**被**表征出来。叙事中有大量对制作者意图的暗示，而且人物在叙事中所做的任何事情都可以被看作出于某种原因。通常可以推断，原因就是行为（或许以某种复杂且含糊的方式）

表现了性格。叙事制作者的中介作用极大地拓展了从行为到性格的可推断范围。

用施佩贝尔和威尔逊的关联理论中的术语来表达，我们可以说，性格叙事表明，它所传递的信息**与我们所关注的性格相关**——值得花工夫去推测一下它对性格意味着什么①；我们喜欢对性格做出推断；正如我们即将看到的那样，甚至在支持这一推断的证据十分薄弱的时候，我们也还是会这么做。通过向我们提供与性格高度相关的信息，性格叙事有助于减轻这么做的认知负担。

叙事还有其他一些让推断工作更为容易的方法。它们将我们的推断活动与对性格的战略性描述联系起来，把我们直接带入动机结构，正如乔治·艾略特的干预使我们能够解读《米德尔马契》中人们的性格特征。当叙述者想要在其指示中不那么直截了当之时，转喻使他们得以将对物体的描述与人物的性格联系起来，就像狄更斯对波多斯纳普家门牌那"令人厌恶的坚固性"的描述一样②。这些描述通过语言结构创造了在其他表征形式中无法获得的含义。叙述者可以选择如何使用这些技巧，很多人在这么做时都十分谨慎——有些人甚至用战略性安插的不可靠因素来误导我们。但是任何连贯的叙事，无论其保证的推论有多么不显眼，都可以在行动、事件和性格之间建立起广泛的推论联系，其广泛程度远远超出我们考虑真实人物之行动和痛苦时的合理范畴。我们知道，叙事是一种非常重要的智力产物，它出于某些原因而建立起各种各样的联系；因此，在现实世界中以非理性的因果方式联系起来的事件，现在也将通过理性与合理性联系起来。现实世界中与此最接近的是一个人的推理实践，他认为世界是由一个容易理解的、理性的神创造并维持的，其目的可以从大到重要事件小到个人

---

① 请参阅 Sperber and Wilson，1995。我在此所言并不意味着我赞同施佩贝尔和威尔逊的理论，因为该理论认为，人们被进化设计为相关性的寻找者和探测者，其交际话语，如果不是纯粹基于代码的话，会产生一种对他们自己最佳关联性的假设。这些说法已经远远超越了我对性格叙事的任何断言。

② 查尔斯·狄更斯：《我们共同的朋友》，第 11 章。对该例子的讨论，请参阅 Harvey，1965：35—36。

之间的交易数量中推断出来①。

因为叙事如此增强了其提供的象征性格的激励因素之相关性，所以叙事能够大幅地提高这激励因素的处理成本，引入错综复杂、纵横交错、扑朔迷离、跌宕起伏、不可信赖的叙述，以及——像亨利·詹姆斯之类的作家那样——引入某些迹象来表明，对动机和性格的推断是否成功需要以异常高的标准来评判。在真真切切的现实生活中，如果我们（觉得）对一个人的性格有了一些模糊的、初步的了解，我们就可以认为自己做得相当不错。而在叙事中，我们可能会做得更好；在数小时之内，让自己能够对一个人最深层的动机做出信心十足的评价性判断。

10.4　性格对叙事的作用

正如由意图驱动的叙事连贯性有助于我们解读叙事中人物的性格一样，性格本身也可以增加叙事的连贯性，丰富其事件之间的联系。我们已经看到，叙事极为关注事件的特殊性和独特性；但如果只是对一件又一件事情的叙述，那么即便这些事情之间存在着因果关系，通常也不会引起人们太大的兴趣。往前推进一步的方法就是让这些因果关系合理化；这样一来，叙事的重点就在于结果，尽管不总是预期的结果，但其动机是容易理解的。然而，虽然引入动机可以让事件变得易于理解，可动机本身又会使它们脱离联系，因为任何两种行为都可能出自截然不同的动机。我们需要的是对众多动机实例做出统一的解释，而性格恰恰是我们让复杂的动机模式具有连贯意义的工具。

虽然性格的统摄力量部分在于它能分辨出不同行为的解释模式，但是它也有其前瞻性的一面。性格有助于创造期望，凸显可能发生的

---

① 请参阅上文第 2 章第 6 节。

事情①。性格可以用多种方式来形成一道充满期待的风景。在像《米德尔马契》那样原本不那么统一的叙事中，我们看到一段段故事，这一段段故事被一个特定人物那鲜明突出的性格特征所主导和统一，并且具有很强的解释性。在每一段故事中，最重要的性格特征都是负面的，如弗雷德·文西的软弱无能、卡苏邦面对其计划失败的无可奈何、罗莎蒙德·利德盖特的自私自利等——所有这些特征都像是不断发挥作用的力量，它们对其他人物的影响则由环境来推动②。它们是其所在部分的叙事中行动的主要驱动力。通过成为主要驱动力，它们凸显了某些可能的结果：它们使不期望的结果成为可能，使期望的结果成为不可能。弗雷德的软弱无能削减了加思家族的财富，降低了他和玛丽找到幸福的可能；卡苏邦的自欺欺人让他不太可能从其呕心沥血之作的毁灭中获得救赎，或者从其婚姻中得到任何相互间的慰藉；罗莎蒙德那可怕的自我中心主义让利德盖特的医疗更新计划危机四伏，也让他们的婚姻岌岌可危。上述结果未必都会发生，但所有这一切都因性格而变得突出。

有时，几种相互作用的性格联合在一起，使叙事成为一个更加有条不紊的统一体。正如布拉德利所言，"我们看到许多处于特定环境中的人，我们还看到，在这些环境中，出于对这些人［性格］的配合而产生的某些行为"（Bradley，1905：6）③。伊阿古了解他周遭那些人的性格，看见奥赛罗和苔丝狄蒙娜之间的紧张关系以及随之而来的脆弱之处，然后利用这一切来引发事件，而这些事件的吸引力只取决于他本人那独特的性格。要做到这一点，他不能在发生意外事件时不加以利用，尤其是手帕事件。尽管如此，性格仍具有很多的解释力；伊阿古看见了手帕而且以某种方式得到了它，或者，作为一个具有创

---

① 正如哈维所强调的那样，小说中更大的时间范围使这种形式比戏剧更适于虚拟利用（Harvey，1965：204—205）。

② 在每一段故事中，其他人物都有鲜明的性格：玛丽·加思、多萝西娅·布鲁克以及利德盖特医生是主要人物。但其他人物的行为通常都是对上述三个人物的性格驱动行为所带来的问题的回应。

③ 有关布拉德利的更多信息，请参阅下文本章第5节。

造力的人，他发现了其他的方法来推进他的计划。奥赛罗询问手帕在哪里，而苔丝狄蒙娜的回应却是反复用卡西奥被降职的问题来烦扰他，这一幕存在着偶然性；这些事件会同时发生并不取决于性格。但这种偶然性却因为其对性格的揭示而变得十分重要。苔丝狄蒙娜的忠诚与单纯使其不善于解读动机中那较为黯淡的部分；她很自然而然地将奥赛罗关于手帕的询问理解为一种将她的注意力从卡西奥降职一事转移开来的手段，可是她不想转移话题，这就在不知不觉之中加剧了对她的指控。伊阿古的作用——他有意识地追求一个能通过其性格来使之易于理解的目标——就在于影响每一个阶段各种可能结果之可能性，创造一种概率的景观，以此来解释我们为何会觉得苔丝狄蒙娜注定要完蛋。我们明白，一件事情发生了，也导致了另一件事情的发生。我们也明白，虽然这一件事情的发生极为偶然，但它所引发的事情即便不是不可避免，也很有可能已然发生；可能也有其他意外产生并且带来重大影响的原因。而这一机制就是（再一次）通过性格的作用来奏效。性格在情节中的作用就是增加情节事件的反事实稳健性。性格将原本不太可能的结果（因为它们取决于意外）变成具有令人吃惊的必然性的事件。

以下是关于性格有助于叙事的最后一点点看法，至少就虚构叙事而言。它属于叙事心理学史的范畴，不过除了其合理性，我并没有别的证据。它始于这样的一种想法，即那些试图让我们对人物命运感兴趣的叙事通常都是通过让外视角——把故事视为某个动因之产物的视角——隐性化来实现的。按照这一目标，我们必须将叙事作为一个窗口，由此了解我们非常关注的某些人的行为和痛苦，因为对他们的关注需要我们不要那么过于清醒地意识到其处境的不真实性[①]。但是要达到这一效果却并不容易；尤其不容易的是，要避免让读者想到人物的行为是由外部动因（即叙事制作者）决定的。有一种方法可以增加避免这种情况的机会，那就是，让人物（或至少是一些重要人物）的

---

① 这个措辞是为了避免这种想法，即：要将叙事作为窗口，就需要我们对人物处境的真实性抱有虚幻的信念。

自我决定权显得更加璀璨夺目，从而降低外部决定的显著性。我认为，赋予人物高度自主的性格特征是实现这一点的一种方式，而且事实就是如此，至少在西方的小说和戏剧传统中是如此。

当然，叙事制作者不太可能是这样想的，至少这种假设并不意味着他们这样想过。相反，那些其人物很有性格的叙事在使外视角隐性化方面做得更好，因此往往会主导市场，或者主导很大一部分市场，而其技巧则通过模仿得以保存。不过请注意，这种策略对于叙事制作者来说是有代价的，因为有时候，对性格驱动行为的维持与情节的需求之间存在着紧张关系。例如，特罗洛普有时给我们的印象便是，其人物的行为更多取决于使叙事保持正轨的需求，而非前后一致的性格特征。因此，费迪南德·洛佩斯在《首相》中一开始看起来是一个沉着理性、意志坚定的冒险家，具有一定的尊严甚至勇气，后来却不可理喻地疯狂追求目标，追求愤怒，追求狭隘的复仇——其展现出的这些非理性倾向与小说的前半部分似乎不太一致。如果特罗洛普想要留住他的读者，他就需要洛佩斯以一种令人惊讶的方式行事，所以他在小说的后半部分给了我们一个蛮不讲理、独断专行的洛佩斯①。事实上，社会心理学的最新研究成果稍微有利于这种描述的真实性，它强调情景对行为的决定作用，或许我们有理由说，洛佩斯的行为是由其婚姻状况的变化造成的②。鉴于读者没有意识到特罗洛普是出于对这种真实性的渴望（几乎可以肯定他不是），我们倾向于认为这种行为模式的改变是一种叙事上的弱点。

在下一章也是最后一章中，当我思考性格的不真实性时，我将回到这个问题上来，即性格概念具有什么样的叙事塑造价值。

---

① 在这一点上，我不赞同威廉·弗莱施的观点。在他看来，在洛佩斯后来向沃顿先生要钱的那一幕中，特罗洛普给自己设定了一项几乎不可能完成的任务："让洛佩斯即便在自取其辱时，也能保持其风度和胆识。"（Flesch, 2007: 151）在我看来，洛佩斯早就不再那么风度翩翩和充满胆识了。另参阅下文第 206 页注释①。

② 请参阅下文第 11 章第 1 节。

10.5 性格与评论家

叙事与性格似乎是相辅相成的。但一段时间以来，基于性格的叙事批评却一直备受质疑。莱·查·奈特的评论文章《麦克白夫人有几个孩子?》发起了一场攻击，尽管它漏洞百出，但是后人却不厌其烦地一次次赋予它新的生命[1]。安·塞·布拉德利的《莎士比亚式悲剧》是该文的重点攻击目标之一，不过布拉德利从来没有探讨过其文章标题所提出的那个问题。他在很多方面都是一个不完美的评论家：他宣称有关动机或行为的那些看法是"超乎想象的"，而这些看法缺少的不过是一个比他发现的更好的辩护；他太想从戏剧结构中看到莎士比亚自己的个性表达[2]；他对性格的一些概括听起来像是在描述刚刚故去的人："［女王］有一种畏首畏尾的动物天性，非常地枯燥乏味，非常地鼠目寸光。"（Bradley，1905：167）他偶尔会深入探究戏剧的过去，以寻找性格的证据，其深入远远超过了我们大多数人认为合理的程度[3]。不过，布拉德利并没有忽视剧本以及剧本的戏剧结构或诗意。他很清楚情节的现实主义发展与戏剧和诗歌效果之间的差异（以及权衡）。他批评那些被性格推断带入作品本身并没有提供指导的领域的作家。他提醒我们，有时候对人物行为的最佳解释就是剧情需要它[4]。他甚至指出，"如果有任何办法证明对哈姆雷特性格的理解是真实可靠的，那么唯一的方法就是证明它解释了并且是独自解释了

---

[1] Knights，1933。关于布拉德利的影响，请参阅 Cooke，1972。关于布拉德利和麦克白孩子们的困惑史，请参阅 Britton，1961。对于布拉德利学说的另一种辩护，请参阅 Bristol，2000。

[2] 例如，对李尔王的讨论，请参阅 Bradley，1905：第 8 章。

[3] 在关于伊阿古性格的一系列推断中，布拉德利得出结论，认为伊阿古肯定有巨大的伪装能力，因为他"看起来从未享受过……其内心现实的偶尔爆发"。这一结论的理由是，在剧中，人们普遍认为伊阿古是一个正派人。

[4] 比如对奥菲利娅的讨论；请参阅 Bradley，1905：第 4 章。

戏剧文本所呈现的所有相关事实"(Bradley，1905：129)①。

除了不应以牺牲作品其他方面为代价来进行沉着冷静的观察，奈特还有什么反对性格批评的理由呢？他承认莎士比亚有一种"让其笔下的男男女女都令人信服的超凡力量"，不过他也坚持认为，这些人物都是"从读者或观众头脑中的全部反应中抽象出来并由书面或口头语言产生的"。我们无需别人告诉我们说，莎士比亚笔下的人物并非我们可以从其他渠道了解到的真真切切的普通百姓，这些信息渠道或许能补充叙事，或许甚至与叙事相矛盾。所有这些都不妨碍这一理智的观点，即我们应当把哈姆雷特、伊阿古以及其他人物**想象**成活生生的人，而不是想象成由文字建构出来的或存在于观众头脑中的实体。那样的话，评论家肯定就会关注我们应当把这些人物想象成什么**样**的人这个问题，而那就必须参考我们如何理解真人的性格——如果性格是人类心理组成部分的话。这并非为性格做出的特殊吁求；如果故事告诉我们人们坐在一张桌子旁边，那么我们就可以通过引入现实世界中对什么是桌子以及如何使用桌子的理解来理解这一点②。

奈特说得对，人物都是抽象概念：人物所拥有的个性、思想和情感都随附于剧本或文学作品整体的表征内容。一旦剧本所有的表征性特征都固定了，性格也就固定了，所以性格无法独立于剧本，而我们对它们的想象必须尊重这些限制③。现实中的人就不是这样的：我们的性格（假如我们有性格的话）不取决于任何叙事。奈特强调"读者的头脑"，而我们可以通过调整偶然性来适应这一点：对于某一特定的解读者来说，一旦确定了关于剧本表征内容的那些事实（包括不确

---

① 布拉德利的论点没有以经济和严谨的方式陈述，而经济和严谨的方式能让我们确保他始终如一地遵循这一宣言，不过在其对性格的研究中，对这些戏剧的解释绝对不会相距太远。

② 多年来，奈特的文章对莎士比亚研究产生了巨大的影响，成为一种必须承认的正统观念，尽管这种观念与批评家真正想说的不太一致。在其1963年阿登版莎士比亚的《冬天的故事》(*The Winter's Tale*) 中，约·亨·派·帕福德与奈特一样坚持认为人物是"承载思想和主题的工具"，同时告诉我们"我们必须假设，[莱昂特斯] 有一颗高尚的心"，不过该剧并没有向我们展示这一点 (Pafford，1963：lxxii)。

③ 关于采用戴维·刘易斯的提议使这一想法正式化，请参阅Currie, 1990：第4章。我的提议使我们得以根据叙事的表征性属性来定义人物。

定性），那么也就确定了关于其人物性格的那些事实（包括不确定性）。因此，就我所采取的任何解读行为而言，我接受以下约束：一旦我知晓了我所能知晓的这部剧所描述为真实的那些事情，我也就知晓了所有与判定剧中人物性格相关的事情。可以两个解读者（或一个解读者分两次）接受这样的约束，同时（也许与她过去的自己）就什么是表征性事实这一问题持不同的见解。

一旦我们意识到作品与其文本是两码事，这个合理的想法就限制不了性格推断的范围。作品本身远远超出了作品的文本范围，文本中没有提及的问题不见得就是作品中悬而未决的问题①。《麦克白》没有回答"麦克白夫人有几个孩子？"这个问题，但这并不仅仅是因为文本没有说出那个数字。文本没有说该数字小于 100，不过我们能肯定它确实小于 100。对于文本的理解总是需要与一套背景假设相结合，而任何一套合理选择的假设都会告诉我们，这个数字小于 100②。就目前的情况来看，要想得到一个准确的数字，就需要一个文字陈述，因为一个女人究竟可以生育多少孩子并没有一个定数。但是如果一个女人最多只能生一个孩子，而且这是莎士比亚笔下社会常识的一部分，那么就有充分的理由说那个数字是 1（考虑到文本暗示该数字至少是 1）。麦克白夫人有几只手？一个合理的答案是 2，尽管文本在这个问题上并没有明确的表示。

可能很难确定什么才是合适的背景。这甚至可能会引起无法解决的争议③。在这些案例中，我们可能会有答案，并且还不止一个答案，这些答案超越了文本本身所告诉我们的内容，在这些答案之间的选择只能是一个个人喜好的问题。即使只有一套背景假设，许多问题如果得到答案，也会变得模棱两可：哈姆雷特的动机是这样的，或者是那样的。同样，我们会有许多解释性的选择，而且没理由认为其中的任何一个选择就是最佳的选择。很难确定哪些问题是可以化解的，

---

① 关于作品与文本的区别，请参阅 Currie, 2004：第 1 章。
② 关于何谓合适的背景假设，请参阅 Lewis, 1978。
③ 关于这一点，请参阅 Currie, 1993。

在某些情况下这会难得来使我们不太能相信自己已达到了理性辩论的极限。也很难知道是否解决掉某个特定的问题就能迎刃而解其他问题，尤其是当我们不知道答案是什么的时候。在这种情况下，阻止性格推断是无益的；你永远不知道它什么时候会派上用场。我们有理由认为，推断一直**有可能**通过作品本身来得到解决，而且**有可能**反过来解决一些有趣的问题——这是我们都能达成一致的。按照这样的标准，布拉德利做得还不错[1]。

---

[1] 关于对小说中性格概念的其他辩护以及对性格的批判性关注，请参阅 Harvey, 1965 以及 Holloway, 1960。在本注释文本中，我对一个重要方面进行了简化：我忽略了我所谓的外视角。承认外视角意味着在对人物的行为做出最佳解释时，我们可能需要将故事世界之外的某些事实纳入考虑。因此，我们可能会决定，针对某个显然不符合性格的行为，最好用制约作者创作的戏剧性要求来解释，而不是通过修改我们对人物性格的概念来解释。这并不影响我对奈特提出反对意见（请参阅上文第 3 章）。

11 性格怀疑论

假设第 10 章的论点是对的,即叙事模式非常适合对性格的表征,而性格又非常适合赋予叙事各种引人入胜的品质,这些品质将有助于叙事成功。我们可能仍然会对性格的叙事表征感到忧心忡忡;事实上,从第 10 章的结果来看,我们反而会更加担忧。叙事与性格之间的契合并不能告诉我们是否有性格这样的东西存在。我们是否有足够充分并且不偏不倚的理由来相信性格的存在,这并不重要。我建议我们不要为此而担忧。如果有理由怀疑性格的存在,或者怀疑那些根深蒂固的关于它在我们生活中的作用的设想,那么问题就来了,我们就会怀疑我们对性格的信念是不是并非建立在证据之上,而是与叙事和性格之间的契合有关:这种契合有助于解释我们对性格的信念,但无助于验证这一信念。然后,又会冒出另一个问题:如果我们有关性格的信念存在着严重的缺陷,那么体现这些信念的叙事,即便是虚构的叙事,其价值又会受到什么样的影响呢?

11.1 对性格不利的情况

在评价由奈特引发的那场争议时,迈克尔·布里斯托尔指出,虽然奈特自认为对戏剧人物性格的讨论"在思想上很幼稚",但是近来许多评论家都持如下观点:

> 与性格或统一主体性相关的那些概念即便对现实中的人都不

一定适用，更何况是对虚构文本中刻画的人而言……因此，将文学作品中的性格视为一个与众不同、独立自主的个体来了解其看法，考察其值得钦佩之处——任何这样的关注都不仅是一个严重的本体论错误，而且是一个有意识形态动机的……虚假陈述。①

显而易见，这些观点源于拉康的心理分析理论，但却没有任何令人印象深刻的证据来予以支撑。不过有证据表明（拉康的批评者可能没意识到这一点），我们依赖性格来作为一种解释工具，这种依赖放错了地方②。证据有三种类型。前两种为间接证据，旨在削弱我们自己对思维及其方式进行前科学了解的信心。第三种证据则旨在表明，如果人们对性格之决定性作用的信念是合情合理的，人们的行为就不会如我们所期望的那样。如果第三种证据毋庸置疑，我们就无需再考虑其他两种证据。和往常一样，证据并非毋庸置疑；从对性格本身进行微妙的重新解释到彻底否认实验向我们展示了任何与人类在非实验情况下的行为相关的东西，人们已经找到了一些从证据中捍卫性格这一概念的方法③。这些策略的合理程度取决于我们（我们这些优秀的贝叶斯④信徒）对人类行为在很大程度上由性格决定这一假设之先验概率

---

① Bristol, 1994。有关这些论点的示例，请参阅 Cixous, 1974。谈到这些观点时，布里斯托尔理所当然地将对性格概念的质疑与对存在"独特和自主的个人"的质疑联系起来，因为这种联系确实出现在他所概述的那些文献里。但我不会认为，否定性格就必然导致对个人概念的否定。正如接下来会证实的那样，我赞同多丽丝的观点，即对性格的质疑与通过决策、记忆、责任等概念来保留对个人的丰富心理描述是一致的（Doris, 2000）。关于虚构人物与真实人物之间的关系，请参阅 Hochman, 1985：44, 62。另请参阅 Rosenberg, 1992。罗森堡认为，狄更斯笔下的人物"与其说重新塑造了真实的个人，不如说重新塑造了我们对真实个人的反应"（同上，162）。对叙事中的心理现实主义的最好辩护是 Smith, 1995。

② 米尔格朗和津巴多的研究构成了这项研究的背景资料。其研究表明，合作的意愿在虐待行为中达到了惊人的水平，同时也有证据表明，许多积极参与种族灭绝的人明显道德平庸。[译者按：斯坦利·米尔格朗（Stanley Milgram, 1933—1984）和菲利普·乔治·津巴多（1933—2024）均为美国心理学家。]

③ 第一种策略在文学中得到了很好的展示；我听说了讨论中使用的第二种策略。

④ 托马斯·贝叶斯（Thomas Bayes, 1702—1761），英国数学家、数理统计学家，概率论理论的创始人。——译者注

的看法。如果我们认为概率很高，那么相应的，想要说服我们放弃它，就需要更直接的证据来反驳这一假设。因此，我们应当提醒自己注意那些让我们不得不对我们日常的、前科学的思维图景缺乏信心的原因。

首先，有大量的证据表明我们对思维的认知十分有限，有限到了令人万分惊讶的程度，但这的确就是我们与我们自以为最感兴趣、最为了解的思维的关系——我们自己的思维。我已经援引了一些证据来表明我们的头脑容易被无意识的模仿俘获：我们开始思考和行动，就像我们周边的人一样——甚至像随意想象出的性格那样，比如在"想象中的教授"那个实验中那样①。然而，人们很少或者压根儿没意识到模仿是一种引导自己或他人行为的力量。如今已很少有人对吸烟引发肺癌的证据提出异议；在这一点上，人们的观点趋于一致，符合证据的分量。相比之下，人们一般很少接受这样的观点，即小时候对媒体暴力的接触与后来的攻击行为之间存在着因果关系。在此，即便是有根有据的观点也会被对人类动机的修辞性描绘所分化瓦解，无论其优点如何，这些描绘都不是从严肃认真的实证研究中获取的。事实上，有确凿无疑的证据表明媒体暴力与模仿攻击之间确实存在着因果关系，而不仅仅是相关性②。在我们这个风险敏感的社会里，人们肯定会认为，即便是对这种关系的暗示也会引发一场轰轰烈烈的立法变革运动。正如苏珊·赫尔里所指出的那样，"研究结果与公众舆论在这一话题上的脱节是如此令人震撼，以至于其本身已经成了人们感兴趣的研究对象"（Hurley，2004a：169）。

我们对自己行为的源泉缺乏深入了解，这在整个心理领域都很常见。人们偏好的原因往往都是子虚乌有。在一项实验中，有人给受试者展示了两个女人的照片，要求他们从中选出他们认为更具有吸引力的那一个；而后，又给他们展示了他们喜欢的那一位的照片，问他们其选择的理由是什么。然而，在有一些实验中，给他们展示的却是他

---

① 请参阅上文第5章。
② 请参阅 Huesman，2005 和 Comstock，2005。

们认为不那么具有吸引力的人的照片。只有在大约四分之一的时间里，受试者留意到了这种变化，但大多数并没有注意到这一变化的人都给出了听起来振振有词的更喜欢这张脸的理由，其中一些理由与他们之前的选择明显不一致（Johansson, et al., 2005）。

这类证据与关于性格的争论没有任何特殊的相关性。但这确实表明，我们几乎没理由相信我们的民间心理学理论——就正如我们今天没理由相信民间物理学一样，民间物理学已被证实与有关物体相互作用的科学理论大相径庭。性格是民间心理学中一个根深蒂固的元素，这一事实本身并不能给我们带来多少相信它的理由①。

其次，就与性格更为具体的关系而言，有实验证据表明，我们倾向于认为人们的行为证实了其性格属性，然而强大、独立的理性却让人推断出截然相反的结论。在一项实验中，受试者听到人们在宣读声明，受试者知道这些声明是由他人事先准备的，而宣读者不过是在遵嘱朗读而已；受试者依然倾向于根据说话者的声调来判断说话者是否具有这样或那样的性格特征。我们毫无道理地从迷人的外表推断出良好的性格；我们过于迅速地从对一个人在某一种情况下的行为的观察中推断出对其性格的总体看法，过高估计了一个在某种情形下被评估为诚实的人在另一种情形中也保持该评级的可能性②。这类证据并不表明我们认为性格乃人之属性的观点是错误的；但它却表明，在支持对性格众所周知且证据不足的信念时，我们应该多么谨言慎行。

第三种证据更直接地威胁到对性格的信念：它表明人们的行为方式在很大程度上取决于环境。在一个如今已十分有名的实验中，刚刚完成一些测试程序的神学院学生被要求到另一个房间去，在那里他们将就乐善好施的撒马利亚人这一寓言做一个简明扼要的演讲。一组人被告知不用着急，另一组人则被告知已稍稍有些迟到了。在这些神学院学生走向该房间的路途中，有个实验中的托儿假装倒地不起。在

---

① 人们可能会为民间心理学的可靠性辩护，认为其证据基础是内省，而内省是真实可靠且信息丰富（当然不是绝对正确）的知识来源。不过请参阅 Schwitzgabel, 2008，该书范围广泛且具有哲学动机地否认内省是真实可靠或信息丰富的。

② 有关这一证据的概述，请参阅 Doris, 2000：第 5 章。

"高度匆忙"组里的人比在"低度匆忙"组里的人更有可能忽视摔倒在其行进路上的病人（显然，有些人从摔倒在地的人身上踩了过去）[1]。同样，刚刚在电话亭里发现了一枚十美分硬币的人会比没有发现这枚硬币的人更有可能帮助电话亭外的人拾起散落在地上的文件[2]。一点点的紧迫感，或者一点点的运气，似乎会大大影响人们乐善好施的意愿——就算我们认为人们具有不同的性格，就算性格是乐善好施行为至关重要的决定因素，这种影响也远比我们所预想的要大得多[3]。因此，事实证明，情况并不重要的某些方面对行为具有高度的预测性。如果人们对某种程度的仁慈行为有一种基于性格的倾向——一种在环境变化下仍稳定不变的倾向——那我们就不会指望微小的情景差异会对行为产生如此重大的影响。

我注意到另一项实验，它一般不与人们对性格的怀疑联系在一起，因为它表明行为很容易受到除环境微小变化而外的其他力量的影响，哪怕这些力量比微小的环境变化更微不足道。我早些时候在另一语境中提到了这项实验[4]。词语启动实验让受试者接触与某些状态或特征相关的单词，如老年或礼貌；相关词语与其他词语混杂在一起，使受试者意识不到这些词语是围绕着某一概念聚集在一起的。约翰·巴奇及其同事以这种方式让受试者接触到与粗鲁和礼貌相关的词语。然后，受试者在走廊里找到实验者，进入测试的下一部分，在那里他们会发现实验者正在与一名同伴进行深入的交谈。其目的就是看一看人们会等待多久才打断其交谈，尤其是，看一看接触了礼貌词语的人

---

[1] 请参阅 Darley and Bateson，1973。63%的人在"低度匆忙"的状态下予以了帮助，但只有10%的人在"高度匆忙"状态下这么做。欧文·弗拉纳根将这一实验描述为"恶作剧"(Flanagan，1993：301)。让那些打算将自己的一生奉献给他人的人直面实现这一雄心壮志的路上不太明显的困难，我不明白为什么这是错误的。

[2] Isen and Levin，1972。请再次参阅 Doris，2000：第3章。

[3] 卡姆提卡尔认为，就其性格怀疑论的解释而言，上述实验依赖于一种不切实际的假设，即具有某种特质（如乐于助人）的人总是会表现出这种特质，并且永远不会受制于各种求助需求之间不可调和的冲突 (Kamtekar，2004：74—75)。在神学院学生的实验中，引人注目的是，意识到要对进行实验的人予以帮助这一相对来说微不足道的要求，就很容易忽略掉我们自然会认为更大的责任——对一个奄奄一息之人的援助。

[4] 请参阅上文第5章第4节。

和接触了粗鲁词语的人之间是否存在着差别。结果看来，存在着很大的差别；虽然接触了粗鲁词语的人倾向于在五分钟之后才将其打断，但是80%接触了礼貌词语的人在谈话进行的十分钟内从未试图将其打断。看来，我们认为表明性格的行为很容易就被受试者脑海中无意识存在的联想之轻微变化所操纵[1]。

视美德为性格特征和相信个性，这两者是相辅相成的，而且并不总是可以区分开来的；我们很容易把性格特征说成是温暖如春或者冷若冰霜[2]。但是我们在此的判断与我们对性格的判断一样地不堪一击。研究人员想知道：我们这么易于对人使用冷暖量表，这是否是一种隐喻性转移，它来自在身体上接近照顾者的那些重要的成长体验，并因此而受到来自不相关的温度体验的干扰。最近的一项实验表明，如果人们（即评价者）不久之前曾短暂地手握过一杯热咖啡，那么他们就更容易将某人评价为"温暖"。同样的经历也使人们更有可能表现得慷慨大方（William and Bargh, 2008）。我觉得，我们一致认为短暂地手握过一个温暖的物体并非发现（或获得）慷慨大方这一美德的一种方式。

11.2　回应

对这些修订尝试的一种防御性回应便是呼吁在概念体系或"各世界"之间进行所谓的划分，而人们拟议的修订却忽略了这一点。罗杰·斯克鲁顿在表达对康德、胡塞尔、维特根斯坦的感激时，将"人类经验的世界和科学观察的世界"予以区别（Scruton, 1986: 4）。对斯克鲁顿来说，它们并不是真正不同的世界，而是不同的"理解世

---

[1]　请参阅 Bargh, Chen, and Burrows, 1996。对性格的偏见可能也会受到其他偏见的影响。一旦性格概念深入人心，我们普遍的确认偏见——我们倾向于重视那些支持我们信仰的实例——将使其难以消除。

[2]　对皮特·戈尔迪来说，强化性格/个性区别的方法是，性格特征比个性特征"更深层"，并且"与一个人的道德价值有关"（Goldie, 2004: 27）。

界的方式"；或者，最好将这种区别说成是世界的表层与深层之间的区别："作为行为主体，我们隶属于世界的表层，与之直接相关。"①虽然这两种理解方式都必不可少，但是科学的方式并不能说服我们"用比它们本身更好的任何东西来取代我们最基本的日常概念，因为它们正是在人类环境的压力下进化而来的，是为了满足一代代人的需求"，"哲学的职责……就是要维持和验证"这些概念（Scruton，1986：9）。斯克鲁顿没有将这一思路应用到这方面（即性格方面）来，可能也不会选择这么做；我所引用的这些言论来自他对作为**生命世界**一种现象的性和性科学之间关系的讨论。不过人们很自然地认为，双世界（或表层/深层）概念提供了一种方法，使我们得以在社会心理学关于美德的论辩有机会动摇我们前科学信念之前将其打断。其他人则认为伟大的文学揭示了我们精神生活中无需科学验证的方方面面。科林·麦克金说莎士比亚给予我们：

> 我们认识到的人类思维，正如我们在集市上和在家中体验到的那样。他不是在给我们讲我们之前一无所知的关于人性的事实……相反，他是在给予我们认知上的冲击——戏剧性地展现了我们人类所经历的人类心理活动。（McGinn，2006：166）

我不赞成双世界这个概念。虽然从关于所谓亚个人层面的前提到关于人与人之间关系的结论，都有过错误的推论，但是这些推论，或其他方向的推论，并不总是无效的②。尽管如此，我们不必争论双世界概念可以得到多大程度的捍卫；社会心理学引发的关于美德的论辩

---

① 同上，9。斯克鲁顿不是在宣扬反科学或主观主义的方案；他坚持认为，人类经验的世界——**生命世界**（*Lebensweilt*）——"与科学世界一样，也是一个公共对象，也同样容易受到第三人称描述的影响"（同上，387）。

② 在我看来，一些关于所谓"神经美学"的研究是一个糟糕的跨层面推论实例。相关评论，请参阅 John Hyman, "Art and Neuroscience", http://www.interdiciplines.org/artcognition/papers/15。

并不涉及在双世界概念看来有问题的任何层次的交叉。就性格及其在人类事务中所起作用的研究情况来说，对证据的相关科学描述存在于我们对**生命世界**的民间心理描述资源中。这些实验不涉及脑部扫描或手术干预；正如我们所看到的那样，它们涉及操纵一个人所处的社会环境，并观察在那样的环境之中，受试者对帮助他人的机会是如何予以回应的。当人们真的面临是继续日常生活中的关注还是处理一个意想不到的道德义务的选择时，就会出现这样的情况。毫无疑问，在观察这种情况时，人们很想知道是什么让人们按照自己的方式行事，以及为什么在这些情况下人类的行为有时会如此令人失望。就提出的问题和实验设置而言，解决这个问题的科学方法是与**生命世界**一致的，并且在**生命世界**中可以得到理解，尽管这种方法比人们通常在随意交谈中发现的方法更系统、更定量。有兴趣解释这些实验的研究人员说，行为的主要决定因素不是被视为与受试者无关的情况，而是**受试者所设想的**情况——这一事实说明我们并没有超越共同理解的范畴[①]。

对于所采取的方法或随之而来的结果，也没有任何全面的修正；在这些实验中，没有任何东西能削弱这样一种观点，即人们有自己行动的信念和欲望，或者他们有感知、感觉和情绪。性格概念与民间心理学系统中更加富有活力并且司空见惯的精神事物（如信仰、欲望、感知和感受等）有所不同。据说性格很难被人读懂，甚至，或者尤其是，很难被性格的主人读懂；对性格的揭示令我们感到十分惊讶，它颠覆了我们之前对那个人的看法——这是虚构作品中一再使用的手法。不相信性格和保留道德心理学的大部分内容，这两者是一致的。

因此，我们可以将这些实验结果及其解释视为一种友好的尝试，而非一种外来文化的入侵；这种友好的尝试让民间心理学对话更加富有成效，一切有能力的参与者都有望理解和回应这种对话，而不必学习新的概念方案或放弃他们有关人类动机的常识性信念网络。不能简单地说：我们的性格信念不允许批判性的探究，因为它们"满足了几

---

① 请参阅 Ross and Nisbett, 1991: 12—13。

代人的需求"①。

我认为，从现在起，不能用"双世界"策略来转移性格怀疑论的挑战，而必须迎头面对。一个建议是，我们放弃将性格特征视为对行为主体之处境高度不敏感的性情这一概念，相信有赖于处境的性情之存在，我们可以将其视为性格的精简版，或者是对这个现在已失效的概念的替代品②。其他人已经为或多或少有些传统的性格概念做了辩护，反对来自社会心理学的论点③。我不会试图分析为性格辩护的前景，不管这辩护是有限的还是全面的。相反，我想知道，**如果对这些证据最恰当、最理性的回应是说，我们关于性格在现实人类事务中作用的看法受到了严峻的挑战**，那么这对我们思考叙事中的性格和基于性格的批评会产生什么样的影响。事实上，我会简而化之，假设证据表明不存在性格这样的东西。然而，值得注意的是，如果需要一些不那么极端的回应，这个问题对于叙事理论家来说就不再是一个有效的问题。如果我们断定美德和其他性格特征确实存在，但可能与我们原来以为的大不相同，或者说，美德对理解道德行为的重要性远不如我们想象的那么重要，那我们就应该重新考虑我们如何以及在多大程度上认为文学表征形式具有让我们深入了解性格的能力。总的来说，任何人如果想对文学中的价值观与性格和美德的表征之间的关系发表看法，都应该对实证辩论的结果非常感兴趣。如果其结果不能说服我们放弃性格这个概念，那么这些结果很可能会以某种（或许微妙的）方

---

① 相反，哲学家可以在这个共同的框架内质疑社会心理学家得出的结论，正如尼拉·巴德瓦尔所做的那样，就轻度自我欺骗倾向对幸福感有着积极的影响这一结论提出了质疑（Badhwar, 2008）。

② 也许对性格最极端的怀疑者是吉尔伯特·哈曼（Harman, 1999）。我曾多次提到约翰·多丽丝的《性格的缺失》（*Lack of Character*），他在结论中更为谨慎，认为我们可以相信性格特征是非常受环境限制的（Doris, 2000）；从性格叙事的角度来看，这一结论似乎也存在问题，因为性格叙事往往使性格在环境变化下表现得极其稳健。

③ 坎穆特卡争辩道，美德-伦理学家的性格观念并不（如哈曼或其他人所认为的那样）相信人们在性格上存在着很大的差异（Kamtekar, 2004）。我认为，我们可以忽略这一点，因为性格叙事看起来确实是在性格**差异**的观念上蓬勃发展起来的。坎穆特卡对我们通常的性格观念表示怀疑。社会心理学的一些最新研究表明，性格特征归因具有预测作用；请参阅霍根关于责任心的论述（Hogan, 2005）。我在此感谢劳伦斯·约斯特。

式改变它，而我们在理解性格时的微妙变化会转化为我们在理解性格表征中什么才是有价值的东西时的变化，这些变化或许是微妙的，或许不是。

11.3　简化问题

我们可能会在这里进行一番调查，对此调查我只做简短的评论。第一，我们会坚持在最好的叙事中表现性格的复杂性，强调这些叙事对环境、意志薄弱和其他减少性格影响的偶然事件的重视；它会表明这些叙事承认，正如《米德尔马契》所言，"没有一种生物的内在会如此强大，以至于在很大程度上不受外部事物的左右"。它会指向弗雷德·文西的故事之类的情节，在这些情节中其他人物对环境在道德选择中的作用表现出了极大的敏感：他们认识到弗雷德的最佳目的取决于有利的环境，并且不惜一切代价地为之创造有利的环境①。它可以追溯到历史上对性格这一解释性概念有时不假思索的依赖，但也可以追溯到这个概念经常引发的怀疑，比如约翰逊对历史学家罗伯逊的评论，说罗伯逊"描绘思想就像乔舒亚在历史作品中描绘面孔一样：他想象着英雄的面孔"②。所有这些都值得深入的研究，不过需要另辟他处。而我将坚持引发极端对抗的研究。当我们涉及具体叙事的混乱细节时，这种研究可能具有一定的启发价值。有充分的理由进行简化：我是在为性格在叙事中的作用辩护，所以要关注的是对这个立场

---

①　事实上，乔治·艾略特提出了一种扩展思维假说："甚至比弗雷德·文西强壮得多的凡人，也把一半的正直放在他们挚爱之人的心中。"（《米德尔马契》，第24章）

②　博斯韦尔：《约翰逊传》(*Life of Johnson*)，世界经典（牛津大学出版社，1980）：528，1034，转引自 Hargraves, 2003: 30。罗伯逊热衷于强调性格本身乃社会力量的产物，谴责他所看到的封建制度对善恶对立的扁平化效应；他还认为，在某些情况下，性格的影响是有意识地扮演角色的影响（同上，34—37）。关于最近援用性格来进行历史解释的例子，请参阅 Christie, 1970。但很多当代的历史书写，即便是关注个人的，也很少诉诸性格。一个很好的例子就是戴维·阿巴卢菲亚对皇帝腓特烈二世的性格萎缩研究（Abalufia, 1988）。

最强有力的挑战。最强有力的反对立场,也即最可能削弱我们对性格叙事重视程度的立场,就是断然否认性格之存在的立场。

第二,有人认为,真伪问题与文学的价值无关,所以在与性格相关的令人怀疑的事实(如我所假设的那样)和文学中性格的表现方式之间并不存在紧张关系①。在我看来,对性格概念的怀疑所带来的问题是对真理价值无关论的**反证**。假设事实上有大量的证据证明性格并不存在,那么有人会认为这不会对我们理解、参与和欣赏19世纪小说或莎士比亚戏剧中伟大性格叙事的传统方式造成任何问题吗?我会觉得这样的说法令人惊讶②。无论如何,就目前而言,我只是忽略了真实价值无关紧要的观点,只针对那些和我一样认为有真实价值的虚构故事应该与真实有一些重要关系的人,特别是在人类心理学领域。鉴于此,我愿意承认,如果发现对性格的怀疑是正确的,那么文学价值就会有所丧失。而剩下的问题便是:在这样的情况下,什么样的文学(或者更广义地说,叙事)价值会得到保留呢?

第三,有人或许会说,即使我们对性格的假设是错误的,这些假设在我们的生活中也起着重要的作用,足以让我们重视文学在引导我们进入信念的关系网时所扮演的角色,这些信念的关系网有助于形成我们所谓的对性格的敏感③。这种论点的一种形式指出,事实上,对性格敏感,这本身就是一种性格特征,而且是一种积极向上的性格特征,在此情况下,只要有关性格的某些观点依然是共同信念的一部分,那么对性格(或其表象)的明显敏感性就会有助于一个人独立于那些与性格相关的事实而茁壮成长。只要其他所有人或者大多数人都相信性格,那么自己相信它也是有益无害的;不然的话,你就会被排

---

① 请参阅 Lamarque and Olsen,1996。

② 我赞同肯德尔·沃尔顿的观点,他说,"例如,许多伟大的诗歌在美学上如此美妙,却与我们从中获得的见解毫不相关,这似乎很难令人信服"(Walton,2008:4)。虽然某些东西不必严格且精确地为真就能被视为一种见解,但它声称自己为一种见解,这确实取决于它与真理的关系。

③ 对于那些坚持认为性格是**生命世界**中无懈可击的一部分的人来说,这样的立场可能很有吸引力(见上文对斯克鲁顿的讨论)。另见理查德·莫兰关于错误的自我概念如何影响一个人的真实心理状况的论述(Moran,2001:第2.3节)。

除在某些类型的八卦之外，而八卦是一种强大的社会凝聚力[1]。而且，对性格叙事的密切关注可能有助于你的公共关系能力；听起来像是一个很好的性格鉴别师，这会令他人对你肃然起敬，即便当时并没有性格需要鉴别。或者可以这么说，虽然事实与我们通常对性格的看法大相径庭，但是对性格的信念是民间心理学的重要组成部分，它将我们联结为一个群体，而有计划有步骤地拒绝从性格特征的角度来思考或说话，就会在某种程度上对我们的人际关系造成灾难性的影响。甚至有这样一种可能，即：从品行端正的性格特征的角度去说话或思考，尤其是当这种思考或谈话围绕着对正确行为的生动叙事时，会对人们的行为产生积极影响，尽管这种影响与性格特征是否真的存在并不相干。在我看来，所有这些论点都十分有趣，但都取决于对动机和人际关系的经验假设，可这些假设是很难核定的。因此，我对此不再赘述。在本章的附录中，我确实谈到了更多相信性格可能带来的好处，谈到了第二章以及第三章的附录中有关信号进化的那些观点。

第四，在捍卫基于性格的叙事时，我不会说这是唯一在道德上和美学上严肃的叙事类型，能够探索与选择和责任相关的问题；我会说它就是这样的一种类型，顺便提一句，其优点就在于它是以具有明显权威和价值的作品为代表的。

第五，我不会认为（我想，其他人也不会认为）性格在叙事中的突出地位本身就是作品的一个优点——这取决于作品是如何变化发展的，也取决于性格这一主题与诸如偶然性和稳定的社会力量之作用等其他主题之间如何平衡和关联。我的主张只是，在对的人手中，性格为作品增值的能力不会因为对性格在真实世界中所起作用的质疑而遭到破坏。

第六，我认为我们大部分广义上的伦理思想体系都会在对性格观念的破坏中幸存下来，我们将保留审慎、意图、决定、责任、责备、负疚以及（只是可能）羞耻等概念，并将其应用于我们现在所应用的许多情况。一些伦理学家否认这一点，但这种否认具有足够的争议

---

[1] 请参阅 Dunbar, 1996。

性，足以证明忽视它是理所当然的，以免使棘手的问题变得更加棘手①。

11.4　性格在叙事中的作用

有了所有这些简化问题的假设，我们现在可能会问：假设不存在性格这种东西，那么叙事凭借其对性格的表征会增添什么样的价值呢？一个自然而然的答案便是，性格就像其他诸多并不存在的东西一样。希腊人错误地信奉他们的诸神——假设他们就是这么做的——并且错误地认为我们对他们负有责任②。那些伊丽莎白时代的人也错误地相信魔鬼会以亲人之鬼魂的方式出现。然而，我们并不否认神灵和鬼魂在荷马史诗以及《哈姆雷特》中的那种戏剧性和叙事性力量。我们曾在第10章中看到，性格确实具有这些戏剧性和叙事性特质。性格善于区分情节中的人物并赋予他们一致性，而性格稳健性这一概念则引发问题、期待以及相应的不确定性、快乐和失望等情绪反应。罗莎蒙德无视利德盖特关于节俭的呼吁，这样做似乎表现了她非常坚定的性格特征。随着情况的变化，她会心活面软吗？通过对这个问题的提出，叙事在许多章节中都引起了我们的兴趣，并且在答案变得日渐清晰时激发出大量令人心满意足的对她的敌意。

仅凭这些相似之处就可以判断性格吗？我们需要区分什么是作为情节发展手段而具有价值的东西和什么是因为开辟了一条路径去探索人类真正关心的问题而具有价值的东西。仅仅通过为情节中的人物创造以有趣的方式予以回应的环境，神灵和鬼魂就可以为自己在故事中

---

① 在我看来这是一个明智的办法，请再次参阅 Doris，2000，尤其是该书第6章和第7章。关于希腊文学和哲学中的性格与自我，请参阅 Williams，1993；关于性格在威廉姆斯伦理思想中的作用，特别是与他使用虚构例子（他本人的以及其他人的虚构例子）的关系，请参阅 Mulhall，2007。

② 保罗·贝内几乎没有就其著作（Paul Veyne，1988）标题所提的问题做出回答，部分原因就在于该问题被淹没在有关真理本身之相对性的那些问题之下。

的存在提供充足的理由；这些回应的方式需要与真正的（也许在某种部分失真的变化下）人类的回应方式相匹配。这使得性格的真实性问题成为一个亟待解决的问题，这个问题之于故事建构的意义与神灵和鬼魂是否真实的问题截然不同。

接下来的问题就是，那些在行为判断中赋予性格重要作用（一种显然与事实不符的作用）的叙事是否缺乏让我们深入了解人类动机的能力？我认为这个问题不可能有一个普适的答案；一切皆取决于相关叙事的其他具体特征。毫无疑问，有些叙事给予性格一种作用，让人很难在其中找到心理洞察力。但是在很多案例中，情况却并非如此。强调动机的叙事很少将全部的解释责任都放在性格这个概念上，即便性格在这些叙事中发挥着十分重要的作用；它们强调选择、冲突、困境和决定等特定场合的细节，提供（甚或允许我们重建）大量有关情形、动机、诱惑以及所有其他对案例的细节产生重大影响的事物。在这样的叙事中，我们会认为性格与其说是一种心理解释工具，倒不如说是一个让其他这些心理上真实的因素之相互作用变得生动而连贯的手段。而性格特征之间的个性化冲突则让叙事有可能在不借助说教式评论的情况下探索价值观之间的矛盾：玛丽·加思的慷慨大方让弗雷德·文西更难以走上她所推崇的那条令人不安的道路，利德盖特的性格体现了个人忠诚与社会责任之间潜在的冲突。将这些作用结合在一起，性格就是一个组织原则，围绕这一原则，像《米德尔马契》这样的小说展现了情感冲突的瞬间、对日益增长的失望和逐渐明朗的希望的追踪，以及对道德妥协和困惑的描绘。只要我们保留那么一丝丝基于欲望、审慎和责任的道德心理，这些东西就会在摒弃性格这一心理学解释概念之后幸存下来[1]。

这一点就很有普适性。无论是在地毯装饰、情节构建、动机心理

---

[1] 卡伦·蔡斯在其关于19世纪小说中的性格那本优秀著作中提出了类似的观点(Chase, 1984)。在论及《简·爱》创作中的怪癖心理时，她认为勃朗特关于人类行为来源的概念最好被视为一种"在人类心理体验的流动性中建立固定标记"的手段；这部作品的价值不在于它对"人类行为的来源和目的"的描述，而在于"它对某些情感张力和解决方案强烈且含蓄的表达"（同上，58）。

还是其他方面，都要避免葛擂硬①式对绝对具象现实主义的坚持。正如诺埃尔·卡罗尔指出的那样，极少有犯罪比构成希区柯克的《迷魂记》②之基础的犯罪更不可能成功（Carroll，1997）。可能会出太多的问题，以至于将其成功所需的所有可能性相乘，也没有一个明智的罪犯会考虑它。尽管如此，这一情节，恰如其本来的面目，是一个可靠的、描绘自私自利和残酷无情的欲望的手段；某种高度不现实的动机语境以戏剧性的力量揭示了人类动机一个非常真实的特征。冈布里奇评论了维特鲁威③的坚持，即画家应该"严格遵循那些……会在现实中屹立不倒的［建筑］形式"。他指出，他没有看到"有趣而怪诞的虚构结构"之脆弱性和悖论是如何……"增强其作为装饰性小说的特色的"（Gombrich，1999：24）。同样，通过对环境和观点之偶然性的细微区分而得到平衡的性格，可能会阐明而不是歪曲动机的具体情况。

11.5 反思

最后，我要谈三点意见，最后的一点试图削弱刚才提出的论点。首先，我强调性格与叙事之间相辅相成的联系，这些联系在一定程度上助长了人们对性格的怀疑。如果性格与叙事彼此非常适合，性格作为支撑有关人类互动的话语的强大情节手段，叙事作为阐释性格的强大工具，那么对性格产生轻信的倾向就不足为奇。虽然生命"像叙事"一般度过的程度常常被夸大其实，但是我们仍倾向于用叙事的方式来描述我们的经历，尤其是在反思具有个人意义的事件时，这么做

---

① 葛擂硬（Gradegrind）是查尔斯·狄更斯的小说《艰难时世》（*Hard Times*）中一个只讲求实惠，只关心事实和数字，很少关心人之需要的人物。——译者注
② 《迷魂记》（*Vertigo*）是希区柯克执导的一部悬疑惊悚片，于 1958 年在美国上映。——译者注
③ 维特鲁威（Marcus Virtruvius Pollio，生卒年不详），古罗马作家、建筑师和工程师。——译者注

是不无道理的①。倘若我们这么做，我们就可能将自己与这种形式联系最紧密的叙事手法带入这些思考之中，而性格就是其中之一。并且，虽然很难知道如何量化这一点，我们对性格之存在的大部分信念似乎并不是来自我们对人的直接体验，而是来自其文学和戏剧表现。我听说，我们大多数人对高尚品格的了解，不是来自具有高尚品格的人（这样的人很少见，而且往往在其他圈子里活动），而是来自我们从莎士比亚那里得到的对高尚的描绘。如果说，虽然女巫是公认的难以捉摸的生物，但是我们从《麦克白》中可以得到充足的证据来证明她们的本性和行为，那么这种说法就很奇怪了。

其次，这种说法实际上建议我们将性格从"叙事的现实背景"这一范畴中剔除，并将其归入"重要的美学与戏剧手段"范畴。我们能否做到这一点并且不严重影响我们对相关作品的反应呢？特别是，对性格的怀疑是否会产生移情阻断效应，从而削弱叙事的情感力量呢②？我将在移情的模拟主义方法框架内来审视这个问题，所以我问性格是否是人的精神系统中一个可以模拟的方面。如果不是，如果移情（在相关意义上）就是模拟，那么性格对于共情体验来说就并不重要。如果怀疑论者是对的，而且性格并非人类心理的真实方面，那么它就是不可模拟的，因为模拟主义移情方法的一个原则就是，对具有某种精神状态或特征 X 的人产生共鸣的能力取决于真正拥有 X 的能力③。从这个观点来看，我们可以对他人的决策产生共鸣，那是因为我们有能力自己做出决策，而且这使我们能够在脑海中模仿他们的决策。我们能对他们的情绪反应感同身受，那是因为我们有能力做出情绪反应。一个不能做出决策或情绪反应的人不可能模拟决策或情绪反应。如此一来，我们可以这么说：如果我们真的不相信存在性格这回事，那就不会影响我们与生活在性格叙事中的人物产生共鸣，因为那样的话，我们是不可能通过模拟的方法来获取性格的。

---

① 关于生命像叙事，请参阅上文第 1 章第 4 节。
② 我感谢斯蒂芬·巴克提出了这个问题。
③ 欲知对证据的一些详细阐述和简要调查，请参阅 Currie, forthcoming。

可以用这个观点来驳斥性格怀疑论者吗？我们喜欢性格叙事的一个重要原因就在于它们拥有更强的移情能力，这难道不是显而易见的吗？那样的话，性格就必须是可模拟的，并且那样一来，它也必须存在。我认为这个观点肯定是错误的，因为我认为性格，即便真的存在，也是不可模拟的。可模拟的不过是短期的状态和过程，譬如决策；也许还可模拟情感经历和情绪化的态度，譬如希望和期待。我们承认信仰和欲望是可模拟的，不过我们要做的是模拟一种理论推理或者实践推理的能力，这些推理涉及某些信念和（在实践推理的情况下）欲望。我们模拟的是特定场合中出现的某种信仰或欲望，而不是倾向于以某种方式行事的长期状态。通过与叙事中的人物相接触，我可以设想自己置身于他们的境地，时而充满恐惧，时而争强斗狠，时而听天由命，时而愤懑不平。虽然这些状态可能被叙事描绘为这些人性格的标志，但我不认为我的愤懑不平是对较之任何一次愤怒情绪的发作更为持久的某件事情的模拟，而且每个人都承认这些状态的真实性，无论他们对性格的态度如何。

性格叙事以其他方式增强同理心，这倒可能是真的。根据之前的意见，即性格是表现其他精神状态的有效组织原则，我们可以斗胆提出如下观点。在基于性格的对某一人物的刻画中呈现该人的信仰、欲望、情感和决定，由此叙事可以成功地使这些信仰、欲望、情感和决定显得更加生动逼真，让我们能更加有效地了解精神系统中那些可以模拟的方面。这样，即使没有与性格共情的可能，对性格的描绘也能增强同理心。

最后要说的是，对试图以上述方式解决问题的担忧。我似乎试图从一个想象中的分歧的错误方面进行论证，如果跨越这一分歧，可能会揭示一个我目前尚无法妥善应对的问题之严重性。虽然我知道性格怀疑论的证据，并且确实对其印象深刻，但是我还没有真切地想象过彻底不相信性格将会是什么样子。我很容易对人们的性格下结论，用性格来解释行为——事实上，我所引用的一些证据表明，我们都会不由自主地对性格下结论，即便这些结论毫无根据。鉴于此，如果我完完全全地不相信性格，而不是（像休谟研究归纳法那样）在离开书房时就放弃怀疑，那我就不太可能完全理解性格叙事会对我造成什么样的影响。正如我提出的那样，性格可能会保留大部分或全部吸引力，因为它在统一叙事方面具有强大的实用性，并且能为解决那些在性格消亡之后幸存下来的道德问题提供丰富的机会。还有一种可能就是，彻底的重新定位使我们不再倾向于诉诸性格，这就让基于性格的叙事看起来要么是奇奇怪怪的感伤小册子，要么就是支持一种危险的错误道德的宣传。

附录：性格与欺骗的代价

我强调，人们爱根据一个人在过去交往中已知的可靠性来决定是否与之合作和互惠，很自然地将其定义为一种**性格**现象和对性格的**认可**：背叛以及其他形式的欺骗都是性格缺陷的产物（或者说，是消极性格特征的产物），有关欺骗的证词让我们形成有关性格的假设，我们认为这是对欺骗的解释和对未来不可靠性的预测。我们现在已经看到，人们对性格概念提出了严重的质疑，这些质疑源自对人们的行为如何因情况而异的实证研究。

之前的附录中所概述的假说能够阐明如下问题：如果我们对性格之功效的信念是错误的，那我们怎么都明显普遍地相信它呢？回想一下：该假说认为，叙事与语言共同进化，因为叙事形式使有关人们行为的证词保持（相对）诚实。而这份诚实证词的价值就在于，它使人们能够将自己的合作和无私行为指向那些声誉良好的人。

现在，对性格之功效/存在的怀疑似乎破坏了这一假说，因为这些怀疑破坏了这样一种假定，即人们会通过听取一个人在过去情况下的可靠性证词，并从中推断出未来和性质不同的情况，从而做得很好。然而，我们可以把对性格的信念视为阻止欺骗的有效机制的一部分，**而不必假设对性格的信念是真实可靠的**。假设那种不可靠性高度取决于情形：一个在某种场合被证明不可靠的人，实际上，在另一种场合也许不太可能不可靠。但是，如果人们认为不可靠的行为揭示了一个人的性格并因此表明在未来的合作或互惠活动中人们应该避免与此人为伍,那么不可靠行为的实施者就会承担高昂的代价,也会因此而面临对不诚实行为的有力遏制。如此一来,对性格的信念,即便它没有事实依据,或者是对事实的严重夸大,也会通过有助于控制随着复杂语言的出现而产生的不可靠性的激增而得到回报。

这种解释给我们留下了一个问题,即如何解释一种信奉性格的倾向是怎样出现和传播的。毕竟,只要没有性格这种东西,一个信奉性格的人就没有优势,因为没有哪一个人的态度会对不诚实的代价产生实质性的影响。而那个唯一的信徒就会处于某种劣势,因为他或者她会放弃合作的机会,而其他人则会从中受益。如果我们认为对性格的敏感就是对真实事物的敏感,那么问题就会迎刃而解,因为一个能够发现和回应基于性格的倾向的人将是更好的行为预测者;不过此时此刻,我们想要揭示的是对性格的错误信念,所以这个解决方案对我们来说是不可取的。

像这样的问题在进化理论中不时出现①。一种解决方案是假设相关特征最初是适应性中立的,并且由于非适应性原因而扩散,只有在扩散之后才获得一种独特的功能。如上所示,这里的相关特征,即对性格的信念,最初似乎处境不利,因此我们也无法进行这种推理②。另一种解决方案是,这种特征是其他某种适应性特征的副产品,就像北极熊那不同寻常的厚重皮毛是其有利于保暖的皮毛之结果③。我将简要制定一个解决此类问题的方案,虽然事实将证明,此种情况与北极熊的情况大相径庭。

该解决方案有赖于这样一种说法,即我们倾向于相信,世界更多是从心理组织的角度而不是从实际情况来得以解释的。我们信奉并不存在的超自然力量,也信奉神秘地支配我们行为的复杂且深层的心理结构;我们把理性的动机和思考归于那些压根儿就没有这些能力的动

---

① 请参阅 Origgi and Sperber, 2001:第8节。
② 我将此视为关于"对性格的信念"之假设,但其早期表现可能达到了一个难以恰如其分地用信仰来描述的水平;我们可以谈论,而不是"本能地倾向于不再信任那些曾经欺骗或叛逃的人"。
③ 请参阅 Jackson, 1982。

物；我们把某些其实是行为之意外结果的产物看成是恶意的产物；我们把某些其实是单独决策的结果（比如肯尼迪遇刺）看成是巨大阴谋的产物；我们把自己的失败归咎于环境的力量，但我们经常把他人令人讨厌的行为归咎于性格缺陷，并且找到理由来予以抱怨，不仅抱怨人们的决策，还抱怨那些表明"他们是何许人也"的深层特征[①]。在没有思想的地方，我们仍然设法看到思想；在有思想的地方，我们看到更多的思想；在思想杂乱无章的地方，我们看到条理清晰的思想；在思想达到决策水平的地方，我们发现思想处于性格的更高层面。

我们不应当由此而得出结论，认为思想不过是一种幻觉；恰恰相反，对这些过度行为的最好的解释可能取决于这样一种假设，即思想是真实的，而且是真正被理解的。在我们进化史上的某个阶段，我们学会了读心术，读懂我们自己的思想和他人的思想。因为思想确实存在，因为对思想的理解赋予了理解者如此的力量，所以我们继续发展了一种强大的读心能力。而且，功能强大的手段有时候并不具备很强的辨别力。也许我们的读心能力就像一种粗糙简陋的房屋破坏技术：一个更大的破坏球[②]可以给你提供更大的穿透力，但瞄准度却更低。

因此，我的假设是，对性格的信念并不是一种需要在人群中自行传播的独立特质，而是我们过度倾向于在其他方面高度适应读心术的结果。在此，我们得出了此种情况与北极熊皮毛的情况之间的关键区别。考虑到大自然不得不利用的资源，我认为北极熊最终穿上厚重的外套是不可避免的；大自然无法将这件外套的重量控制在一定的范围之内。关于过度倾向于读心术，有个令人困惑的问题便是，假设这种过度是非适应性的，那它为什么没有得到纠正，为什么物竞天择的压力没有让我们的读心术变得更好？一个擅长读心的动物似乎没道理必

---

① 关于这一错误对我们理解信念与想象之间差异的一些影响，请参阅 Currie and Jurideini, 2004。关于最近的研究，请参阅 Rosset, 2008 对成年人在所有行为中倾向于看到意图的论述；还可参阅 Kelemen and Rosset, 2009，该书认为，"尽管接触到了当代科学的因果解释，但是成年人仍十分明确地持有一些在科学上毫无根据的目的论观点"。

② 破坏球（wrecking ball）也被称为拆除球，是一种重型金属球，具有强大的破坏力，主要用于拆除旧建筑物。——译者注

须是一个**挥霍无度**的读心术者。面对这样一个问题，人们自然会寻求抵消压力，以解释在种群中保持过度心理化的趋势。这就是我目前的假设：如果人们对性格的信念是出于一种高度适应却过度的倾向，即将思想解读给世人，那么它蔓延成固恋也就得到解释了。其过度行为被保留下来的事实也由于我在上文中概述的、它赋予我们的附带优势而得到了解释：它抑制欺骗，从而抑制复杂语言之发展所引发的不可靠性的激增。

12 结　语

　　叙事是一种表征形式；一种在我们个人和集体生活中有着鲜明特点和特殊作用的表征形式。作为一种思维和交流工具，它可能与语言共同进化，有助于抑制语言以其低成本信号在社交界释放的不可靠性的激增。叙事是人工的表征形式，强调特定事物尤其是动因之间的因果和时间联系；叙事非常适合对动机和行动的表征。除了表现思想及其与世界之间的相互作用，叙事还凭借其能力来表现一种特殊的、心理与世界的相互作用，即对意图的传达；其表现的内容取决于其制作者如何传达他们想要表达的意图。

　　叙事也有无须依赖于意图的一面，虽然有时确实有赖于意图。通过表现力，叙事不仅讲述了一个故事，而且还将受众与该故事关联起来，时常利用读者或观者的自然倾向，不过有时也会规定应该如何去回应与自然倾向相冲突的故事。冲突的案例既包括那些增强判断力、我们因其有助于理解而交口称赞的故事，也包括那些令人不安、让我们怀疑其对情绪反应的激发不过是为了夸大叙事之重要感的故事，还包括那些不假思索地迎合最恶劣的动机的故事。虽然叙述者有很多方法来调整我们对其故事的反应，但是他们所做的很多事情都是通过伪装或模仿来设法办到的，前者是反讽叙事的基础，后者则是基于（但不是从）某个人物视点进行叙事的基础。叙述者武器库里的另一个重要武器就是为情节中的人物配备与众不同（或许不切合实际地与众不同）的性格；他们被赋予了显著而稳定的行动原则，有助于让人觉得故事世界是独立于其制作者的世界，并且满足对秩序、连贯性、对环境的心理控制等或多或少具有普遍性的愿望。

参考文献

Abalufia, D. (1988) *Frederick II: A Mediaeval Emperor*. London: Allen Lane.

Abbott, H. P. (2002) *Narrative*. Cambridge: Cambridge University Press.

Ackroyd, P. (2002) *Albion: The Origins of the English Imagination*. London: Chatto and Windus.

Aczel, R. (1998) "Hearing Voices in Narrative Texts", *New Literary History*, 29: 467−500.

Adams, R. M. (2006) *A Theory of Virtue: Excellence in Being for the Good*. Oxford: Oxford University Press.

Alexander, R. (1987) *The Biology of Moral Systems*. New York: De Gruyter.

Allen, R. (2002) "Avian Metaphor in *The Birds*". In S. Gottlieb and C. Brookhouse (eds.) *Framing Hitchcock: Selected Essays from the Hitchcock Annual*. Detroit, Mich.: Wayne State University Press.

Auerbach, E. (1953) *Mimesis: The Representation of Reality in Western Literature*. Princeton, N.J.: Princeton University Press.

Bach, K. (1994) "Conversational Impliciture", *Mind and Language*, 9: 124−162.

—(2000) "Quantification, Qualification and Context: A Reply to Stanley and Szabo", *Mind and Language*, 15: 262−83.

—(2005) "Context ex machine". In Z. G. Szabo (ed.) *Semantics versus Pragmatics*. Oxford: Oxford University Press.

Badhwar, N. (2008) "Is Realism Really Bad for You?", *Journal of Philosophy*, 105: 85—107.

Bal, M. (1997) *Narratology*, 2nd edn. Toronto: University of Toronto Press.

Balcetis, E., and R. Dale (2005) "An Exploration of Social Modulation of Syntactic Priming". In *Proceedings of the Twenty-seventh Cognitive Science Society*. Mahwah, N. J.: Lawrence Erlbaum: 184—189.

Banfield, A. (1982) *Unspeakable Sentences: Narration and Representation in the Language of Fiction*. London: Routledge and Kegan Paul.

Bargh, J., M. Chen, and L. Burrows (1996) "The Automaticity of Social Behaviour: Direct Effects of Trait Concept and Stereotype Activation on Action", *Journal of Personality and Social Psychology*, 71: 230—244.

Barker, S. (2004) *Renewing Meaning: A Speech-act Theoretic Approach*. Oxford: Oxford University Press.

Barrett, J., (1998) "Cognitive Constraints on Hindu Concepts of the Divine", *Journal for the Scientific Study of Religion*, 37: 608—619.

Barrett, J., and F. Keil (1996) "Conceptualizing a Non-natural Entity: Anthropomorphism in God Concepts", *Cognitive Psychology*, 31: 219—247.

Bayley, J. (1995) "Sleepwalk into Popularity", review of John Sutherland, *The Life of Sir Walter Scott: A Critical Biography*, *Times Higher Education Supplement*, 5 Apr.

Beach, J. W. (1918) *The Method of Henry James*. New Haven, Conn.: Yale University Press.

Beardsley, M. (1981) *Aesthetics*. Indianapolis, Ind.: Hackett Publishing Company.

Biesele, M. (1993) *Women Like Meat: The Folklore and Foraging Ideology of the Kalahari Ju/'hoan*. Bloomington, Ind.: Indiana University Press.

Blackburn, S. (1984) *Spreading the Word*. Oxford: Oxford University Press.

Block, N. (2005) Review of Alva Noë, *Action in Perception*, *Journal of Philosophy*, 102: 259—272.

Bloom, P. (1996) "Intention, History, and Artefact Concepts", *Cognition*, 60: 1—29.

Boghossian, P., and J. D. Velleman (1989) "Colour as a Secondary Quality", *Mind*, 98: 81—103.

Booth, W. C. (1974) *The Rhetoric of Irony*. Chicago: University of Chicago Press.

—(1983) *The Rhetoric of Fiction*. 2nd edn. Chicago: University of Chicago Press.

—(1988) *The Company We Keep*. Berkeley, Calif.: University of California Press.

Bower, G., and D. Morrow (1990) "Mental Models in Narrative Comprehension", *Science*, 247: 44—48.

Boyer, P. (2001) *Religion Explained*. London: Heinemann.

Bradley, A. C. (1905) *Shakespearean Tragedy: Lectures on Hamlet, Othello, King Lear, Macbeth*. 2nd edn. London: Macmillan.

Bremond, C. (1964) "Le Message narratif", *Communications*, 4: 4—32.

Bristol, M. (1994) "Reviews of Christy Desmet, *Reading Shakespeare's Characters:Rhetoric, Ethics, and Identity* and Bert O. States", *Hamlet and the Concept of Character, Shakespeare Quarterly*, 45: 226—231.

—(2000) "How Many Children Did She Have?" In J. Joughin (ed.) *Philosophical Shakespeares*. London: Routledge.

Britton, J. (1961) "Bradley and Those Children of Macbeth", *Shakespeare Quarterly*, 349—351.

Brooks, C., and W. P. Warren (1946) *Understanding Fiction*. New York: F. S. Crofts and Co.

Brownell, H. H., et al. (1990) "Appreciation of Metaphoric Alternative Word Meanings by Left and Right Brain-damaged Patients", *Neuropsychologia*, 28: 375—383.

Bruner, J. (1990) *Acts of Meaning*. Cambridge, Mass.: Harvard University Press.

Butterfield, H. (1957) *George III and the Historians*. London: Macmillan.

Byrne, A. (1993) "Truth in Fiction: The Story Continued", *Australasian Journal of Philosophy*, 71: 24—35.

Calvin, W. H. (2002) *A Brain for All Seasons: Human Evolution and Abrupt Climate Change*. Chicago: University of Chicago Press.

Cameron, J. M. (1875) *Illustrations to Tennyson's Idylls of the King and other Poems*. London: Messrs. King and Co.

Campbell, J. (1994) *Past, Space and Self*. Cambridge, Mass.: MIT Press.

—(2007) "An Interventionist Approach to Causation in Psychology". In Alison Gopnik and Laura Schulz (eds.) *Causal Learning: Psychology, Philosophy and Computation*. Oxford: Oxford University Press.

Carroll, N. (1990) *The Philosophy of Horror: Or, Paradoxes of the Heart*. London: Routledge.

—(1993) "Historical Narratives and the Philosophy of Art", *Journal of Aesthetics and Art Criticism*, 51: 313—326.

—(1997) "Vertigo and the Pathologies of Romantic Love". In David Baggett and William A. Drumin (eds.) *Hitchcock and Philosophy: Dial M for Metaphysics*. Chicago: Open Court.

—(2001a) "On the Narrative Connection". In Willie van Peer and Symour Chatman (eds.) *Perspectives on Narrative Perspective*. Albany, N. Y.: State University of New York Press.

—(2001b) "Art, Narrative and Moral Understanding". In N. Carroll, *Beyond Aesthetics*. Cambridge: Cambridge University Press.

—(2006) "Introduction to Part IV: Film Narrative/Narration". In N. Carroll and J. Choi (eds.) *Philosophy of Film and Motion Pictures: An Anthology*. Oxford: Blackwell.

Carston, R. (2002) *Thoughts and Utterances*. Oxford: Blackwell.

Carver, C., R. Ganellen, W. Froming, and W. Chambers (1983) "Modelling: An Analysis in Terms of Category Accessibility", *Journal of Experimental Social Psychology*, 19: 403—421.

Chartrand, T. L., and J. A. Bargh (1999) "The Chameleon Effect: The Perception-Behavior Link and Social Interaction", *Journal of Personality and Social Psychology*, 76: 893—910.

Chase, K. (1984) *Eros and Psyche: The Representation of Personality in Charlotte Brontë, Charles Dickens and George Eliot*. New York and London: Methuen.

Chatman, S. (1990) *Coming to Terms*. Ithaca, N. Y. and London: Cornell University Press.

Chen, C. K. (2008) "On Having a Point of View: Belief, Action, and Egocentric States", *Journal of Philosophy*: 240—258.

Cheney, D. L., and R. M. Seyfarth (1990) *How Monkeys See the World*. Chicago: University of Chicago Press.

Christie, I. (1970) *Myth and Reality in Late Eighteenth-century British Politics and Other Essays*. London: Macmillan.

Cixous, H. (1974) "The Character of Character", *New Literary History*, 5: 383—402.

Clark, H. H. (1996) *Using Language*. Cambridge: Cambridge University Press.

—, and R. J. Gerrig (1984) "On the Pretense Theory of Irony", *Journal of Experimental Psychology: General*, 113: 121—126.

—(1990) "Quotations as Demonstrations", *Language*, 66: 764—805.

Cohan, S. (1983) "Figures beyond the Text: A Theory of Readable Character in the Novel", *Novel*, 17: 5—27.

Cohen, E. (2003) "The Inexplicable: Some Thoughts after Kant". In Berys Gaut and Paisley Livingstone (eds.) *The Creation of Art*. Cambridge: Cambridge University Press.

Cohn, D. (1966) "Narrated Monologue: Definition of a Fictional Style", *Comparative Literature*, 18: 97—112.

—(1978) *Transparent Minds: Narrative Modes for Presenting Consciousness in Fiction*. Princeton, N.J.: Princeton University Press.

Cohn, D. (1999) "The Second Author of Death in Venice". In *The Distinction of Fiction*, Baltimore, Md.: Johns Hopkins University Press.

Colston, H., and R. Gibbs (2002) "Are Irony and Metaphor Understood Differently?" *Metaphor and Symbol*, 17: 57—80.

Comstock, G. (2005) "Media Violence and Aggression, Properly Considered". In S. Hurley and N. Chater (eds.) *Perspectives on Imitation*, ⅱ. *Imitation, Human Development and Culture*. Cambridge, Mass.: MIT Press.

Cooke, K. (1972) *A. C. Bradley and His Influence in Twentieth-century Shakespeare Criticism*. Oxford: Clarendon Press.

Corazza, E. (2005) "On Epithets Qua Attributive Anaphors", *Journal of Linguistics*, 41: 1—32.

Cox, M. (1986) *Introduction, The Ghost Stories of M. R. James*. Oxford: Oxford University Press.

Culler, J. (1980) "Fabula and Sjuzhet in the Analysis of Narrative: Some American Discussions", *Poetics Today*, 1: 27−37.

Currie, G. (1990) *The Nature of Fiction*. New York: Cambridge University Press.

—(1993) "Objectivity and Interpretation", *Mind*, 102: 413−428.

—(1995) *Image and Mind: Film, Philosophy, and Cognitive Science*. Cambridge: Cambridge University Press.

—(2002) "Desire in Imagination". In T. Gendler (eds.) *Conceivability and Possibility*. Oxford: Oxford University Press.

—(2004) *Arts and Minds*. Oxford: Oxford University Press.

—(2006) "Why Irony is Pretence". In S. Nichols (ed.) *The Architecture of the Imagination*. Oxford: Oxford University Press.

—(2008) "Pictures of King Arthur: Photography and the Power of Narrative". In S. Walden (ed.) *Photography and Philosophy: Essays on the Pencil of Nature*. Malden, Mass.: Blackwell.

—(forthcoming) "Empathy for Objects". In A. Coplan and P. Goldie (eds.) *Empathy: Philosophical and Psychological Perspectives*. Oxford: Oxford University Press.

—, and I. Ravenscroft (2002) *Recreative Minds*. Oxford: Oxford University Press.

—, and J. Juridieni (2003) "Art and Delusion", *Monist*, 86: 556−578.

—(2004) "Narrative and Coherence", *Mind and Language*, 19: 409−427.

Dancy, J. (1995) "New Truths in Proust?", *Modern Language Review*, 90: 18−28.

Danto, A. C. (1978) "Freudian Explanations and the Language of the Unconscious". In J. H. Smith (ed.) *Psychoanalysis and Language*. New Haven, Conn.: Yale University Press.

—(1984) "Defective Affinities: 'Primitivism' in Twentieth-century Art", *Nation*, 239: 590—592.

Darley, J., and C. Bateson (1973) "From Jerusalem to Jericho: A Study of Situational and Dispositional Variables in Helping Behaviour", *Journal of Personality and Social Psychology*, 27: 100—108.

Dawkins, M., and T. Guilford (2003) "The Corruption of Honest Signalling", *Animal Behaviour*, 41: 865—873.

Dijksterhuis, A. (2005) "Why We are Social Animals". In S. Hurley and N. Chater (eds.) *Perspectives on Imitation*, ⅱ. *Imitation, Human Development and Culture*. Cambridge, Mass.: MIT Press.

—, and A. van Knippenberg (1998) "The Relation between Perception and Behavior, or How to Win a Game of Trivial Pursuit", *Journal of Personal and Social Psychology*, 74: 865—877.

H. Aarts, J. Barg, and A. van Knippenberg (2000) "On the Relation between Associative Strength and Automatic Behaviour", *Journal of Experimental Social Psychology*, 36: 531—544.

Doris, J. (2000) *Lack of Character*. Cambridge: Cambridge University Press.

Doron, E. (1991) "Point of View as a Factor of Content". In S. M. Moore and A. Z. Wyner (eds.) *Proceedings of SALT*, 1. Ithaca, N.Y.: CLC Publications.

Dowe, P. (2000) *Physical Causation*. Cambridge: Cambridge University Press.

Dretske, F. (1988) *Explaining Behavior*. Cambridge, Mass.: MIT Press.

Dunbar, R. (1996) *Grooming, Gossip and the Evolution of Language*. London: Faber and Faber.

Eilan, N., C. Hoerl, T. McCormack, and J. Roessler (eds.) (2005) *Joint Attention: Communication and Other Minds: Issues in Philosophy and Psychology*. Oxford: Oxford University Press.

Fabb, N. (2002) *Language and Literary Structure: The Linguistic Analysis of Form in Verse and Narrative*. Cambridge: Cambridge University Press.

Fara, M. (2008) "Masked Abilities and Compatibilism", *Mind*, 117: 843−865.

Ferrari, G. (2008) "Socratic Irony as Pretence", *Oxford Studies in Ancient Philosophy*, 34: 49−81.

Fivush, R. (1994) "Constructing Narrative, Emotion and Gender in Parent-Child Conversations about the Past". In U. Neisser and R. Fivush (eds.) *The Remembering Self: Construction and Accuracy of the Life Narrative*. New York: Cambridge University Press.

Flanegan, O. (1993) *Varieties of Moral Personality*. Cambridge, Mass.: Harvard University Press.

Flesch, W. (2007) *Comeuppance: Costly Signaling, Altruistic Punishment, and Other Biological Components of Fiction*. Cambridge, Mass.: Harvard University Press.

Fludernik, M. (1991) "Subversive Irony: Reflectorization, Trustworthy Narration and Dead-pan Narrative in *The Mill on The Floss*", *Real*, 8: 157−182.

—(1993) *The Fictions of Language and the Languages of Fiction*. London and New York: Routledge.

Fodor, J. (1984) *The Modularity of Mind*. Cambridge Mass.: Bradford Books.

Forster, E. M. (1927) *Aspects of the Novel*. London: Edward Arnold.

Frank, R. (2001) "Cooperation through Emotional Commitment". In Randolph M. Nesse (ed.) *Evolution and the Capacity for Commitment*. New York: Russell Sage Foundation Publications.

Freud, S. (1985) "The Uncanny". In A Dickson (ed.) *The Pelican Freud Library*, XIV. Harmondsworth: Penguin. First pub. 1919.

Friedman, N. (1955) "Point of View in Fiction: The Development of a Critical Concept", *PMLA*, 70: 1160−1184.

Funkhouser, E., and S. Spaulding (2009) "Imagination and Other Scripts", *Philosophical Studies*, 143: 291−314.

Gaut, B., and P. Livingstone (eds.) (2003) *The Creation of Art*. Cambridge: Cambridge University Press.

Gendler, T. S. (2000) "The Puzzle of Imaginative Resistance", *Journal of Philosophy*, 97: 55−81.

—(2003) "On the Relation between Pretence and Belief". In M. Kieran and D. M. Lopes (eds.) *Imagination, Philosophy and the Arts*. London: Routledge.

—(2006a) "Imaginative Contagion", *Metaphilosophy*, 37: 183−203.

—(2006b) "Imaginative Resistance Revisited". In S. Nichols (ed.) *The Architecture of the Imagination*. Oxford: Oxford University Press.

—(2008a) "Alief in Action (and Reaction)", *Mind and Language*, 23: 552−585.

—(2008b) "Alief and Belief", *Journal of Philosophy*, 105: 634−663.

Genette, G. (1980) *Narrative Discourse*. Ithaca, N.Y. and London: Cornell University Press. Trans. of a portion of Figures III. First pub. 1970.

—(1988) *Narrative Discourse Revisited*. Ithaca, N.Y. and London:

Cornell University Press. Trans. of *Nouveau discours du recit*. First pub. 1983.

Gibbs, R. (1994) *The Poetics of Mind: Figurative Thought, Language, and Understanding*. Cambridge: Cambridge University Press.

—(1999) *Intentions in the Experience of Meaning*. Cambridge: Cambridge University Press.

—(2000) "Metarepresentations as Staged Communicative Acts". In D. Sperber (ed.) *Metarepresentations: A Multidisciplinary Perspective*. Oxford: Oxford University Press.

Gibson, James J. (1979) *The Ecological Approach to Visual Perception*. Boston: Houghton Mifflin.

Gibson, John (2007) *Fiction and the Weave of Life*. Oxford: Oxford University Press.

Gluckman, M. (1963) "Gossip and Scandal", *Current Anthropology*, 4: 307—316.

Godfrey-Smith, P. (1996) *Complexity and the Function of Mind in Nature*. Cambridge: Cambridge University Press.

Goldie, P. (2003) "Narrative, Emotion and Perspective". In Matthew Kieran and Dominic McIver Lopes (eds.) *Imagination, Philosophy and the Arts*. London: Routledge.

—(2004) *On Personality (Thinking in Action)*. London: Routledge.

Gombrich, E. H. (1999) *The Uses of Images: Studies in the Social Function of Art and Visual Communication*. London: Phaidon.

Goodman, N. (1981) "Twisted Tales: Story, Study and Symphony". In W. J. T. Mitchell (ed.) *On Narrative*. Chicago: University of Chicago Press.

Green. M. (2007) *Self-Expression*. Oxford: Oxford University Press.

Greimas, A. (1977) "Elements of a Narrative Grammar", *Diacritics*, 7: 23—40.

Grice, H. P. (1957) "Meaning", *Philosophical Review*, 66: 377−388. Repr. In H. P. Grice, *Studies in the Way of Words*. Cambridge, Mass.: Harvard University Press, 1989.

—(1989) *Studies in the Way of Words*. Cambridge, Mass.: Harvard University Press.

Gunn, D. (2004) "Free Indirect Discourse and Narrative Authority in *Emma*", *Narrative*, 12: 35−54.

Haack, S. (1993) *Evidence and Inquiry: Towards Reconstruction in Epistemology*. Oxford: Basil Blackwell.

Halliwell, S. (2002) *The Aesthetics of Mimesis: Ancient Texts and Modern Problems*. Princeton, N.J.: Princeton University Press.

Happé, F. (1993) "Communicative Competence and the Theory of Mind in Autism: A Test of Relevance Theory", *Cognition*, 48: 101−119.

—(1995) "Understanding Minds and Metaphors: Insights from the Study of Figurative Language in Autism", *Metaphor and Symbol*, 10: 275−295.

Hargraves, N. (2003) "Revelation of Character in Eighteenth-century Historiography and William Robertson's *History of the Reign of Charles V*", *Eighteenth-century Life*, 27: 23−48.

Harman, G. (1999) "Moral Philosophy Meets Social Psychology: Virtue Ethics and the Fundamental Attribution Error", *Proceedings of the Aristotelian Society*, 99: 315−331.

—(2000) "The Nonexistence of Character Traits", *Proceedings of the Aristotelian Society*, 100: 223−226.

Harold, J. (2005) "Infected by Evil", *Philosophical Explorations*, 8: 173−187.

Harris, P., and S. Want (2005) "On Learning What Not to Do: The Emergence of Selective Tool Use in Young Children". In S. Hurley and N. Chater (eds.) *Perspectives on Imitation*, ⅱ.

Imitation, Human Development and Culture. Cambridge, Mass.: MIT Press, 2005.

Harvey, W. J. (1965) *Character and the Novel*. London: Chatto and Windus.

Heal, J. (2003) *Mind, Reason and Imagination*. Cambridge: Cambridge University Press.

Herrnstein-Smith, B. (1981) "Narrative Versions, Narrative Theories". In W. Mitchell (ed.) *On Narrative*. Chicago: University of Chicago Press.

Hetherington, S. (2001) *Good Knowledge, Bad Knowledge: On Two Dogmas of Epistemology*. Oxford: Oxford University Press.

Hobson, P. (2005) "What Puts the Jointness into Joint Attention?" In N. Eilan, et al. (eds.) *Joint Attention: Communication and Other Minds: Issues in Philosophy and Psychology*. Oxford: Oxford University Press.

—, and A. Lee (1999) "Imitation and Identification in Autism", *Journal of Child Psychology and Psychiatry*, 40: 649−659.

Hochman, B. (1985) *Character in Literature*. Ithaca, N. Y. and London: Cornell University Press.

Hoerl, C., and T. McCormack (2005) "Joint Reminiscing as Joint Attention to the Past". In N. Eilan, et al. (eds.) *Joint Attention: Communication and other Minds: Issues in Philosophy and Psychology*. Oxford: Oxford University Press.

Hogan, R. (2005) "In Defense of Personality Measurement: New Wine for Old Whiners", *Human Performance*, 18: 331−341.

Holloway, J. (1960) *The Charted Mirror*. London: Routledge.

Holton, R. (1997) "Some Telling Examples: A Reply to Tsohatzidis", *Journal of Pragmatics*, 28: 625−628.

Hopkins, R. (1998) *Picture, Image and Experience*. Cambridge:

Cambridge University Press.

Horwitz, M. (1986) "*The Birds*: A Mother's Love". In M. Deutelbaum and L. Poages (eds.) *A Hitchcock Reader*. Ames, Ia.: Iowa State University Press.

Hough G. (1970) "Narrative and Dialogue in Jane Austen", *Critical Quarterly*, 12: 201−229.

Huesmann, L. R. (2005) "Imitation and the Effects of Observing Media Violence on Behaviour". In S. Hurley and N. Chater (eds.) *Perspectives on Imitation*, ii. *Imitation, Human Development and Culture*. Cambridge, Mass.: MIT Press.

Hugenberg, K., and G. V. Bodenhausen (2003) "Facing Prejudice: Implicit Prejudice and the Perception of Facial Threat", *Psychological Science*, 14: 640.

Hume, D. (1985) "On the Standard of Taste". Repr. in D. Hume, *Essays: Moral, Political and Legal*. Indianapolis, Ind.: Liberty Fund. First pub. 1757.

Hurley, S. L. (2004a) "Active Perception and Perceiving Action: The Shared Circuits Hypothesis". In T. S. Gendler and J. Hawthorne (eds.) *Perceptual Experience*. New York: Oxford University Press.

—(2004b) "Imitation, Media Violence and Freedom of Speech", *Philosophical Studies*, 117: 165−218.

—, and N. Chater (eds.) (2005) *Perspectives on Imitation*, ii. *Imitation, Human Development and Culture*. Cambridge, Mass.: MIT Press.

Ignatieff, M. (1998) *Isaiah Berlin: A Life*. London: Chatto and Windus.

Iseminger, G. (1992) "An Intentional Demonstration?" In G. Iseminger (ed.) *Intention and Interpretation*. Philadelphia, Pa.: Temple University Press.

Isen, A., and P. Levin (1972) "Effect of Feeling Good on Helping: Cookies and Kindness", *Journal of Personality and Social Psychology*, 21: 384—388.

Iser, W. (1989) *Prospecting: From Reader Response to Literary Anthropology*. Baltimore, Md.: Johns Hopkins University Press.

Jackson, F. (1982) "Epiphenomenal Qualia", *Philosophical Quarterly*, 32: 127—136.

—(1987) *Conditionals*. Oxford: Blackwell.

Jancke, R. (1929) *Das Wesen der Ironie: Eine Strukturanalyse ihrer Erscheinungsformen*. Leipzig: Johann Ambrosius Barth.

Johansson, P., L. Hall, S. Sikstromand, and A. Olsson (2005) "Choice Blindness: On the Failure to Detect Mismatches between Intention and Outcome in a Simple Decision Task", *Science*, 310: 116—119.

Jolly, R (1997) "Review of S. Teahan, *The Rhetorical Logic of Henry James*, *Review of English Studies*", 98, 555—556.

Jones, K. (1996) "Trust as an Affective Attitude", *Ethics*, 107: 4—25.

Kahneman, D., and A. Tversky (1981) "The Framing of Decisions and the Psychology of Choice", *Science*, 30: 453—458.

Kamtekar, R (2004) "Situation and Virtue Ethics on the Content of Our Characters", *Ethics*, 114: 458—491.

Kania, A. (2002) "The Illusion of Realism in Film", *British Journal of Aesthetics*, 42: 243—258.

Karttunen, L. (1977) "Syntax and Semantics of Questions", *Linguistics and Philosophy*, 1: 3—44.

Keil, F., M. Greif, and R. Kerner (2007) "A World Apart: How Concepts of the Constructed World are Different in Representation and in Development". In E. Margolis and S. Laurence (eds.) *Creations of the Mind*. Oxford: Oxford University Press.

Kelemen, D., and S. Carey (2007) "The Essence of Artefacts: Developing the Design Stance". In E. Margolis and S. Laurence (eds.) *Creations of the Mind*. Oxford: Oxford University Press.

—, and E. Rosset (2009) "The Human Function Compunction: Teleological Explanation in Adults", *Cognition*, 111: 138—143.

Kermode, F. (1981) "Secrets and Narrative Sequence". In W. J. T. Mitchell (ed.) *On Narrative*. Chicago: University of Chicago Press.

Kinkead-Weekes, M. (1962) Introduction, Everyman Library edn of *Pamela*. London: Dent and Son.

Knights, L. C. (1933) *How Many Children Had Lady Macbeth? An Essay in the Theory and Practice of Shakespeare Criticism*. Cambridge: Minority Press.

Krauss, L. (2007) *The Physics of Star Trek*. Revised. New York: Basic Books.

Kreuz, R., and S. Glucksberg (1989) "How to be Sarcastic: The Echoic Reminder Theory of Verbal Irony", *Journal of Experimental Psychology: General*, 118: 374—386.

Kumon-Nakamura, S., S. Glucksberg, and M. Brown (1985) "How about Another Piece of Pie: The Allusional Pretense Theory of Discourse Irony", *Journal of Experimental Psychology*, 124: 3—21.

Lachmann, M., S. Számadó, and C. Bergstrom (2001) "Cost and Conflict in Animal Signals and Human Language", *Proceedings of the National Academy of Sciences*, 98: 13189—13194.

Lamarque, P. (1996) *Fictional Points of View*. Ithaca, N. Y. and London: Cornell University Press, 1996.

—(2004) "On Not Expecting Too Much of Narrative", *Mind and Language*, 17: 393—408.

—(2007) "Aesthetics and Literature: A Problematic Relation?",

Philosophical Studies, 135: 27—40.

—, and S. H. Olsen (1996) *Truth, Fiction, and Literature: A Philosophical Perspective*. Oxford: Clarendon Press.

Le Poidevin, R. (2007) *The Images of Time*. Oxford: Oxford University Press.

Levinson, J. (1996) "Film Music and Narrative Agency". In D. Bordwell and N. Carroll (eds.) *Post-theory: Reconstructing Film Studies*. Madison, Wis.: University of Wisconsin Press. Page refs are to the repr. in J. Levinson, *Contemplating Art*. Oxford: Oxford University Press, 2006.

—(2002) "Hypothetical Intentionalism". In M. Kraus (ed.) *On the Single Right Interpretation*. University Park, Pa.: Pennsylvania State University Press.

Levinson, S. (2000) *Presumptive Meaning: The Theory of Generalised Conversational Implicatures*. Cambridge, Mass.: MIT Press.

Lewis, D. K. (1975) "Languages and Language". In K. Gunderson (ed.) *Minnesota Studies in the Philosophy of Science*, 8: 3—35. Repr. in D. K. Lewis, *Philosophical Papers*, i. Oxford: Oxford University Press, 1983.

—(1976) "The Paradoxes of Time Travel", *American Philosophical Quarterly*, 13: 145—152.

—(1978) "Truth in Fiction", *American Philosophical Quarterly*, 15: 37—46. Repr. in D. K. Lewis, *Philosophical Papers*, i. Oxford: Oxford University Press, 1983.

—(1982) "Logic for Equivocators", *Nous*, 16: 431—441.

—(1986) "Causal Explanation". Repr. in D. K. Lewis, *Philosophical Papers*, ii. Oxford: Oxford University Press, 1986.

Livingston, P. (2003) *Pentimento*. In B. Gaut and P. Livingstone (eds.) *The Creation of Art*. Cambridge: Cambridge University

Press.

——(2005) *Art and Intention*. Oxford: Oxford University Press.

Lopes, D. M. (1996) *Understanding Pictures*. Oxford: Oxford University Press.

Lubbock, P. (1921) *The Craft of Fiction*. London: Jonathan Cape.

McGinn, C. (2006) *Shakespeare's Philosophy*. New York: HarperCollins.

McHale, B. (1978) "Free Indirect Discourse: A Survey of Recent Accounts", *Poetics and the Theory of Literature*, 3: 249—287.

MacIntyre, A. (1981) *After Virtue*. London: Duckworth.

Maynard, P. (2003) "Drawing as Drawn: An Approach to Creation in an Art". In B. Gaut and P. Livingstone (eds.) (2003) *The Creation of Art*. Cambridge: Cambridge University Press.

Meltzoff, A. (1985) "Immediate and Deferred Imitation in Fourteen- and Twenty-four-month-old Infants", *Child Development*, 56: 62—72.

——(1988) "Infant Imitation and Memory: Nine-month-olds in Immediate and Deferred Tests", *Child Development*, 59: 217—225.

——(1990) "Foundations for Developing a Concept of Self: The Role of Imitation in Relating Self to Other and the Value of Social Mirroring, Social Modelling, and Self Practice in Infancy". In D. Cicchetti and M. Beeghly (eds.) *The Self in Transition: Infancy to Childhood*. Chicago: University of Chicago Press.

Misak, C. (2008) "Experience, Narrative, and Ethical Deliberation", *Ethics*, 118: 614—632.

Mithen, S. (2005) *The Singing Neanderthals: The Origins of Music, Language, Mind and Body*. London: Weidenfeld and Nicolson.

Moore, A. (1997) *Points of View*. Oxford: Oxford University Press.

Moran, R. (1989) "Seeing and Believing: Metaphor, Image and Force", *Critical Inquiry*, 16: 87−112.

—(1994) "The Expression of Feeling in Imagination", *Philosophical Review*, 103: 75−106.

—(2001) *Authority and Estrangement: An Essay on Self-knowledge*. Princeton, N.J.: Princeton University Press.

Morrow, D., G. Gower, and S. Greenspan (1989) "Updating Situation Models during Narrative Comprehension", *Journal of Memory and Language*, 28: 292−312.

Muecke, D. C. (1969) *The Compass of Irony*. London: Methuen.

Mulhall, S. (2007) "The Mortality of the Soul: Bernard Williams's Character(s)". In A. Crary (ed.) *Wittgenstein and the Moral Life: Essays in Honour of Cora Diamond*. Cambridge, Mass.: MIT Press.

Nagel, T. (1979) *Mortal Questions*. Cambridge: Cambridge University Press.

Namier, L. B. (1929) *The Structure of Politics at the Accession of George III*. 2 vols. London: Macmillan.

Namier, L. B. (1962) *Crossroads of Power: Essays on Eighteenth-century England*. London: Hamish Hamilton.

Nehamas, A. (1998) *The Art of Living*. Los Angeles, Calif.: University of California Press.

Neumann, R., and F. Strack (2000) "Mood Contagion: The Automatic Transfer of Mood between Persons", *Journal of Personality and Social Psychology*, 79: 211−223.

Noë, A. (2004) *Action in Perception*. Cambridge, Mass.: MIT Press.

Nolan, D. (2007) "A Consistent Reading of Sylvan's Box", *Philosophical Quarterly*, 57: 667−673.

Norwich, J. J. (1988) *Byzantium: The Early Centuries*. Harmondsworth:

Penguin.

Nosek, B. A. (2007) "Implicit-Explicit Relations", *Current Directions in Psychological Science*, 16: 65.

Nowak, M. A., and K. Sigmund (1998) "Evolution of Indirect Reciprocity by Image Scoring", *Nature*, 393: 573—576.

O'Donnell, P. (2006) "James's Birdcage/Hitchcock's Birds", *Arizona Quarterly*, 62: 45—62.

Ong, W. J. (1978) "From Mimesis to Irony: The Distancing of Voice", *Bulletin of the Midwest Modern Language Association*, 9: 1—24.

Origgi, G., and D. Sperber (2000) "Evolution, Communication, and the Proper Function of Language". In Peter Carruthers and Andrew Chamberlain (eds.), *Evolution and the Human Mind: Language, Modularity and Social Cognition*. Cambridge: Cambridge University Press.

Pafford, J. F. P. (ed.) (1963) *The Winter's Tale*. Arden Shakespeare. London: Methuen.

Paglia, C. (1998) *The Birds*. BFI Film Classics. London: British Film Institute.

Papineau, D. (2005) "Social Leaning and the Baldwin Effect". In A Zilhao (ed.) *Rationality and Evolution*. London: Routledge.

Parsons, G., and A. Carlson (2008) *Functional Beauty*. Oxford: Oxford University Press.

Patel, A. (2007) *Music, Language, and the Brain*. New York: Oxford University Press.

Peacocke, C. (2005) "Joint Attention: Its Nature, Reflexivity, and Relation to Common Knowledge". In N. Eilan, et al. (eds.) *Joint Attention: Communication and Other Minds: Issues in Philosophy and Psychology*. Oxford: Oxford University Press.

Pearl, J. (2000) *Causality: Models, Reasoning, and Inference*.

Cambridge: Cambridge University Press.

Phelan, J. (2001) "Why Narrators can be Focalizers". In W. van Peer and S. Chatman (eds.) *New Perspectives on Narrative Perspective*. Albany, N. Y.: State University of New York Press.

Pilkington, A. (2000) *Poetic Effects: A Relevance Theory Perspective*. Amsterdam: John Benjamins.

Plumb, J. H. (1956) *The First Four Georges*. London: Batsford.

Ponech, T. (2006) "External Realism about Cinematic Motion", *British Journal of Aesthetics*, 46: 349−368.

Predelli, S. (2005) *Contexts: Meaning, Truth, and the Use of Language*. Oxford: Oxford University Press.

Priest, G. (1997) "Sylvan's Box: A Short Story and Ten Morals", *Notre Dame Journal of Formal Logic*, 38: 573−582.

Prince, G. (1998) "Revisiting Narrativity". In W. Grünzweig and A. Solbach (eds.) *Grenzüberschreitungen: Narratologie im Kontext*. Tübingen: Gunter Narr.

Recanati, F. (2000) *Oratio Obliqua, Oratio Recta: An Essay in Metarepresentation*. Cambridge, Mass.: MIT Press.

—(2001) "Literal/Nonliteral", *Midwest Studies in Philosophy*, 25: 264−274.

Richie, D. (1972) *Focus on Rashomon*. New York: Prentice-Hall.

Rimmon-Kenan, S. (1983) *Narrative Fiction*. London: Routledge.

Roberts, G. (2001) *The History and Narrative Reader*. London: Routledge.

Robinson, J. (1985) "Style and Personality in the Literary Work", *Philosophical Review*, 94: 227−247.

Roessler, J. (2005) "Joint Attention and the Problem of Other Minds". In N. Eilan, et al. (eds.) *Joint Attention: Communication and Other Minds: Issues in Philosophy and Psychology*. Oxford: Oxford University Press.

Rosenberg, B. (1992) "Character and Contradiction in Dickens", *Nineteenth-century Literature*, 47: 145—163.

Ross, D. (1976) "Who's Talking? How Characters Become Narrators in Fiction", *Modern Language Notes*, 91: 1222—1242.

Ross, L., and R. E. Nisbett (1991) *The Person and the Situation*. Philadelphia, Pa.: Temple University Press.

Rosset E. (2008) "It's No Accident: Our Bias for Intentional Explanations", *Cognition*, 108: 771—780.

Rossholm, G. (2004) *To Be and Not to Be*. Berne: Peter Lang.

Sainsbury, M. (2009) *Fiction and Fictionalism*. London: Routledge.

Sartre, J.-P. (2004) *The Imaginary*. London: Routledge. 1st (French) edn. 1940.

Sass, L. (1994) *The Paradoxes of Delusion*. Ithaca, N.Y. and London: Cornell University Press.

Scholes, R., and R. Kellogg (1966) *The Nature of Narrative*. New York: Oxford University Press.

Scott, B. (2004) "Picturing Irony: The Subversive Power of Photography", *Visual Communication*, 3: 31—59.

Scruton, R. (1986) *Sexual Desire: A Philosophical Investigation*. London: Weidenfeld and Nicholson.

Schwitzgabel, E. (2008) "The Unreliability of Naïve Introspection", *Philosophical Review*, 2008: 245—443.

Smith, A. (1979) *The Theory of the Moral Sentiments*. Oxford: Oxford University Press. First pub. 1759.

Smith, M. (1995) *Engaging Characters*. Oxford: Clarendon Press.

Smith, S. (2000) *Hitchcock: Suspense, Humour and Tone*. London: British Film Institute.

Sosa, E., and M. Tooley (eds.) (1993) *Causation*. Oxford: Oxford University Press.

Sperber, D. (1984) "Verbal Irony: Pretense or Echoic Mention?",

Journal of Experimental Psychology: General, 113: 130—136.

—(2007) "Seedless Grapes: Nature and Culture". In E. Margolis and S. Laurence (eds.) *Creations of the Mind: Theories of Artifacts and Their Representation*. Oxford: Oxford University Press.

—, and D. Wilson (1981) "Irony and the Use-mention Distinction". In P. Cole (ed.) *Radical Pragmatics*. New York: Academic Press.

—(1995) *Relevance: Communication and Cognition*. 2nd edn. Oxford: Blackwell.

—(2002) "Pragmatics, Modularity and Mind-reading", *Mind and Language*, 17: 3—23.

St Clair, W. (2004) *The Reading Nation in the Romantic Period*. Cambridge: Cambridge University Press.

Stanzel, F. K. (1971) "Narrative Situations in the Novel". English trans. of *Die typischen Erzahlsituationen im Roman*. 1st pub. 1955. Bloomington, Ind.: Indiana University Press.

Sterelny, K. (2003) *Thought in a Hostile World*. Oxford: Blackwell.

Sternberg, M. (1982) "Proteus in Quotation-land: Mimesis and the Forms of Reported Discourse", *Poetics Today*, 107—156.

Stohr, K. (2006) "Practical Wisdom and Moral Imagination in Sense and Sensibility", *Philosophy and Literature*, 30: 378—194.

Strachey, J. (ed.) (1953—1975) *The Standard Edition of the Complete Psychological Works of Sigmund Freud*. 24 vols. London: Hogarth Press.

Strawson, G. (2004) "Against Narrativity", *Ratio* NS 17: 428—452.

Sugiyama, M. (2001) "Food, Foragers, and Folklore: The Role of Narrative in Human Subsistence", *Evolution and Human Behavior*, 22: 221—240.

Tanner, M. (1994) "Morals in Fiction and Fictional Morality",

Proceedings of the Aristotelian Society, suppl. vol. 68: 51—66.

Tarde, G. (1903) *The Laws of Imitation*, trans. E. C. Parsons. New York: Henry, Holt and Co.

Taylor, M. J. H. (1982) "A Note on the First Narrator of *The Turn of the Screw*", *American Literature*, 53: 717—722.

Thomasson, A. (2003) "Speaking of Fictional Characters", *Dialectica*, 57: 207—226.

—(2007) "Artifacts and Human Concepts". In E. Margolis and S. Laurence (eds.) *Creations of the Mind: Theories of Artifacts and Their Representations*. Oxford: Oxford University Press.

Tilford, J. E. (1958) "James the Old Intruder", *Modern Fiction Studies*, 4: 157—164.

Tomalin, C. (2002) *Samuel Pepys: The Unequalled Self*. London: Penguin.

Tomasello, M. (2000) *The Cultural Origins of Human Cognition*. Cambridge, Mass.: Harvard University Press.

Trivers, R. L. (1985) *Social Evolution*. Menlo Park, Calif.: Benjamin Cummings.

Tsohatzidis, S. (1993) "Speaking of Truth-telling: The View from Wh-complements", *Journal of Pragmatics*, 19: 271—279.

—(1997) "More Telling Examples: A Response to Holton", *Journal of Pragmatics*, 28: 629—636.

Turner, R. N., R. Forrester, B. Mulhern, and R. J. Crisp (2005) "Impairment of Executive Abilities Following a Social Category Prime", *Current Research in Social Psychology*, 11: 29—38.

Van Baaren, R. B., R. W. Holland, B. Steenaert, and A. van Knippenberg (2003) "Mimicry for Money: Behavioral Consequences of Imitation", *Journal of Experimental Social Psychology*, 39: 393—398.

Velleman, J. D. (2003) "Narrative Explanation", *Philosophical*

Review, 112: 1—25.

Vermazen, B. (1986) "Expression as Expression", *Pacific Philosophical Quarterly*, 67: 196—224.

Vermeule, B. (2006) "Gossip and Literary Narrative", *Philosophy and Literature*, 30: 102—117.

Veyne, P. (1988) *Did the Greeks Believe in Their Myths?* Chicago: Chicago University Press.

Vlastos, G. (1991) *Socrates: Ironist and Moral Philosopher*. Cambridge: Cambridge University Press.

Walton, K. L. (1970) "Categories of Art", *Philosophical Review*, 79: 334—367.

—(1973) "Pictures and Make-believe", *Philosophical Review*, 82: 283—319.

—(1978) "Fearing Fictions", *Journal of Philosophy*, 75: 5—27.

—(1984) "Transparent Pictures: On the Nature of Photographic Realism", *Critical Inquiry*, 11: 246—277.

—(1990) *Mimesis as Make-believe*. Cambridge, Mass.: Harvard University Press.

—(1994) "Morals in Fiction and Fictional Morality", *Proceedings of the Aristotelian Society*, suppl. vol. 68: 27—50.

—(1997) "On Pictures and Photographs: Objections Answered". In R. Allen and M. Smith (eds.) *Film Theory and Philosophy*. New York: Oxford University Press.

—(2008) *Marvelous Images: On Values and the Arts*. Oxford: Oxford University Press.

—(forthcoming) "Fictionality and Imagination: Mind the Gap". In K. L. Walton, *In Other Shoes: Music, Metaphor, Empathy, Existence*. New York: Oxford University Press.

Watt, I. (1960) "The First Paragraph of *The Ambassadors*", *Essays in Criticism*, 10: 250—274.

Weatherson, B. (2004) "Morality, Fiction, and Possibility", *Philosophers' Imprint*, 4: 1—27.

Wedgewood, C. V. (1958) *The King's Peace*. London: Collins.

Weis, E. (1978) "The Sound of One Wing Flapping", *Film Comment*, 14.

White, H. (1981) "The Value of Narrativity and the Representation of Reality". In W. J. T. Mitchell (ed.) *On Narrative*. Chicago: Chicago University Press.

Williams, B. (1993) *Shame and Necessity*. Los Angeles, Calif.: University of California Press.

Williams, L., and J. A. Bargh (2008) "Experiencing Physical Warmth Promotes Interpersonal Warmth", *Science*, 322: 606—607.

Wilson, D., and D. Sperber (1992) "On Verbal Irony", *Lingua*, 87: 53—76.

Wilson, G. (1986) *Narration in Light*. Baltimore, Md.: Johns Hopkins University Press.

—(2003) "The Transfiguration of Classical Hollywood Norms". In B. Gaut and P. Livingstone (eds.) *The Creation of Art*. Cambridge: Cambridge University Press.

—(2007) "Elusive Narrators in Literature and Film", *Philosophical Studies*, 135: 73—88.

Wollheim, R. (1980) "Seeing-as, Seeing-in, and Pictorial Perception". In R. Wollheim, *Art and its Objects*. 2nd edn. Cambridge: Cambridge University Press.

Wood, R. (1989) *Hitchcock's Films Revisited*. New York, Columbia University Press.

Wynn, T. (2002) "Archaeology and Cognitive Evolution", *Behavioral and Brain Sciences*, 25: 389—438.

Yablo, S. (2002) "Coulda, Woulda, Shoulda". In T. S. Gendler and J. Hawthorne (eds.) *Conceivability and Possibility*. New York: Oxford University Press.

Zahavi, A. (1975) "Mate Selection: A Selection for a Handicap", *Journal of Theoretical Biology*, 53: 205—214.

Zizek, S. (1992) *Looking Awry: An Introduction to Jacques Lacan through Popular Culture*. Cambridge, Mass.: MIT Press.